新锐派小说作家方阵丛书

爱上你不是我的错

张德富/著

中国财富出版社

图书在版编目（CIP）数据

爱上你不是我的错/张德富著. —北京：中国财富出版社，2014.9
（新锐派小说作家方阵丛书）
ISBN 978-7-5047-5301-4

Ⅰ. ①爱… Ⅱ. ①张… Ⅲ. ①长篇小说—中国—当代 Ⅳ. ①I247.5

中国版本图书馆 CIP 数据核字（2014）第 160652 号

策划编辑 张 静 **责任印制** 方朋远
责任编辑 张 静 **责任校对** 饶莉莉

出版发行 中国财富出版社
社　　址 北京市丰台区南四环西路 188 号 5 区 20 楼 **邮政编码** 100070
电　　话 010-52227568（发行部） 010-52227588 转 307（总编室）
010-68589540（读者服务部） 010-52227588 转 305（质检部）
网　　址 http://www.cfpress.com.cn
经　　销 新华书店
印　　刷 北京兴星伟业印刷有限公司
书　　号 ISBN 978-7-5047-5301-4/I·0162
开　　本 710mm×1000mm 1/16 **版　　次** 2014 年 9 月第 1 版
印　　张 13.25 **印　　次** 2014 年 9 月第 1 次印刷
字　　数 210 千字 **定　　价** 26.30 元

目　录

Contents

楔　子

朝元山中，一个高个女人，身着黑色风衣，一头秀发遮住了她的面容；在她的身边还有一个高大威猛的男人，这个男人的目光中流露出一丝凶狠。

女人说："郑天，看来我没有选错人。"

这个叫郑天的就是高大威猛的男人。他看了一眼身边的这个女人，说："钱娜，说过的话要算数，宝藏找到后，我们三人平分。"

钱娜说："算数。"

他又问钱娜："难到真的有那笔宝藏吗？"

钱娜说："我觉得是真的，因为我看过关于这座寺庙的记载。早在500多年前，一个富人在此修建了这座古庙，在临死前他将一笔宝藏就藏在这里。"

一阵风吹来，寺庙破败的门窗发出阵阵呻吟，似乎在诉说着历史往事……

第一章　移情别恋

那是个说不准的年月。天黑月高星稀，云村一片寂静。大刀会的弟兄聚在一间土屋里喝酒，木门关得严严的。屋里划拳声、碰杯声，声声入耳，甚是热闹。大刀会的老大正在举杯痛饮，郑天趁此机会屏住呼吸，像狗一样爬进门，老大听到门的响声，忽然大声问道："是谁?"其中一个弟兄立即站起来，用脚踢了踢趴在地上的郑天，对老大说："是一条狗，看样子是饿极了，想进来找块骨头吃。"老大哈哈一笑，说："让它进来吧，等喂肥了好吃狗肉。"话音刚落，就引来了弟兄们的哄堂大笑。那位弟兄大声呵斥道："去去去，别碰着了老大，不然有你狗杂种好受的!"大家接着喝酒，谁也没意识到这是一场里应外合的阴谋。危险正悄悄向老大袭击过来。

郑天继续趴着前进，悄悄爬到大刀会老大的身后，暴起，手起刀落，弟兄们还没明白是怎么回事时，老大的头像皮球一样滚到了一边。屋里顿时安静下来，大家面面相觑，不知如何是好。郑天举着明晃晃的大刀说道："弟兄们，愿意跟我干的就跟着我；不愿意跟我干的，我也不强求，每人领五两银子回家。"那位帮助郑天的弟兄立即附和着说："弟兄们，跟着郑老大干，他不会亏待我们的。"大家见老大也死了，又有人响应郑天，最后他们就决定跟着郑天干，没有一人回家的。郑天向他们表了态："今后只要有老子吃的就有弟兄们吃的。"大家一阵欢呼。

于是，郑天便成了大刀会的老大。郑天在村子里越发威风，人人都惧怕他三分。

且说，一天夜里，月光如水，郑天出来解手，一阵"沙沙"声响过后，郑天浑身有了从未有过的松懈。郑天刚要转身进屋，突然听到有女人的求救声。郑天顿时精神百倍，大声说道："狗杂种，敢在老爷们儿眼皮底下抢女人!"郑天急驰而去，见一恶男正在强暴一位姑娘，郑天一脚把那个恶男踢得飞了起来。恶男也不是好惹的，立即爬了起来，伸手就是一拳，正好打在郑天的眼睛上。郑天一个趔趄，没想到他敢还手，这在云村还是第一次受到如此大的侮辱。郑天猛吼一声："狗日的不想活了!"说着，一个勾拳打过去，恶男轻轻一闪就躲过去了。郑天越发恼怒，来了个连环腿，一下子把恶男扫倒在地，他见不是郑天的对手，便连滚带爬地逃走了。

郑天肿着乌黑的眼眶，看见姑娘哆嗦成一团，郑天叫她不要害怕，伸手把她拉了起来，然后带回了家。

姑娘是一个孤儿，名叫倩倩，经常受到别人的骚扰；她没有亲人，更找不到一个帮忙的人，苦水只有往自己肚里流。倩倩扎着两个羊角辫，胸脯鼓鼓的，像随时都有可能炸开似的，一双眼睛就像一泓清泉一样澄澈、明朗。郑天眯着眼睛，看了她好一阵子，直看得倩倩低下了头。然后郑天很干脆地说道："我喜欢上你了，你就做我的老婆吧。"倩倩吓坏了，不知如何是好。郑天就一把抱起倩倩，像扔东西一样重重地把她甩在床上，倩倩缩成一团。就在那个夜晚，郑天强占了倩倩，随着一声惨叫，郑天就登上了最高的万年山，他看到了天空中闪烁的星星，那星星给整个夜空涂上了灿烂的一笔。倩倩便成了郑天的老婆。

有一天晚上，一位老人给郑天报了一个梦：在朝元山的古庙里有一批宝藏，要他到古庙当和尚，去寻找那批宝藏。郑天醒来后，只当是好梦一场，并没放在心上。但是，后来只要他一睡着，那位老人就出现在他的梦中，对他说着同样的话；次数多了，就引起了郑天的注意。

郑天就和手下的弟兄到朝元山打听情况。当地村民告诉郑天说，朝元山系道教圣地，主峰海拔 1469.4 米，位于云村山顶，是一个富人建造的。朝元山有前后殿、左右殿，还配有客房、文房、禅房、宿舍、饭堂、厨房、印刷房等共 46 间；门上挂有"万佛来朝"的金色大匾，一年四季香火弥漫，曾有十三省香客来此敬香拜佛，因此有"中武当"之称。当时诗曰：香烟缭绕数十里，钟鼓齐鸣震天地；万佛来朝逢盛世，国泰民安享太平。后来这位富人死了，在他临死之前，把自己的宝藏藏在朝元山山上，之后，有谁愿意出家上山来主持香火，并把朝元山修建扩大，就会得到这笔宝藏。

郑天看到朝元山损毁虽然严重，但因早已闻名远方，香火仍然很旺，他心里就有数了，看来这个梦并非假的。

这以后，郑天仿佛变了一个人，以前的那个凶狠劲荡然无存了。后来，他把弟兄们解散了，又把倩倩安顿好，一人独自来到朝元山，在一间偏房里落了脚。这里吃住都很不方便，但为了得到那笔宝藏，郑天只好委屈自己，也一直没回去看过倩倩。

倩倩一个人在家，守着孤独过日子，那天，她生病了，就去找村里的赤脚医生王武。

王武之前并不是一个医生。有一次，他到朝元山上去采药卖，来到林中，那里千花竞艳、野果飘香、百兽出没、鸟鸣猿啼，珍药奇草满山皆是。他采罢药准备回家的时候却迷了路，忽然，从他的背后窜出一个浑身长满棕色长毛的巨人，一把将他抓起，像拎小鸡似的把他拎到一位正在闭目养神的老人面前。王武早已吓得魂不附体，再看那闭目养神的老人周围，卧满了狼、熊、虎、豹，一个个龇牙咧嘴的；树上缠满了巨蛇大蟒，昂头绞尾，他被吓得“妈呀”一声拔腿就要逃跑。狼、熊、虎、豹“嗷”的一声都围拢过来，巨蛇大蟒“唰”的一声垂下头来，张着血盆大口，在他面前晃来晃去。他“啊”的一声昏倒在地上。他的惊叫声吵醒了闭目养神的老人。他轻轻地咳嗽一声，端详了一下瘫在地上的王武，然后威严地说：“客人来了，你们都出去。”话音刚落，狼、熊、虎、豹顿敛凶威，一个个都跑入了树林深处，巨蛇大蟒吐着芯不知了去向。老人顺手拿起千年的灵芝，在王武的鼻子上晃了几下，王武很快就苏醒过来，老人安慰了他几句，询问了他的情况，拿出丰盛的野果招待了他。

王武见眼前的老人和蔼可亲，恐惧的心就慢慢地安定下来；并向他讲述了自己孤身一人，以采药为生的境况。难得有机会与人相逢，老人再三挽留王武多住些日子，王武就答应了。

在接下来的日子里，老人传授给王武一些医术。王武天生聪明，又熟读书文，药理药性，滚瓜烂熟；采药制药，门门精通；最后，老人还教会了他鉴别文物的绝技。

老人死后，王武就离开了朝元山，回家开了一个药店。他有着“切脉凭三点，驱病只一剂”的医术，因此乡邻百姓送给他金匾一块，上面写着“三点神医”四个大字。

当倩倩来的时候，王武正在为别人鉴定文物。倩倩就说明了来意。王武就给倩倩把脉，开了一服药就让她回去了。

自从郑天走之后，地里的重活都是倩倩一个人去做，也没有个帮手。喝了药也没得到休息，总是不见好。王武就来到倩倩的家，给她再次开了药，倩倩见已经到中午时分，正好吃中饭，就要留王武吃饭，王武本打算走的，但不好推辞倩倩的好意，就留了下来。在吃饭的过程中，王武了解到倩倩的情况，对她很是同情。

王武三十好几岁了还没结婚，他怕别人说闲话，中午吃罢饭就走了。但他一直关心着倩倩的病情，隔三差五就过去看一次，有时候还帮忙做点重活儿。在他的关照下，倩倩的病痊愈了。

那天一大早倩倩就来到药店，她是来感谢王武的。倩倩非要王武去她家里吃一顿饭，王武拗不过，只好去了。倩倩准备了一桌好酒好菜，王武从没有受过如此待遇，一下子让他慌了神，但几杯酒下肚后，胆子也大了，也敢大胆看倩倩了，倩倩还投去一脸的笑容。王武酒足饭饱后才离开。

快过年了，郑天也不回来过年。倩倩就在过年的时候，特意把王武喊了过来，然后他们就发生了不该发生的事情。这事被别人发现了，有人就给郑天说了。郑天怎么也不相信，认为倩倩不是那样的人。但别人说，是他们亲眼看到的。郑天也只好半信半疑，他要弄个明白，他准备回家看看。

这天下着大雪，傍晚时分，倩倩正准备关门到屋里等王武，这个时候却来了个叫花子，穿着破破烂烂的衣服，戴着个脏兮兮的帽子，满脸黑乎乎的一片，倩倩看了第一眼就不想看第二眼。叫花子对倩倩说，他不要吃的，也不要钱，就是让他在屋里借住一晚上，倩倩本来打算赶他走的，但看到他可怜的样子，何况还下着大雪，就动了恻隐之心，可是让这个叫花子睡在哪里呢？叫花子仿佛看穿了她的心思，就说，他只需要在她的灶前烤一夜的火，别的不会影响她，倩倩就答应了。

天很快黑了下来，倩倩早早的上了床，叫花子就在灶前架了一堆大火，自顾自地卧在那一动不动。

突然，倩倩的屋后发出了用烟袋锅敲竹竿的声音，不多不少，正好响了七声。然后倩倩起来开门，王武就进来了。他们根本没看叫花子一眼，也没把他放心上，就像他根本不存在一样。

第二天，天刚亮，王武就走了，叫花子也离开了。

时间一晃就过去了半个月，就在一天晚上，倩倩屋后的竹竿又被敲响了七声，倩倩连忙出去开门，知道王武来了，这是他们约好的暗号，她连灯都没开，就一把抱住进来的人。但进来的人却把灯打开了，倩倩一看，脸顿时被吓得发白，进来的人不是别人，正是郑天。她一下子跪在地上，她知道郑天什么都知道了，不然他怎么会知道她的暗号呢？她立即“呜呜”哭了起来。郑天却把她拉了起来，倩倩愣住了，不知如何是好。但她马上又跪在郑天的面前，请求他的原谅，准备把一切都告诉郑天。郑天见状连忙摆手让她不要说了，他说他早知道了一切。

原来，郑天想弄个明白，就装成叫花子来找地方住，结果就发现了别人说的是真的，他当时气得就想进去把那个王武狠狠揍一顿，但他没有这么做。倩倩是他抢来的，再说他想出家去当和尚，所以第二天就走了。

倩倩此刻羞愧万分，觉得对不起郑天，就提出了离婚，郑天答应了。郑天为了心中的那个理想，依然回到了朝元山，过他的清贫生活。

王武把倩倩娶回了家。结婚那天，王武和倩倩在教堂里举行婚礼，他俩步入教堂，迈着和谐的步伐踏上红地毯。神父说：“我劝勉你们要记住，你们未来的幸福是建立在相互理解、容忍、宽厚、自信和钟爱之上的。王武新郎，你的责任就是爱倩倩新娘像爱自己一样，细心呵护和保护她免于危险。倩倩新娘你的责任是对待王武新郎要尊重，支持他并创建一个健康和快乐的家庭。你们彼此相互的责任就是在相互陪伴中找到最大的快乐。要记得彼此的利益和珍爱对方，你们将成为不可分割的一体。”

王武和倩倩相互交换了戒指。神父祝愿这无缝的指环成为他们无尽的爱的象征，并使他们谨记今天他们发下的神圣誓言：要相互忠诚、珍爱和善待对方。王武对倩倩说："这戒指将永远印记着我们婚姻的誓约，并象征着我们纯洁无瑕和永无止境的爱。"倩倩觉得自己是世上最幸福的女人。

婚后两人甜甜蜜蜜，王武主外，倩倩主内。家和万事兴，药店的生意越来越红火。一年后，倩倩为王武生下了一个胖小子，取名叫王景山，有了儿子，一种自豪感在王武的脸上洋溢着。

人有旦夕祸福。郑天的母亲不幸得了绝症，郑天回来守在床前，喂汤喂药，辛勤服侍。郑天急得两手抱头长声叹气，屋前屋后团团转。他就去找王武来给母亲看病，王武以为是郑天找他算账的，吓得浑身发抖，郑天来后说明了来意，他才安定下来。

王武给郑天的母亲一把脉，面露难色。郑天就让王武出来说话。出来后，王武就对郑天说："你的母亲我看是没治了。"郑天一听，非常气愤地说："你怎么能这样说话？"王武说："我说的是真话，我实在无能为力。"郑天也只好作罢。

眼看母亲病情更加严重，面黄眼青，瘦如枯柴，快要没命了。这天，郑天再次找到王武，问道："我的母亲真的没救了吗？"王武说："救倒有救，就是没法弄到真药啊。"郑天一听这话，迫切地说："你说该怎样去做？"王武说："我给你提个建议，你把你的母亲背着到朝元山上去寻药。"郑天也只好如此。

他回家后，把眼一横，牙一咬，背起病重的母亲，就来到了朝元山。

他马不停蹄地翻着一座又一座山，三天之后，他来到了一座大荒山，几十里开外没有人家，母亲在郑天的背上喘着粗气，上气不接下气地说："孝心的儿呀，快把我放下来，又热又渴，找点水我喝了再走吧。"郑天听母亲这样一说，忙扶母亲躺在一棵山苍松阴凉下，自己去给母亲找水解渴。

荒山大无边，树木遮住天。全山都找遍了，还是没有找到水。最后他顺着山坡走向一条深沟，从这块石头跳到那块石头，突然发现一个不知死了多少年的老虎天灵盖，骨头窝朝上，盛有半窝水。还有一条不足半尺长的红蛇正在那里面洗澡，郑天惊叫了一声，红蛇就被吓得顺沟溜走了。郑天想：怎么办呢？不给母亲喝吧，怕她干得受不了，给母亲喝吧，水又太脏，前思后想，不管怎么说总是水，先给母亲喝了再说。于是，他端起虎头骨一个劲儿地跑到松树下，把水一滴一滴灌在奄奄一息的母亲嘴里。半个时辰过去了，见母亲苏醒过来，郑天背着母亲继续赶路。

夕阳西下，母子二人才走出荒山。这时，母亲感到饥饿难忍，就对儿子说了。郑天就背着她来到一座茅屋跟前叫门，从屋里走出一对老夫妇，郑天说明来意，跟老人讨口吃的。老夫妇心眼挺好，就说："给得病的妇人，吃只鸡子补一补吧。"说完，从鸡笼里捉出一只公鸡，又对郑天说："这只公鸡是今年正月十五孵出来的，叫灯鸡，上了十个蛋，孵出十只鸡，九雌一雄，世上少见的！今天不是遇着你这个孝子，我还舍不得呢！"郑天连忙谢过老夫妇。

不一会儿，鸡肉就炖好了，郑天把炖烂的鸡汤一匙一匙地喂进母亲的嘴中，没多大工夫，母亲就把一只鸡连汤连肉吃得精光。说也奇怪，病了这么长时间，饭都不沾的母亲，精神却慢慢地好起来了。

第二天，道谢了老夫妇，看着渐渐好起来的母亲，郑天高兴极了。又过了几日，母亲的病完全好了，郑天感到不可思议。这个时候，母亲也想回家了。

于是，他俩打道回府，走了几天，母子俩回到了家中。郑天连忙跑去找王武，对他说："谢谢你的建议，我母亲的病已经好了。"王武就问他："你把母亲背了三四天之后，你母亲一定想喝水吧？"郑天答道："是啊，你看这三伏天，热得要命，当然想喝水。"王武说道："那一定是老虎脑壳骨头里装的水，还有一条红蛇洗过澡，对吗？"郑天一听，大吃一惊："你怎么知道？"王武没有回答，接着又问："喝下这水，当天就想吃东西？"郑天回道："是的。一对老夫妇给了一只公鸡，我母亲吃了。"王武又说："那只公鸡一定是和九只母鸡一窝孵出来的？"郑天连忙说："对，对对，那老夫妇说上了十个蛋，孵出九雌一雄，是世上少有的。"王武笑着说："这只雄鸡乃有凤凰之称。"

郑天被搞得丈二和尚摸不着头脑了，王武就翻开药本子，大声念道主治绝症秘方："千年虎骨水，红龙洗澡汤；要得病根除，九鸡一凤凰。"郑天听后，才恍然大悟，对王武佩服得五体投地，原先的恨意也没有了。

第二章 骗中骗

郑天安顿好母亲后，又回到了朝元山。一天早上，朝元山上白雾茫茫，郑天还没起床，就听到有人喊他，他连忙起来，开门一看是一个绝艳美女。郑天愣住了，他还从未见过如此美貌的女人！她有着深林中最黑的乌檀木一样漆黑的长发，犹如清晨中最鲜艳的一朵带着雾气的玫瑰般鲜艳的双唇，一双眼睛明亮得一尘不染，睁得大大的，似乎对这个世界充满了美好的幻想。

她对郑天说："我叫钱娜，要在朝元山寻找宝物，你愿意帮忙吗？"郑天见有美女来了，不禁动了心，满口答应帮忙。

下午，他俩来到朝元山山林中，钱娜用手指着一块平地说："从这里开始找。"郑天按她的要求挖掘。她就站在旁边不时指指点点。突然，只听见郑天大叫一声："佛头！"钱娜连忙让郑天停下来，亲自动手，把佛头小心翼翼地刨了出来。郑天愣住了："这莫不是埋藏的那笔宝藏吧？"钱娜拿着佛头说："这是古董，值很多钱呢。"郑天一听说值很多钱，急忙把佛头抢了过来。钱娜说："兄弟别急，只有我俩看见，我们把佛头卖后两人平分怎么样？"郑天不答应了，说："我就是为了这笔宝藏才来到朝元山的，这是我挖出来的，就是我的。"钱娜说："是你挖出来的，俗话说见面分一半，何况你也不知道卖给谁！"郑天想想，正好利用她来帮忙寻找那笔宝藏，就答应了。

回到朝元山大殿里，郑天就去把佛头用纸包了又包，正准备藏起来的时候，钱娜阻止说："你藏起来，不给我平分钱了怎么办？我看这样，你先给我五十两银子，佛头就由你保管。"郑天想了想说："我怎么知道这个佛头值多少钱？"钱娜连忙说："这还不好办，拿去让人鉴定一下不就行了吗？"郑天一拍脑门："有了，我们去找王武鉴定去。"他知道王武有鉴定宝物的绝技，而且王武是不会骗他的，因为王武有愧于他。钱娜听郑天这样一说，心里暗暗高兴，欣然同意。

郑天带着佛头和钱娜来到了王武的药店。王武一看，心里不禁“咯噔”一下：怎么会是郑天呢？他连忙热情接待了他俩，郑天就告诉王武是如何发现这个佛头的。王武听后，连忙戴上老花镜，仔细看了看，摸了摸，最后对他俩说：“是个很值钱的古董，少说也值一万两银子吧。”郑天简直无法相信自己的耳朵！他又问了王武一遍，王武还是刚才那几句话，他才确信无疑；然后，就抱着佛头一起回了家。

回来后，钱娜让王武拿五十两银子，佛头就由他保管。王武想：既然王武说值一万两银子，那就不会假。但他多了个心眼儿，决定先给二十两银子，明天再给三十两银子。钱娜也只好同意。

第二天，天刚刚亮，郑天就起来了，他昨晚高兴得一夜都没睡着。他对钱娜说：“我们继续去挖，那里说不定还埋有很多宝藏呢。”钱娜连忙说：“不急，等我们把佛头卖了再挖。”郑天说：“我觉得既然能挖到佛头，就还有其他的宝物。”钱娜见郑天很认真，执拗要去，也只好依了他。

他俩又来到山上，郑天继续挖，钱娜在一旁看。突然又听郑天大叫一声：“彩盒！”只见一个鸳鸯彩漆盒出现在他俩眼前。这次轮到钱娜傻眼了：怎么会有这东西呢？钱娜连忙过去小心翼翼地把它挖了出来。这确实是一个精致的鸳鸯彩漆盒，虽然沾有泥土，但没沾泥土的部分光彩夺人，钱娜有些爱不释手。郑天见状，连忙说：“快拿去王武鉴定。”他俩再次来到王武的药店。王武一看到鸳鸯彩漆盒，眼睛立即有了光，戴上老花镜，仔细看了又看，最后说：“这是楚文物，是无价之宝。”郑天心想：看样子，那个梦是真的。鉴定完毕，钱娜让郑天先回去，她稍后就来。等郑天走了，钱娜才问王武：“你刚才说的是真话还是假话？”王武笑着说：“我不会骗你的，我们这个地方是大荆山，是楚国的发祥地，留下一件楚文物也不足为奇，以前我们就发现过楚文物。”钱娜见王武说得在理，自然相信无疑，高兴地走了。

钱娜兴奋地回到了朝元山，心想：这下我可发大财了哟。她决定把鸳鸯彩漆盒拿过来保管，就找郑天商量：“鸳鸯彩漆盒由我来保管，佛头由你保管，那三十两银子你也不用给了，我再给你一千两银子做鸳鸯彩漆盒的抵押金。”郑天更加兴奋了，很爽快就答应了。

然而，第二天早上，郑天早早起了床，钱娜早已无影无踪了。郑天沮丧到了极点：我的发财梦完蛋了。他急忙带着佛头跑来找王武。王武见到郑天以后“哈哈”一笑：“她也会上当啊……”这一笑让紧锁眉头的郑天不知所云，王武连忙揭开了他心中的谜团。

原来，钱娜和王武早就认识了。她的出现改变了王武和倩倩的生活。钱娜年轻漂亮，高雅不乏浪漫。钱娜对王武展开了猛烈的追求。在强大的火力下，再坚强的男人也挺不住了。以前，贫穷的物质生活让王武忘记了精神生活，现在有钱了，他才意识到精神生活的重要性。于是，王武就和钱娜走到了一起。王武每天晚上都要出去，回来的时间越来越晚了，回来的次数越来越少了。倩倩发觉这一变化后，主动找王武交谈。她说，他们能有今天是很不容易的，她当初看上了他的人品，不图钱，不图利，希望这份感情能走到生命的尽头，不要忘记了教堂里的誓言。王武也为自己的行为感到惭愧，答应倩倩以后按时回家，可一见到钱娜，他就忘记了一切。

钱娜要王武离开倩倩，王武不同意，钱娜不依不饶，王武只好哄她答应休了倩倩。时间长了，钱娜见他没动静就不干了，天天来找他，使王武已无法正常生活了，王武还是没答应。

钱娜也不是省油的灯，她居然找到倩倩，要跟她谈判。倩倩答应了。在钱娜的家里，两个女人见面了，钱娜顾不得那么客气，因为她已有了三个月的身孕。她对倩倩说，她用五千两银子买断她与王武的那份感情。事到如今，倩倩只好答应。

事后，钱娜就对王武说了这件事，王武很是吃惊，更多的是愤怒，但他也无其他办法，只好默认。

王武就与钱娜住在了一起。后来，王武发现钱娜心狠手辣，是冲着朝元山上的宝藏来的，和他在一起就是为了利用他。

王武就失踪了。钱娜找遍了所有的亲戚朋友也没有找到，他就像从人间蒸发了一样。钱娜感到一丝危机，觉得有什么事情要发生。一个星期后，急躁不安的钱娜收到了王武的信。钱娜颤抖着手，撕了几次也未撕开，拿在手中的信有千斤重，压得她喘不过气来。钱娜勉强撕开信件，一看内容，她立即瘫软在地上，脸上没有了血色，惨白惨白的。

信是王武写给钱娜的：钱娜，当你收到这封信的时候，我已远走高飞。本来我有一个幸福美满的家，自从你出现，一切都改变了。我一念之差，毁了自己毁了家，这个时候，说什么都晚了。你一直纠缠着我不放，并采用不光彩的手段逼倩倩退步，没办法我只好休了她。在那个时刻，我已对你产生了恨意，想报复你。我作为一个丈夫、一个父亲，更多的应该是责任，何况倩倩跟我同舟共济，受了那么多的苦，没有她，也就没有我的今天。因此，我选择了离开你，当爱已成恨的时候，我更多的是愧疚。你不用找我了，当你看到这封信的时候，我已经走了。再见了，娜娜，让我最后一次这么称呼你。

钱娜哪肯放过王武，她的美貌让很多人愿意为她提供信息，没多久，她就在一个山洞里找到了王武，然后王武只好跟着又回去了。钱娜对王武说了寻找宝藏的打算。钱娜首先要找到一个合伙人，就想到了郑天，于是就有了佛头的故事。

那个佛头是钱娜提前埋在那里的，目的就是要郑天信以为真，好骗取他的信任；鸳鸯彩漆盒是王武之后埋进去的，目的就是要报复钱娜。郑天听得目瞪口呆，他还有很多地方不明白，让王武说得更详细些。

王武笑了笑，接着说："钱娜让我对这个佛头进行估价，只要我说是个古董，价值几万两银子就可以了。我这个时候就想狠狠报复她一下，就这样答应了。在看到你出现的那一刻，更加坚定了我的想法。我觉得已经很对不起你了，在为你鉴定完佛头之后，我把自己收藏的、仿制的鸳鸯彩漆盒埋在你挖到佛头的地方，因为我知道你一定会再去挖，挖到古董后也一定会再来找我。所以，在最后鉴定的时候，我说鸳鸯彩漆盒是真的，钱娜信以为真。她是个贪财的女人，最终让她偷鸡不成反蚀把米。"

郑天听后恍然大悟，本来为王武治好他母亲的病就心存感激，现在越发感激不尽。他要把银子分给王武，王武摆手说："以后小心点，这些钱拿回去维修朝元大殿吧，也算我做的一点善事。"王武就抱着佛头走了。

第三章　寻宝惊魂

就在王武得意报复了钱娜的时候，钱娜却回来了。她找到王武说：“你虽然骗了我，但我不记恨你，只要你答应帮我一起到朝元山找到宝藏，我就让你重新回到倩倩的身边。”王武开始没答应，钱娜就又说：“你如果不答应，你就永远见不到你的儿子和妻子了！”王武知道钱娜心狠手辣，为了稳住她，就答应了。

王武和钱娜来到朝元山，找到了郑天，郑天看到钱娜后大吃一惊，以为她是回来找麻烦的，钱娜仿佛看穿了他的心思，笑着说：“郑大哥别怕，我是和你做一件买卖的，不知道你愿不愿意？”钱娜的笑容，让郑天忘记了回答，钱娜又说了一遍，郑天才回过神来。他忙问道：“做什么买卖？”钱娜说：“我们三人一起去寻宝藏，找到宝藏后，我们三人平分。”这正合郑天的心意，于是他就满口答应了。于是就出现了开头的一幕。

郑天准备了一些必需品，钱娜和王武就在朝元山的寺庙里住下了，等天亮后就出发。

入夜，四周已悄无人息，只听得几声虫鸣蛙声，夜反而更显寂静，钱娜在床上翻来覆去睡不着，一方月光正好照在头部，朦胧中，钱娜隐约听见传来几声女人的歌声。

钱娜本想晚上好好清净一下，和王武的几天折腾闹得很心烦，她一把拉过被子蒙住头。时间慢慢过去了，月光从床头移到柜头。钱娜猛地掀开被子，坐了起来，仿佛总有什么烦心事在心头挥之不去，她伸出一只手去拿床头柜的火柴，擦燃了一根火柴，火星红亮，突然又断断续续传来女人凄婉的歌声。

夜风拂动窗帘，似有人在掀开窗帘，钱娜索性下床把门打开，想出去看个究竟。

外面是一个小院，临近是水池，皓洁的圆月挂在天上，在水中映出白光。钱娜来到院中，环顾四周寻找歌声的来源。池边是高矮不一的山的黑影，声音好像是从其中一座不高的山上传来。那么凄婉、悲怆。

阴冷的月光下，钱娜在灌木丛中艰难地穿梭，反正也无心睡眠，便决定去山上看看发生了什么事情。

斑驳的树影映在她的身上。歌声似乎越来越近，钱娜更显好奇，目光到处寻觅着。声音越来越近，她的脚步慢了下来，用手分开小树枝向声音靠近，声音似乎就在那丛灌木叶后面。

钱娜谨慎地前移，停下，小心地分开那树叶。这是灌木丛簇拥的一块小地，中间竟然有一座坟和一块碑。

他来到碑前，这只是一块随处可见的圆石，周围的字迹已经模糊不清，只有“中和墓”三个字还是那么显眼。

乳白色的月光填满了每个缝隙，原来是倩倩在唱着歌，改变成了轻柔的音乐。钱娜不知道她怎么也来了。倩倩那轻柔的歌声，伴随着哗哗的流水声让整个夜间充满了温馨的气息。温柔的月光顺着钱娜的脖子缓缓流下，似情人在抚摩钱娜那柔滑的脖颈。钱娜不禁微闭上了眼睛，让月光滑过身上的每一寸肌肤……钱娜缓缓地睁开迷人的眼睛，嘴角还带着甜甜的微笑，这是一个令很多男人都会着迷的妩媚。

就在倩倩唱歌的同时，却忽然发出“咚”一声沉闷的声响，打破了夜间的温馨，传进了钱娜的耳朵。

钱娜皱了皱她那好看的眉毛，眼睛落在那座坟墓中，一个人影晃了一下就不见了，钱娜心想：肯定是来找王武的。她正准备走近的时候却又听到了倩倩幽怨的歌声，她的音调是某首流行音乐，歌词却改成了“还我王武，还我王武……”钱娜立即慌了，感到有种不祥之兆笼在夜色里。她急忙转身要走，可她的脚却停在了地上，就像有个致命的钉子钉住了她的脚，她想动却动不了。

钱娜用手使劲地揉了揉眼睛，心想：难道是倩倩来找我麻烦的？想到这里，钱娜忽然感觉浑身的汗毛都竖了起来，一丝寒意瞬间袭遍了全身。她无法在夜里多停留哪怕一分钟的时间了。

钱娜就拼命地往回跑。她正要走进屋的时候，歌声又在坟墓里响起，她又分明看到一个瘦弱的影子，似乎是披肩长发，一脸的血色，恐惧立刻袭上了心头，她吓得牙齿咬得咯咯响，因为这座山上，除了他们三人，不会有别人。

钱娜越发紧张。她颤抖着喊："谁，谁在那儿……"只有风声，片刻宁静后，从石头后面缓缓现出一个披满长发的脑袋。风把搭在她脸上的几绺长发吹起，现出了倩倩的脸，面白，眼中带有一丝幽怨。

钱娜大声叫喊，可随即，叫喊声倒把她自己吓得瘫坐在地上。没有声音回答，而这时，倒映在水面中的影子的面孔却显现出来，那是一张血淋淋的、恐怖的、模糊的脸，她吓得浑身哆嗦，使劲咬着自己的手指，可当她意识到那人就要走近的时候，她才知道拼命走进屋去，把门关上。可对方的力量出奇的大，当门被打开时，露出一个女人流血的手，她的恐惧达到了顶点。她惊恐地看见那手背上竟然长着绿色的毛！天啊，传说中只有僵尸才会长绿毛，她到底是人还是鬼……钱娜吓得晕了过去，也不知过了多久。她才被冻苏醒。她觉得头很沉，可仍旧不敢睁开眼睛，不知道那只恐怖的、长绿毛的手还在不在……

大殿的门依旧半开着，可外面什么都没有，就像没有发生任何事一样，她清醒地知道，那不是一场噩梦。但是后来她什么都没有见到，刚才的一幕简直就是一场恐怖的梦境。她关上门，惊疑地四处张望。手触及的是厚厚的木门。这让钱娜感到犹如男人宽怀的肩膀在陪伴她。钱娜稍稍冷静了一下。

夜色已经一点点蔓延开来。这时，钱娜回到卧室里，打开窗户看倩倩还在不在，就在这一刹那她的血液几乎凝固了！在窗户的把手上，挂着一个随风飘摆的可怕的东西，那沉甸甸的东西在摇曳着，不停地往下滴着黑红的液体。"啊！是颗人头！"钱娜发出了救命的呼喊声，然而这声音迅速消失在无边无际的夜色里。

钱娜想要离开这房子，她用最快的速度拿起衣服，却突然发生了更加恐怖的事，衣服里居然有硬硬的东西，她吓得赶紧扔到地上。她屏住呼吸好半天，才从惊恐中缓过神来。她顾不得穿什么外衣，立即往外面跑去，鞋子击打地面的声音此刻听起来怎么都不太舒服。钱娜三步并成两步冲到了外面。此刻，她只想尽快离开这令她恐惧的客房。身体的重心却在此时偏离了正常的轨道。也不知道为什么，她一不小心，竟走进了大殿的另一间房子。这件房子是最黑暗潮湿的地方，可晚上的月光出奇的亮，当钱娜意识到自己就像传说中鬼打墙一样迷惑在这间房子里的时候，她看见角落似乎有个白色的人影悬挂在上方，屋里没有风，可她的影子是飘动的，这足以说明那个东西是多么恐怖。钱娜赶紧冲了出来。

然而更加恐惧的现象出现了：钱娜看到一个拿着自己人头走路的人，她的影子是白色的，移动得很慢很慢。钱娜几乎瘫软在地上。

直到第二天早上，王武才发现钱娜，他小心地把钱娜抱了回去。钱娜仿佛就在梦境中度过了可怕的夜晚。

钱娜后来才知道，那个夜晚长绿毛的手臂，那个从坟墓里传出来的歌声，那颗流着黑红色液体的头，那个人影，那个提着自己人头走路的人，都是倩倩装扮的。她是来向钱娜讨人的。

钱娜惊魂未定，在山上休整了几天。就开始出发了。

王武经常到这里采药，对朝元山的地形很熟悉，就由他带路，钱娜走在中间，郑天拿着大刀断后。

中午时分，王武走到了他那次采药迷路的地方，就在这个时候，意外却发生了：一条巨蟒突然把钱娜死死缠住了。这条巨蟒长约百米，蛇身有水桶那么粗，张着血盆大口，吐着红红的芯子，钱娜哪见过如此大的蟒蛇，吓得魂飞魄散。她每呼吸一次，蛇就缠紧一次，眼看钱娜就要被蟒蛇缠得没有了气息，郑天连忙拿着大刀上来了。他知道打蛇要打七寸，那是它的心脏所在处，只有这样才能把蛇从钱娜身上弄下来。可是这么大的蟒蛇，他从来都没见过，不知道如何是好。眼看着钱娜的脸已经变了色，就在这个时候，钱娜用尽全身的力气，一口咬在蟒蛇的脖颈处，一股熏人的腥气扑面而来，钱娜狠命地吸着蛇血，同时也感到胃里一阵阵翻腾，她强忍着呕吐，像吸血鬼一样拼命地吸着。郑天这个时候也不管三七二十一，一刀下去，把蟒蛇的头给砍了下来。可是，蛇身还像一条绳子一样紧紧地缠着不放，郑天就用刀一截一截地把蛇割断，最后，蛇才完全从钱娜的身上掉了下来。

吓得脸都变了色的王武，看着奄奄一息的钱娜，就连忙做起了人工呼吸，那熏人的腥气几乎要王武窒息，但为了救她，就顾不上这么多了，不一会儿，只听钱娜一声咳嗽，她慢慢醒过来了。

第一天出门，就遇到了这种情况，就只好返回朝元山的大殿里。这次多亏有郑天，钱娜心想：这次选人没选错，一个会武的郑天，一个懂医并能鉴定宝物的王武，如果没有他们这样的人，不要说是寻宝，就是到朝元山里走一趟也很难。

这天夜里，他们早早休息去了，为明天上路积蓄力量。

郑天晚上躺在床上翻来覆去睡不着，他想：朝元山这么大的地方，又不知道藏宝的地方，这样找下去怕连命都会丢了。他在朝元山住了这么些日子，心中已经有佛了。他要为他们三人祈祷，就来到大殿里，手执一炷香对佛鞠了三躬，然后插在佛像前。就在这个时候，他听到外面传来一阵哭声。他寻着哭声来到了中和墓碑前，突然从碑后显出一个女人来，一脸的妩媚。郑天连忙问："刚才是你在哭吗?"女人幽怨地对郑天说："是小女子在哭。"说着忍不住又抽泣了几声。

郑天惊异："姑娘为何半夜哭泣?"在这深山，在这深夜，居然有一女子在一座坟后哭泣?一切都显得那么诡异。郑天此时却没有感到丝毫的害怕，仿佛怜悯战胜了恐惧。姑娘说："我被埋在此，孤零零的，已经千年了。如果一个人的坟一千年未受过烟火，那么灵魂就会幻灭。我一想起这，就忍不住哭起来了，不想，惊动了官人。"郑天心想：叫我官人，看来她死去真有些年头了。郑天看了一眼中和墓碑："你是中和寨的人?"姑娘点了点头。"从来没有人来看你或是扫墓?"郑天继续问道。姑娘听后，不禁又失声哭诉起来。她告诉了郑天一个秘密。

在道光年间，她的父亲是当地的富人。平时她的父亲乐善好施，深得百姓拥护。有一年，来了一群白莲教的人。他们见人就杀，见东西就抢。为了躲避白莲教的烧杀抢夺，她的父亲就出钱在云村山顶上修建了一座中和寨。

这个寨子四周都是悬崖峭壁，易守难攻，他们用石头垒起了一道道围墙。百姓都把粮食之类的都搬了放在中和寨里，只要一听说白莲教的人来了，就立刻跑到中和寨里躲避。

有一次，她跑慢了半步，不幸被白莲教的人抓住了。最后是白莲教教主的儿子放了她，就这样，她和白莲教教主的儿子好上了。她的父亲知道后，把她关了起来，再也不放她出来，后来，她找到一个机会逃跑了，终于见到了她日夜思恋的心上人。中和寨和白莲教是势不两立的，他俩是很难在一起的。为了能够永远在一起，他俩逃到了朝元山上，却不幸被强盗杀害。她的父亲就这么一个女儿，很是心疼，就带来了所有的家产，在朝元山安了家，并给她建了一座中和墓。她父亲死后就把一笔宝藏藏在了山里。

郑天有点不知所措："那我有什么可以帮你的吗？"姑娘非常高兴地说："你只要给我烧上几张纸钱，点上一炷香就可以了。"

郑天连忙进去取出纸钱和香，在她的坟墓前烧了纸钱，点了香。

姑娘就再也没有哭泣了。郑天仔细地把她打量了一番，想必活着时是个异常撩人的美女。为了感谢郑天，她让郑天跟着她进入坟墓。郑天犹豫了，心里多少有点害怕的，但想到自己帮了她，不管是在人间，还是在阴间，人都是会感恩的，她是不会恩将仇报的。想到这里，郑天跟着她从一个非常隐蔽的洞口进到了古墓里。

古墓里阴森森的，到处飘着腐朽的味道，郑天有点不适应。他鼓足勇气往前走，见她从墓壁的上方取出一个铁盒子，郑天瞪着眼睛看着她慢慢打开。她对郑天说："这就是我父亲藏宝的地方，上面有地形图，拿着这个就能找到宝藏，希望你找到宝藏后，能把朝元山重修一番，让这里的烟火更加旺盛起来，也好有人给我烧点纸钱，不至于让我的幻灵灭亡了。"说完就不见了，郑天发现墓中除了一堆白骨外，什么也没有了。郑天慌忙逃出了古墓。

出来后，他看着手中这张发黄的图纸，才想起来刚才所发生的一切都是真的。看着黑暗中的朝元山，他不禁打了寒战。本来他得到这张地图后，就准备一人单独去找宝藏，可是昨天的经历让他胆战心惊，他需要钱娜和王武的帮助。如果没有他们，就算有这张地图，宝藏也是拿不回来的，不知道现在有多少只眼睛在盯着呢。

第二天一大早，他们就出发了。郑天并没有告诉他俩昨晚发生的事，他有更大的野心。他们顺着一条弯弯曲曲的小路前行着。今天，他们格外小心，为了躲避蟒蛇的袭击，就没有从昨天那条路走。郑天早把藏宝地形图熟记在心，这次他就率先在前带路，钱娜和王武跟在后。

中午时分，他们来到了一座茂密的森林里，这里长满了参天大树，是最原始的森林，所有的植物像棉被一样覆盖着大地，这里处处都藏着无限的机密。他们经过的森林，就仿佛是突然钻入了时空隧道，更如一条巨蛇扎进黑洞，疯狂地扭动身体，寻找迷失的方向。

傍晚时分，郑天把钱娜和王武带到了白马洞。这里古树参天，使人仿佛置身于万年前的气氛中。他们点燃了火把，慢慢地进入了白马洞里。

白马洞中有一水坑，水中映出一排排钟乳石的倒影。

洞中的布局非同一般，显然是有人在此居住过；布局整体上也体现了儒家思想：左面是条官道，是白虎；右边是一条河，是青龙；后面被大石环抱。在儒家思想中这是一种最佳居住地势。

悄无声息的黑夜来临了。郑天在想着最后自己怎样才能独得这笔宝藏。郑天用火把在洞中照着，慢慢探着往前走。火把的光照出他们的脸，显得有点恐怖。

就在这时，突然听到背后有人大呵一声，这声音在洞中显得是那么阴森可怕，他们三人都大吃一惊，回头一看，后面跟着来了五个人，显然是跟踪他们来到这里寻宝的。这年头，看样子一夜之间想暴富起来的大有人在啊，郑天在心里感叹道。

这个时候，为首的那个人冲了过来，拿起大刀就胡乱砍起来，他们三人一边躲避着，一边回击。

郑天一伸手就把这个人打倒在地，让王武捆了个结实。后面几个人见不是对手，于是一拥而上，手中的刀疯狂起来。郑天也挥舞着大刀。突然只听“啪”的一声响，一条胳膊掉落在地，大家回头一看，原来是郑天的胳膊被人砍断了一只，鲜血直流。郑天顾不上疼痛，用一只手继续挥舞着大刀。钱娜见郑天受了伤，连忙上前帮忙，没想到只听见一声惨叫就倒在血泊里。郑天大吼一声："我在村子里生活了这么多年，还没人敢跟我抢东西！你们是吃饱了撑的，今天叫你们统统见阎王！"说着，只见他大刀劈空一闪，一颗人头便向外飞去，脖颈处一股鲜血喷涌而出，洒向周围的洞壁，尸身一歪，一个跟头栽入水中。接着，郑天一刀插入另一个人的胸膛，抽刀，血柱迸射，血色犹如燃烧的火把，一仰身落入水中。紧接着，又是一刀，另一个人肚子开了个大口，肠子夹着血涌了出来，身子软了下去。郑天觉得自己没干利索，上前一脚，将软在地上的人腾空举起，肠子在空中一摆，血溅了郑天一身。

在这个村子，每行有每行的禁忌，杀猪有杀猪的忌讳，杀人也有杀人的忌讳，如果在杀的过程中被溅一身血，往往会惹来灾祸。所以郑天越发气焰嚣张起来，看见还有开始那个被绑着的人，郑天就在他脖子上砍了一刀，用脚踢到了水里。

郑天一口气杀了五个人，他浑身每一根神经，每一块肌肉，每一根骨头像被什么紧紧抓着、撞击着、吞噬着……

惊吓中的王武连忙抱起钱娜。钱娜微闭着眼，看到王武抱起了她，目光忽然变得清澈与温柔，她将手伸向王武，似乎是在握别，王武将手伸向钱娜，钱娜突然低低地对王武说："亲亲我。"

王武看了一眼郑天，连忙单膝跪地，在钱娜沾满血色的唇上留下了深深的一吻……

王武把钱娜平放在地上，连忙给钱娜包扎伤口。他特意带来了老人留给他的千年灵芝，他用灵芝在钱娜的伤口上擦摸了几遍，血就止住了，疼痛也消失了。他用的同样的方法，为郑天止住了伤痛。

郑天此时为之前自己的那个想法感到羞愧，他拿出藏宝图让王武看，王武此时才知道他有藏宝图。王武背着钱娜，沿着藏宝图的路线，来到了一扇一人来高的铁门前，铁门已经是锈迹斑斑。王武用力推了一下门，门就一下子打开了。郑天打着火把带头走在前，王武背着钱娜借着火把的光向里穿行。

走了一段路程后，王武已经累得满头大汗。

两边的洞壁上依稀能看见有些画像：有佛教，又有道教，还有喇嘛教的，都是些驱邪的图像。摸索了一会儿，前面又出现了一个石门，石门堵在前面，王武用手轻轻地一推，门便被打开了。

里面是一个宽阔的山洞，中间的石床上放着一口石棺，从棺盖里溢出微微的光来。

棺前有一石碑，碑上有铭文：中和寨寨主周朝德……

郑天自语道："原来是那姑娘的父亲啊。"

王武吃力地揭下棺盖，朝里一看，都惊呆了：棺材里堆满了金银珍珠玉器，尸首的脸上罩有一个金面具。

王武小心地摘下金面具：尸体居然没有腐化，是一个老人的脸，面容慈祥，留有白须；嘴唇微开，里面有一颗夜明珠闪出光来，直刺人的眼。王武说："就是这颗夜明珠才使他百年未化。"

看着眼前的这些宝藏，这是他们一辈子也用不完的。

郑天让王武用麻袋装上宝藏，然后就一起回到了朝元山。郑天、王武、钱娜三人平分了那批宝藏。郑天依然住在朝元山上，王武和钱娜回家了。

第四章　鱼有几种吃法

钱娜有了宝藏马上离开了王武，只剩下他一个人孤苦地守在村子里。

一天夜里，月高星稀，云村里一片寂静。王武赶集回来刚走进村子，就被人绑架了。他刚准备张大嘴呼叫，就被一双厚实的大手捂住了，并且说：“要想活命的话就放老实点儿。”王武不敢再动了，他知道这个年月什么事情都会发生。他的双眼就被一块布严实地蒙着，双手反绑着，然后由两个人一前一后牵着他走。走了一会儿，王武问道：“你们准备把我弄到哪儿去啊?”没有一个人回答他，只听到脚下踩着干燥的落叶发出的嚓嚓声。没过多久，脚下的声响小了，王武仿佛听到了自己的心跳声。

大约一个时辰过后，那两个人停了下来。然后给王武松了绑，眼睛上的布也给摘了下来。王武睁开眼睛，四周一片漆黑，只见眼前有一个山洞，山洞里散发出柔柔的火光。他的心跳似乎更快了，“咚咚”跳个不停。其中一个人说话了：“走，进洞里去。”王武愣着没动，说话的那个人用力推了他一下，他打了个趔趄，然后就跟着他往洞里走去。

王武的眼睛来回地看着洞里的一切，刚开始洞口有点小，越往里走越开阔。走到最里面，灯火通明，有十几个人围坐在一起，他们个个红光满面，一股股酒香扑鼻而来。

王武被带到一个身体微胖的年龄稍许大一点的大胡子面前，绑他的其中一个人说：“大哥，今晚没有大的收获，只弄到了一个。”王武一听，腿就有些发软，不知道他们要对他干什么，他连忙跪下说：“求求各位好汉饶了我吧，我是一介草民，你们想要什么我只要有就全部给你们，我家里还有年老的爹娘需要我去照顾，请你们放了我，你们的大恩大德我永世不忘!”

大胡子把王武从头到脚看了一遍，看得王武从头到脚都是凉习习的，一个劲儿冒冷汗。

大胡子看过之后，对绑他上来的其中一个人说道："王二，你和小六去给他弄点吃的。"他们两个相互看了一眼，就把王武带走了。他们在洞中拐了几个弯，来到一个仅容得下几个人的地方。那儿有一个石头垒砌的石桌，石桌四周放有几块石头，王二对王武说："你先在石头上坐下等着，千万别动，不然没你的好果子吃！"王武仔细看了一眼王二，他的脑壳是个光头，贼亮贼亮的，一双小眼睛贼闪贼闪的。看到王武坐下了，王二和小六才离开。

过了一会儿，王二端着一盘热气腾腾的鱼，小六拎着一壶酒进来了。王武一看这架势，他的眼泪就"唰"一下出来了，王二连忙说："你这是干什么？跟个娘们儿似的！这是我们大哥定的规矩，凡是进洞的人，我们都要好吃好喝地款待的。"王武看了看王二，又转头看了看小六一眼，才止住了泪水。

王武看着盘子的那条肥鱼，闻着杯子里的酒香，却坐那儿一动不动。王二发话说："快点动筷子吃啊，吃完了你好回去。"王武颤抖着手拿起筷子，他看了看那条鱼，咽下一口口水，做个撑死鬼总比做个饿死鬼要强。他不管三七二十一就从鱼背上戳下一块鱼肉，放在嘴里吃了起来。鱼的美味让他的手不再颤抖了。他旁若无人地吃了起来，然后又端起酒杯咕噜一口把酒都喝了下去，呛得他眼泪都流了出来，一阵咳嗽让他不停地拍打着胸口。王二和小六在一旁相视一笑，尽管让他去吃去喝。

王武吃过喝过之后又被带到大胡子跟前，王二把王武的吃喝过程详细地向大胡子做了汇报，大胡子朝王武摆摆手说："放他下山去。"

王武就这样被放了回去。他感觉自己仿佛就像是在做梦一般，世上哪有这样的好事，绑他上去就是为了好吃好喝。王武想破脑袋也没想出个所以然来。

一年以后，王武正在茶馆里喝茶，突然发现王二和小六也在那儿。王二不再是光头了，只不过那双小眼睛依旧贼闪贼闪的。王二也看到了王武，连忙和小六走了过来。王武本打算跑的，看看来不及了，就装着什么也没看到的样子，继续低下头喝他的茶。王二却过来拍了拍他的肩膀，俯在他的耳旁小声地说："兄弟，你也在这儿，想不想参加革命啊？"王武以前听说过革命，看着王二一脸的诚意，更想弄清楚他心中的疑惑，所以就答应了。于是，他就跟着王二和小六上路走了。

在路上，王武迫不及待地问王二："你们当年把我抓进山洞难道就是为了给我一顿好吃好喝吗？"

王二和小六一听，就"哈哈"大笑起来。笑得王武就像丈二和尚摸不着头脑一样，他有些生气了，王二连忙说："算你小子命大，你知道鱼有几种吃法吗？"王武把头摇得像拨浪鼓一样。

王二就接着说："当年，我们为了杀富济贫，就去山上做了土匪。每天由我和小六到村子里等候，只要是我们相中的人，我们就会把这个人绑到山洞里去。我们的大哥也就是那个大胡子，他有一个规矩，绑上来的人必须给他弄一条鱼吃，蒸上一杯酒喝，然后根据他吃鱼的方法和喝酒的方式确定这个人的命运。"

王武听得耳朵都支了起来，连大气也不敢出一口，说："你倒是快点说说鱼到底有几种吃法，酒有几种喝法？"

王二闪了闪他的小眼睛，看了看小六说："让他告诉你吧。"

王武一脸期待看着小六。

小六不紧不慢地说："我想问问你，你当初吃鱼的时候，为什么第一筷子下去的是鱼背？喝酒为什么一口干了？"

王武说："我看到鱼背上的肉多，就从那儿开始了。我也没喝过酒，不知道它的厉害，看到那么小的酒杯，就一口喝光了。"

小六笑着说："这就对了。"小六就把前后原因告诉了王武。

原来他们把吃鱼归纳为三种吃法：第一种吃法是先吃鱼眼睛，这样的人一定得死；第二种吃法是先吃鱼肚子上的肉，这样的人关几天就放了；第三种吃法就是先吃鱼背上的肉，这样的人立马放人。酒如果是一口一口慢慢地喝他也死定了，如果是一口喝光的人就会立马放人。

王武听得是背上都冒了汗，庆幸自己当初是先从鱼背开始吃的，喝酒也是一口喝光的。王武还是没搞明白，为什么他们会有这些讲究。

小六又进一步做了解释说明：吃鱼眼睛的人，一定是地主家的人，吃鱼吃腻了，他们就要狠狠地勒索一把；吃鱼肚子上肉的人，一定是富家子弟，说明他们经常吃鱼，知道那儿的肉好吃，所以就关上几天，让他们家人送点钱来就放了；吃鱼背上肉的人，肯定是穷人家，没吃过鱼。喝酒也是这样的，有钱人才有酒喝，才会慢慢品；没有钱的人就没喝过酒，才会一口把酒喝光了，所以，他们的大哥就是根据这些来判断哪些是穷人，哪些是富人，以免弄错了对象，违背了当初做土匪的原则。

王武终于弄明白了当年的疑惑，他庆幸自己当初幸亏没有把那笔宝藏拿出来享受，不然他可就死定了。但新的疑惑再次来了，他一边走一边自言自语说："当初是你们把我绑上山，现在是你们把我弄上革命的道路，这又是为了什么?"疑惑归疑惑，王武还是参加了革命，不久这里就解放了。

王武一刻也没有停下寻找倩倩和他的儿子王景山，可是，寻找了很久都一无所获。为了寻他俩，王武所得到的宝藏也所剩无几。

这天，王二找到他说，在荆山的原始森林中，盛产有极为名贵的人参，如果谁挖到，那可就发了，问他想不想去试试。王武欣然答应了。但要想在此挖到人参就犹如大海捞针，因为不是一般人都能进得了大山的，必须有放山经验。

所谓放山就是采参的人到山里找人参挖棒槌，他们管人参叫棒槌，这一行当古已有之。传承多年的放山行当有着独特的行规：采挖野生人参很艰难，放山少者要几十天，多者要几个月；采参者要带上大量的生活物品和采参工具，由"把头"带领进山，把头是对放山经验丰富人的尊称。

王大山就是一位经验丰富的老把头，为此，王大山被人们称为放山王。

王武和王二就想请王大山带他去挖棒槌，承诺不管挖没挖到棒槌都会给工钱五千；如果挖到了棒槌除工钱外，挖到的棒槌平分。王大山知道山中的棒槌是很难再找到了，但是别人答应给他这么多的工钱，就心动了。

他们准备好了充足的食物，带齐了挖参工具就出发了。王大山拿着索罗棍在前，王武和王二在后。经验丰富的王大山很快把他俩带到了大山深处，这里保持着原始生态的植被，如果没有人带领，进到了大山，想出去比登天还难。

第一天，什么也没有发现，第二天依然如此，第三天还是没有找到棒槌。

第四天，王武着急了，问王大山："什么时候才能见到棒槌？"王大山说："不要着急，根据我的经验来看，今天，我们会在这座山上找到的。"说完，他们继续前行。在前行的过程中，王大山教会了王武和王二在发现棒槌时候的一些要求。

就在这个时候，王大山发现了人参，他立即手拄索罗棍大声喊山："棒槌！"王武根据之前王大山教给的要求，马上大声接山道："什么货？"王大山大声回答道："百年草王！"王武和王二喜出望外，连忙跟了过去，只见王大山拿出一条红绳子，一端系在参茎上，另一端系在索罗棍上，以防棒槌"跑掉"，锁好参后，他们就伏地磕头，向山神表示谢意，然后才开始挖参。

王大山从未见过如此之大的棒槌，重约400克；根据他的经验，这棵棒槌至少生长有四百年以上，这可是难得的宝贝，按现在的市场价说不定能卖百万以上。

王大山把棒槌细心收起来后，就和王武他们一起下山准备回家了。在回去的路上，王武说："按我们开始讲好的条件，除给五千块钱外，这棵棒槌卖后我们三人平分。"王大山见王武很讲信誉，就很爽快地回答："这个棒槌能卖个好价钱，我们三人就平分这个吧，工钱我就不要了。"王武却说："说好的，不能变。没有你的带领我连山里都进不去，就算进去了也出不来。"王大山见此也不好再推辞什么，就继续往山下走去。

已经到了第五天，王大山的"儿子"王景山见父亲还没回来，他就着急起来。但他是干着急不出汗啊，因为他不知道父亲上了哪座山，想去找都没有法。就在这个时候，一条噩耗传来了，他的父亲王大山死了，死在出山的路口。等他赶到现场的时候，警察已经来了。王景山趴在父亲身上痛哭不已。等他控制好情绪后，警察才询问了有关情况。王景山就把一切都说了。警察告诉他，王大山是他杀已经确定，但现场除了发现一条蚂蟥外，再也没有其他的证据了。警察从蚂蟥体内获取血液样本，经鉴定不属于受害人王大山，警察怀疑血样与犯罪嫌疑人有关。但是不是和他一起上山的王武和王二，现在还没有足够的证据能证明，必须等找到他俩，才可能真相大白。

王景山却始终认为就是王武和王二杀了他的父亲，警察劝他先为他的父亲办理后事，他们一定会全力侦破此案的，在没找到证据前还不能盲目下结论。

王景山忍住悲痛为父亲办理了后事，他后悔当初不该让父亲一个人去。他下定决心要把那个王武和王二找到，因为他记得其中有个人有个特殊的标记，一只脚大，一只脚小，这是很明显的特征。所以，他每天都到人参交易市场去转悠，他想肯定是父亲帮他们挖到了棒槌，他们才见财起意，就杀害了父亲。既然是这样，他们肯定要来卖人参，就有可能见到他，所以王景山天天都来。

可是，时间过去了快一年了也没发现可疑人，警方那边也没有任何消息，王景山着急了，他把父亲在生前卖棒槌所得的钱拿出来，请人帮忙四处寻找一只脚大一只脚小的人，钱花光了也没有找到这样的人。

王景山的母亲倩倩让他一定要把凶手找到，替他的父亲报仇。王景山让母亲放心，他一定会的。

倩倩正是王武之前的老婆。当年，她被王武抛弃以后，带着儿子王景山四处乞讨，最后被王大山收留，做了他的老婆。

那个时候，为了生活，倩倩听说挖兰草能卖钱，她于是就到荆山深处寻找兰草。那天她真的挖到一棵兰草，回家后仔细地观察发现，单朵的兰花居然都是只有2个舌头。恰巧就在这个时候，有人来收购兰草，倩倩让来人鉴别一下，收购者看后说可以出价一千元，倩倩简直不敢相信自己的耳朵，这对于她来说无疑是个天文数字，她什么时候见过这么多的钱，倩倩高兴地把这株兰草卖了。

这件事倩倩对谁也没有说，她想再到山上寻找兰草，然后卖个好价钱，实现她的愿望——挣够钱，让儿子王景山过上好日子。然而现实却总让她失望，她再也没有挖到奇异的兰草。正在她感到苦闷的时候，她遇到了一同在山上挖兰草的王大山。

王大山发现悬崖上有一株奇异的兰草，他就下去挖，突然，危险发生了，一不小心他就掉进了深沟里。当时他被几棵小树挡住才没有落到沟底，但却昏迷过去了，也不知道过了多久，他才在兰草的香气里醒来，但浑身动都不能动，他几乎快绝望了，就在这个时候，他发现就在他身边有一株兰草。当时兰草正开着花，一阵阵香气直逼他的鼻子，他用尽全身的力气才摘到一支兰草花，也顾不得多想，把兰草花放进嘴中就狼吞虎咽起来。吃过兰草花之后，他浑身顿时有了一股力量，于是他把那一株兰草花全部都吃了。这个时候他有了力气，就大声呼叫着救命。倩倩正好听到了求救声，连忙跑了过来，说："你不要着急，我马上就来拉你。"倩倩就拿着一根木棍试探着往沟边走来，然而危险却又发生了：倩倩一步没踩稳就滑倒了！眼看就要掉下来的时候，她却用手死死抓住了一株兰草，幸好抓住了兰草没掉下去，而她自己也只是擦破了点皮。倩倩就把木棍伸向王大山，他用手抓住了木棍，倩倩用力拉着他，倩倩不顾自己的安危来救他，他被感动了，连忙让倩倩小心点。就这样，倩倩一步一步拽着他往上爬，过了很久他俩才爬上来。此时的倩倩浑身已经被汗水浸湿，只见她红着脸喘着粗气。王大山让她坐着好好休息一下。当王大山了解到倩倩的情况后，他把她和王景山带回了家。

时间久了，王大山深深地爱上了倩倩。就这样他俩成了亲，一直相亲相爱，过着幸福的生活。

然而，谁知道好日子不长，王大山就被害了。

倩倩和王景山在漫长的等待下，还是没有找到嫌疑人。警方也在不断努力中，但王武和王二就像是从地球上消失了一般，再也没有了踪影。

时间又过去了几年，还是半点线索都没有。无奈之下的王景山为了生活只好单枪匹马进山，因为没有了钱，查找仇人的下落就无法进行，他必须进山挖到棒槌。

这是个秋天，正是寻找棒槌的好时机，因为棒槌在这个时候已经结子了，红红的种子伸在外是最容易找到的。

王景山带好了充足的食物就出发了。可是，他翻过了几座山都没有发现棒槌，时间已经过去了五六天，眼看食物就要吃完了，还是一无所获。

王景山并没有气馁，他一心只想找到那个害死他父亲的人，以告慰九泉之下的父亲。

时间又过去了两天，此刻王景山带来的食物已经全部吃完，他只好摘一些野果来充饥。但时间久了，他就支撑不住了。那天，他正在艰难寻找的时候，突然眼前一亮，在一小片平地上发现了很多小的棒槌，他兴奋极了，可是找了半天也没发现一棵大的棒槌。小的棒槌是不能挖的，放山人要自觉遵守一条重要的行规："抬大留小。小棒槌不挖，即使是遇到成堆成片的棒槌，小的也要留下，待其长大留给后人挖。"王景山失望地继续到其他山上去寻找。

就在他将要登上另一座山的时候，他突然晕倒了。也不知过了多久，他才慢慢醒来，等睁眼一看，发现自己躺在一个窝棚里，一位长得白白胖胖的年轻人守候在他身旁。他大吃一惊问道："我怎么会在这里?"年轻人说："我见你晕倒了就把你抱了过来。"王景山谢过之后问："你怎么也会在山里?"年轻人说："我是跟着放山人进来挖棒槌的，可是没有跟上队就迷路了，怎么也找不着下山的路，后来见一切努力都是白搭，我就不再找了。开始我靠吃野果维持生命，后来发现了大片的棒槌，就靠吃它活了下来，是它们救了我的命。我在等人来带我下山，今天终于见到了你!"王景山说："既然是这样，你就跟着我下山吧。"年轻人连忙说："太好了，我带你去挖一棵棒槌带回去，卖了钱我俩分。"王景山正求之不得，就去把棒槌挖了出来，重约200克，少说也能卖几万，王景山高兴极了，就和年轻人下山了。就在下山的途中，王景山有了一个意外的发现，他发现年轻人一只脚大一只脚小。他顿时一阵紧张，紧张过后他不动声色地把年轻人仔细看了一遍，心想：之前找他父亲的人是四十好几岁的中年人，而眼前的人明显是个年轻人，虽然他也是一只脚大一只脚小，但不可能是那个他要找的人，莫非这个年轻人是他的儿子？王景山虽然这么想，但还是不敢确定下来，他一路走着一路想着办法。

经过一天的时间，他们终于下了山。王景山谢过年轻人的救命之恩后就要离开，年轻人说："不要谢我，你也同样救了我。如果没有你我还要一直住在山里呢，说不定就要老死在山上。"王景山说："棒槌你自己去卖，钱我就不分了。"年轻人还想再推辞，见王景山心意已定，就带着棒槌离开了。

王景山连忙跑到警察局把发现的这一情况说了，最后他补充说："那两个找我父亲的人我也只是匆匆见过一面，当时只有他那双特殊的脚引起了我的注意，况且过了这么多年，他的外貌特征已经很模糊了，不过，我敢肯定的是，其中一个一只脚大一只脚小的人，当时是个四十多岁的中年人，而我现在见到的却是一位年轻人。"他说的情况立即引起了警方的注意，当即派人到人参交易市场等候，结果就真的发现了王景山说的这个人，警方在没有证据的情况下是不能随便抓人的，他们就对这个年轻人进行了秘密跟踪。

然而，就在一天上午，年轻人突然遇到了车祸，他被送往医院救治，警方获取了他的 DNA，经过与那只蚂蟥血液样本 DNA 匹配，误差概率仅为百万分之一。

办案民警等年轻人的伤治好后就对他进行了审问，并核实了他的身份。他确实就是当年的王二，他也承认了所有的犯罪事实，但警方还是没弄明白他的模样为什么会发生如此大的变化。于是，他向警方讲述了一切。

原来，当王大山帮他和王武找到棒槌以后，他没想到会挖到几百年的棒槌，在利益的驱使下，他真的见财起意了。他想独吞这笔钱，可是王大山就是不给他挖到的棒槌，他和王武就上前抢，在争夺中，他把王大山杀害了。当时，他害怕极了，王武也愣住了。王二见状，马上独自一人跑到大山里，他觉得那里是最安全的。王武见出了人命，也顾不上什么棒槌了，连忙逃离了现场。而王二一进到大山就迷了路，想回来也回不来，再说他也不敢回来。他在山里一住就是五年，靠吃野果和人参维持生命。突然有一天，他在水沟里洗脸的时候，发现自己变得越来越年轻，连自己都认不出自己来了。他兴奋不已，后来他才想到这都是吃了人参的结果。

自从模样发生了很大的变化后，他就打算回去，他想没有人会认出他的，可是没有人引路。就在这种情况下，他发现了王景山，他不敢讲实话，就编了谎言骗了王景山。本来他对王景山也没什么印象，根本没想到他会是王大山的儿子，令他更没想到的是一只叮咬过他的蚂蟥居然成了证据。

王二最终被绳之以法，倩倩和王景山终于讨来了一个说法。让倩倩没想到的是王武也参与了，只是没抓到他。倩倩的心里是十分矛盾的，既想抓到王武又不希望抓到他，毕竟他是儿子的亲生父亲。她没敢把这事告诉王景山。

第五章　生死恐龙蛋

王二出事后，小六也回了老家。他的父亲在临终的时候，把小六喊到跟前说："我做了一辈子的石头生意，到头来留下的除了石头还是石头。"说完，他让小六移开墙上的一幅画，然后用手掰开一块砖头，从墙洞里拿出了一个圆溜溜的石头。小六正在疑惑的时候，他的父亲有气无力地说："这是一枚珍贵的恐龙蛋化石，价值百万！你要好好保藏，不到万不得已的时候不要拿出来，不然会带来杀身之祸。"小六含着泪答应了。他的父亲最终才安详地闭上眼睛。

小六安葬好父亲后，继续经营起他父亲的石头生意。

一个傍晚，小六到云梦村收购观赏石。正在他要关门的时候，突然有一个美艳女郎找到了他。她压低声音说："先生，能到屋里借一步说话吗？"小六见是一个陌生的女人，他谨慎地说："小姐你认识我，找我有事吗？"女郎爽朗一笑说："谁不认识你啊！堂堂大名的石头专家的儿子。我叫钱娜，也是做观赏石生意的，我们交个朋友。"小六小心地应酬着。

钱娜突然拿出一个圆溜溜的石头说："你知道这个东西吗？"小六一看心里一阵窃喜：这不是父亲临终前告诉我的恐龙蛋化石吗？如果能买到我可就发了。小六假装无所谓地说："不就是恐龙蛋化石嘛。"钱娜说："不愧是石头专家的儿子，有见识。你想做这个生意吗？"小六问："怎么做？"钱娜说："云梦村是恐龙蛋化石的故乡，那里有许多恐龙蛋化石，不过现在这个村子的恐龙蛋化石都被保护起来了，但是村子里有我的亲戚朋友，他们偷偷捡了很多,如果你想要的话，我能买过来，然后再卖给你怎么样？"小六问："你有多少？"钱娜说："数量我不敢说有多少，你先回去等着，我想办法给你运过来,凭你从这儿是拉不走的。"小六说："好，我回去等你。"她留下联系地址后就走了。

小六没把这事做指望，在家等了几天，然而钱娜却真的来了。她说：“现在风声紧，运不出来，我只好先带来一部分。”小六验了货，就留下了。

又过了半个月，却没有了钱娜的消息。小六有些紧张：难道她被发现了？如果是那样的话我也会跟着倒霉的。他在焦虑中等待了一个月，钱娜终于出现了，小六悬着的心放了下来。

钱娜一见面就说：“这段时间看得太紧，没法运出来。今天我好不容易找到一个机会才运出来。”说罢就让小六看货，小六仔细验了货，数量真不少，小六一下子拿不出那么多的现金，正在犹豫的时候，钱娜说：“怎么样？还满意吧？”小六说：“满意，只是我手头上现在有点紧，货款一次性付不清，你看能不能先给一部分，等我出手后再还清所有余款。”钱娜说：“这个不行，你要知道我是冒好大的风险才弄到这些货的。”见小六还有些犹豫，她就说：“如果你付不清货款的话，我只好卖给别人。”小六连忙说：“你别急，给我两天时间，我保证把货款弄清。”钱娜爽快地答应了。

小六只好去找做石头生意的好友王东借了几万，才算把货款凑齐。两天后，钱娜准时来了，小六付清了所有货款。钱娜拍了一下小六的肩膀说：“这次合作愉快，希望继续合作。”小六也高兴地握着她的手说：“合作愉快。”

小六马上就和一位以前有生意来往的张老板联系，然而，张老板验过货后，说这些恐龙蛋化石只有几个是真的，其他都是人工制造的。小六当然不相信，并十分肯定地说：“货我都看过了，是真的，而且都是从云梦村运来的。”张老板只好拿出其中一个恐龙蛋化石说：“你仔细看看吧，这些是取材于河床中的鹅卵石。一般这些石头经长年的流水冲刷、滚动都变得比较圆滑，然后在上面黏合一些已经破碎脱落下来的恐龙蛋皮。这些恐龙蛋皮是由一些专门在有恐龙蛋出现的地方捡拾或低价收购，然后再经过加工就成了恐龙蛋。”

小六连忙拿起恐龙蛋化石用刀子轻轻地刮了一下，蛋皮马上就脱落了，可以清楚地看到里面是一个椭圆形的鹅卵石。小六当即就傻了，这可是他花了全部家当，并且还欠下王东好几万才买来的。他准备从中再大赚一笔的，可是这一切都成了泡影，更要命的是他欠下了几万元的债。看着眼前一车无用的石头，他是哭都哭不出来。他在心里恶狠狠地咒骂着钱娜，他要去找她算账，讨回损失。他拨打了钱娜的电话，可提示说号码不存在。小六心想这下完蛋了。

小六只好亲自到云梦村挨家挨户寻找钱娜，然而村民都说不认识这个人。小六失望地离开了。

回家以后，他怎么也睡不着，茶饭不思。万般无奈之下，他去找好友王东想办法，王东说他也没有办法。

小六无奈地回到了家，他想起了父亲临终遗言，想把那个珍贵的恐龙蛋化石卖掉，可是，他又怕惹来杀身之祸。

就在这个时候，王东做生意急需一笔钱，就催着让小六马上还钱。小六让王东再等等。王东遇上的是一单大生意，他怎么肯放过呢，于是天天打电话催小六还钱。小六被逼急了，就说："你再这样逼我，我是要钱没有，要命有一条。"王东没办法只好作罢。

小六继续寻找钱娜，他试着来到观赏石市场打探消息。一天，两天都毫无结果。

就在第三天，小六突然发现了钱娜，她竟然和王东在一起！小六想立即上前抓住钱娜，但他还是多了一个心眼：钱娜和王东怎么会认识，他俩到底是什么关系？

于是，小六尾随着他俩，不一会儿王东就带着钱娜朝宾馆方向走去。小六也跟着进了宾馆，随后见王东带钱娜开了房，他只好在外面等。过了很久，他俩才出来。

当王东和钱娜看到小六的时候都大吃一惊，王东连忙上前说："你怎么也在这儿啊？"小六指着钱娜说："我是找她的。"王东怕小六在这儿闹事被人发现他和钱娜的事儿，因此，他连忙说："兄弟，什么都好说，我们到你家里说话怎么样？"小六答应了。

来到小六家里后，小六质问钱娜为什么要用假货来骗他。钱娜说："我也是受害者啊，我可是什么都不知道。"小六说："你害得我背上了债务，你必须退还我所有的资金。"钱娜说："话说到这个份上我就明确告诉你，你还记得你父亲曾经低价买过的一枚珍贵的恐龙蛋化石吗?”小六当即想到了父亲留下的恐龙蛋化石，也记住了父亲的话，所以他说不知道。

钱娜却继续说：“那个恐龙蛋化石本身是我父亲无意中捡到的，可是他不懂得，被你父亲用低价骗去了，实际上那是一个价值百万的、珍贵的恐龙蛋化石，我父亲后来才知道，他就去找你父亲想再要点钱，可你父亲却说没有那回事，为此他气得一病不起，最后撒手人间了！你说这仇我不该报吗?!”小六说：“买卖石头有自己的潜规则，就像赌博一样，愿赌服输！买卖石头靠的是运气，上当受骗了也不能怪别人。”钱娜说：“既然你这么说，有这个潜规则，你也就不要怪我了。”一句话把小六呛得哑口无言，只好看着钱娜大摇大摆地离开了。

小六就问王东：“你和钱娜到底是什么关系?”王东见事情已经败露，就实话实说道：“我也不瞒你了，钱娜是我的情人，我们认识快一年了。我给你说的这些你不要对你的嫂子说啊。”小六说：“哦，原来如此啊，你们俩是不是在合伙骗我?”王东连忙说：“我怎么会骗你？我们是兄弟，借给你的钱你慢慢还我就是了。”小六只好回去了。

王东为了做成那笔大生意，就去找钱娜帮忙，钱娜给他介绍了郑天。于是，王东从他那里借了几十万，说好过几个月连本带息一起还清，这样王东才算把那一单大生意拿下。

小六回家后老是觉得被他俩耍了，心里很不痛快。他就又找着王东说：“兄弟，再借我点钱，过两天还你。”王东只好借，谁叫他握着他的把柄呢。小六拿了钱就去赌博，他想靠这个来还清债务，可是很快他就输光了。输光后，他又找到王东要借钱。王东只好给，但是，很快小六又输光了，就又去找王东借，王东不敢得罪他，再次答应了。

没想到的是小六胃口越来越大，他花着王东的钱也觉得心安理得，谁叫钱娜骗了他十几万，这钱就得王东还，所以，他只要没钱了就找王东，次数多了，王东就说没有了，小六就嬉皮笑脸地说要把钱娜的事情给嫂子说，没办法，王东自认倒霉，只好给。

王东眼看着自己的钱渐渐没了：自己还欠着别人几十万，小六不仅欠着他几万不还，而且还找他要钱。

于是，王东就找到小六说：“兄弟，我现在也是被逼得没办法，你能不能把你父亲留下的那个恐龙蛋化石，拿出来卖了还我钱啊？”小六说：“那是我父亲留下的，不到万不得已的时候我是不会卖的。”王东说：“让我看一眼那个宝贝总行吧？”小六说：“不行，如果让别人知道了会带来杀身之祸的。”王东听到这个消息，心里一阵窃喜。

王东回来后，就在做石头生意的那个圈子里，把小六有价值百万的恐龙蛋化石的消息发布出去了，一时间有很多人都在议论这件事情。小六听到议论后害怕恐龙蛋化石被人偷了，他连忙打开藏恐龙蛋化石的地方查看，幸好恐龙蛋化石还安然无恙地躺在那个墙洞里。

然而，此刻正好有一双眼睛在盯着他的一举一动。

在一个风高夜黑的晚上，王东悄悄地潜入了小六的家里。他慢慢移开墙上的那幅画，又用手掰开一块砖，他激动地用手在墙洞里摸索了一阵，里面却什么也没有。他失望极了，连忙恢复原样，暗暗地骂道：“好你个小六，竟然把恐龙蛋化石转移了地方！”

没拿到恐龙蛋化石的王东怎么能善罢甘休，他挨着一间房子一间房子地找，就在他来到最里一间房子的时候，突然发现地上有很多血迹，他顺着血迹看去，在墙角落里竟然有一具尸体！王东的头皮直发麻，吓得转身就跑，刚跑了几步，又停了下来，他走进尸体一看，原来是小六的尸体！王东在黑夜里惊恐万状，是谁杀了他呢？难道是……

王东没敢往下想，他立即逃了出来，出来之后他又进去了，因为在房间里留有他的痕迹，到时候警察找上门来就说不清了。王东细心处理了每一处痕迹，然后才胆战心惊地离开这个鬼地方。他吓得也没敢报警。

惊魂未定的王东回来后就给钱娜打电话，让她马上过来。钱娜过来后，王东把小六被害的事情说了。钱娜感到很吃惊，连忙问：“那会是谁杀害了他呢？”王东说：“我也不知道，我怕这件事情会给我带来麻烦。”钱娜说：“什么麻烦？”王东说：“我去过小六房间，到时候我怕说不清。”钱娜说：“你又没杀人，怕什么，了不起最后落一个偷盗的罪名。”王东停了一下问：

“那东西还要吗?”钱娜说:“现在小六死了,东西被偷了,到哪里去找啊,这件事就先放下等以后再说。”王东终于舒了一口气,可以交差了。

正在这个时候,警察找上门来了。原来,有人报了警。警察经过大量走访,发现小六和王东是好友,就找到他调查情况。

王东就把自己和小六的交往说了,当然他没有说他进过小六的房间。警察了解情况后就离开了。王东吓得出了一身冷汗。

可是,就在这个时刻,有很多朋友都听说王东得到了一枚价值百万的恐龙蛋化石,他感到莫名其妙,心里害怕极了,不知道是谁在散布谎言。

王东再度被警察请了过去,因为他们通过技术手段查到了他留下的痕迹,要他老实交代。面对警察的询问,王东怕隐瞒真相后越来越说不清,就把自己所做的事情都对警察说了。

他不久前在生意场上认识了和他做观赏石生意的钱娜。钱娜不仅年轻而且漂亮,共同的兴趣爱好,使他俩走到了一起。钱娜成了他的秘密情人。钱娜知道小六家里藏着一个珍贵的恐龙蛋化石,让他想办法弄过来,为了讨好钱娜,王东就答应了。

王东想了一个办法,把小六藏有恐龙蛋化石的消息传播出去,在那个晚上乘机看到了恐龙蛋化石的藏身之处,让他没想到的是恐龙蛋化石却被人偷走了,小六也被人杀了。然后,王东又把他发现的其他情况都说了。

可是,就算他说的是真的,谁来为他作证呢?警察让他和钱娜联系,但她的电话却怎么也打不通了。

王东傻了眼,因为种种迹象都表明他有作案的嫌疑。王东苦于没有证据能证明自己是清白的。王东觉得自己陷入到了一场阴谋当中。现在唯一能还他清白的是抓到杀害小六的罪犯。警察让他先回家听候传唤。

王东正在焦头烂额的时候,郑天找上门讨债,王东让他等待几天,郑天不答应,王东求饶他再宽限几天,等他把棘手的事情处理好了就还。郑天就说:“听说你得到了一枚珍贵的恐龙蛋化石,你把这个东西给我,就算你还了借我的十几万块钱。”王东哭笑不得地说:“我哪有什么恐龙蛋化石,连它是什么样的我都不知道。”郑天冷笑一声说:“你别骗我了,谁不知道你得到了那枚恐龙蛋化石啊！我看你是想赖账吧。”王东就有些火了：“你怎么这样不相信人呢？如果有，我一定会给你的。”郑天也有些火了：“你欠我钱还有理了，今天不还钱我就不走了！”

王东本来就被卷进小六的事情而感到恼火，现在见郑天这样发狠起来，就说：“钱没有，人有一个。”郑天被激怒了，他俩就扭打在一起。

就在警察紧锣密鼓侦查的时候，突然从机场民警那里传来一则消息——一个时髦女郎藏着一个恐龙蛋化石准备出境，被警察当场拘留。办案警察马上到机场了解详细情况。

警察查看了她的身份证，此人正是被公安列为重要嫌疑人的钱娜。警察立即对她进行了审问。开始，钱娜表现得很镇定，说自己不就是违反了文物保护法嘛，她愿意受罚。

警察追问她这个恐龙蛋化石是从哪里得来的，她说是从云梦村捡来的。警察立即找专家对这枚恐龙蛋化石进行了鉴定，结论是一枚价值不菲的恐龙蛋化石。警察心里就有数了。接着问了她和王东的关系，她说的和王东说的一致。

就在这个时候，警察突然扭转话题：“你为什么要指使别人杀害小六？”钱娜当即愣住了，但她马上反应过来说：“我没有啊。”

警察就拿出了一根铁棍，她的心理防线终于崩溃了。

原来，钱娜是为了报复小六，更主要的是想要得到那个无价之宝。她知道王东是小六最要好的朋友，于是她就和王东好上了，想借用王东的关系，让他帮忙弄回来。王东后来就发布了小六有珍贵恐龙蛋化石的消息，他因此就轻而易举地获取了恐龙蛋化石藏身的地方，并告诉了钱娜。

然而，小六被钱娜骗了十几万后不肯善罢甘休，就约钱娜谈谈，钱娜正想找个机会独自一人得到那枚恐龙蛋，于是，她做好了准备就来到了小六的住处。没想到的是，仇人相见，分外眼红，没说两句，两人就争吵起来。小六动起手来，钱娜怎么是她的对手，连忙退让着说：“不要动手，我退你的钱还不行吗？”小六见钱娜要退他的钱就立即停了下来。钱娜又说：“不过，我想亲眼看一看那枚恐龙蛋化石。”小六想，反正她是知道这件事的，看一眼也无妨，只要他肯退还自己的钱，于是，他就说："说话要算话。"钱娜肯定地说："当然算数。"

小六就带钱娜来到里屋。他爬上桌子，慢慢移开那幅画，当他正要拿出那枚恐龙蛋的时候，钱娜突然拿出一根事先准备好的铁棍，狠狠地砸向小六的头部，小六当场被砸晕过去。钱娜连忙从墙洞里拿出恐龙蛋化石，得手后的她看见小六流了很多的血，她感到后怕，用手在他鼻尖试了一下，发现小六已经死了。她本想把小六砸晕后得到恐龙蛋化石就跑的，没想到竟然把小六给砸死了。她愣了片刻后，就把小六迅速拖到墙角边逃跑了。为了掩盖自己杀人的事实，她想把这事转嫁给王东，所以就催他快点到小六家里弄到她想要的恐龙蛋化石。知道王东去过小六家后，她就放心了，以为警察不会怀疑到她的头上。

可是，当警察在找王东了解情况的时候，钱娜又害怕了。于是，她就散布了一个谣言，说王东得到了一枚珍贵的恐龙蛋化石，并打电话给郑天，让他去讨债，想办法把那个恐龙蛋化石弄到手。然而，郑天却没按她的意思去做，也没有伤害到王东。其实，她是想借郑天的手，把王东给除了。

钱娜没想到最后还是被抓了。更让钱娜没想到的是，警察早就把她列为重点嫌疑犯，因为他们在小六的尸体上发现了钱娜留下的许多痕迹。对于把王东也作为嫌疑人，只不过是为了转移她的视线，她的一切活动都在警察的秘密掌控中。

第六章　报恩

王武知道钱娜出事后，只身来到大城市打工，并认识了李艳。李艳被王武的多才多艺所吸引，特别是他会拉一手好听的二胡。就这样，李艳做了王武的女朋友。

李艳就把王武带回老家让父母审核。李艳的老家是个出了名的蛇村，这里森林植被保护完好，适合蛇的生长环境，因此，蛇就多。王武从小喜欢拉二胡，二胡的音色好不好，很大程度上取决于二胡上面的那块蛇皮。所以，他就和蛇结上了渊源，一听说那里有很多的蛇，就来了兴趣。

他俩很快就回到了李艳的老家。李艳的哥哥特别细心，他对王武的情况一无所知，所以，他就通过在外的老乡朋友帮忙打听王武的情况，最终得知的情况是王武竟然是个被通缉的逃犯！通缉的大致内容是：王武参与了一次抢劫，然后逃跑了。李艳的哥哥迅速把这个情况对李艳说了，可是李艳怎么也不相信。他只好让李艳到网上具体来看，当李艳看到通缉令上王武照片的时候，她一下子呆住了，她想：马上报警吗？可她于心不忍，不想亲眼看到他被抓。李艳想了一会儿就对他哥哥说："这件事情不要对其他人说，让我去处理。"她的哥哥说："我暂且答应你，但你一定要注意安全，必要的时候我会报警的。"李艳答应了。

那天晚上，李艳把王武约到了村外的小河上，她沉默了半天才开口说："你是不是对我隐瞒了一件事啊？"王武一听，当时愣住了，沉默了半天才说："你什么都知道了？"李艳点了点头。王武叹了一口气说："都是我一时冲动。"

他就把当年抢夺棒槌的事情告诉了李艳。他说他当时感到很害怕，就逃跑了，一直躲在外面打工，整天提心吊胆的，也不敢和别人深交。当他看到李艳的第一眼就喜欢上了她，所以他把一切都豁出去了，大胆和李艳交往了。他也曾想到过去自首，但又怕失去了李艳，所以一直都没敢提起过这件事。

李艳听后说："你打算怎么办呢?"王武再次沉默了。李艳说："你去自首吧，我等你回来。"王武用力地把李艳拥在怀里，男人的泪水第一次流了出来。

第二天，王武就去自首了，看着王武远去的背影，李艳的眼泪再也忍不住了，她在母亲的怀抱里痛苦了一场。李艳的父母知道这件事情后，也深深地为女儿捏了一把汗，幸亏发现得早。

由于王武能主动自首，情节轻并揭发了他人，所以被判刑三年。在这期间，李艳每个星期都去看望王武，鼓励他好好改造，争取早日出来。

然而，李艳的父母和哥哥都反对她和王武继续交往，但李艳坚持偷偷来看王武。

可是，在第三年的时候，李艳再也没来看过王武。王武不禁着急起来，心想：难道她变心了？还是遇到什么意外了？但他还没到释放的时间，对外面发生的事情一无所知，也没有人能告诉他李艳到底发生了什么事情，一切只有等到他出狱后才能弄明白。

王武终于等到了出狱的时间，那天，他一出来，就直奔李艳的家，李艳的父母看到王武后，就气不打一处来，对他怒吼着："出去，滚出去！是你害死了我的女儿!"王武一听，头都大了，连忙问道："李艳死了?！她是怎么死的，我又怎么会害死她呢?"李艳的父母见他还不走，就拿起扁担撵他走，王武跪在地上说："请你们告诉我，李艳到底怎么了？如果你们不说，纵然是打死我，我也不会走的。"李艳的哥哥见状就告诉了王武一切。

原来，李艳有一次偷偷去看王武，在回家的路上不小心被蛇咬了，等送到医院的时候，毒液已经渗透了她的全身；最要命的是，医院没有抗蛇毒血清，还没来得及转院，她就不治身亡了。

王武听后，一时号啕大哭起来，然后，他来到了李艳的坟前，在那里整整守了一夜。他对地下的李艳说："对不起，一切都是我害了你，我只有好好照顾你的父母来报答你。"

第二天，他就在李艳父母居住的附近租了一间房子住了下来。可奇怪的事情又发生了：在王武租住的房子里，居然出现了一条蛇，一条只有一尺长的蛇。王武看到这条蛇，就想起李艳被蛇咬了的事，顿时火冒三丈，准备拿起棍子把这条蛇打死，可是这条蛇一动不动地躺在地上，这个时候，王武放下了手中的棍子，有了某种想法。这是一条受了伤的蛇，王武买了药涂在蛇的身上，过了几天，蛇的伤全好了，王武准备把它关起来的。可是有一天它却跑了。王武恼火不已。然而，没过几天，这条蛇又回来了，在它的身上套了一个金灿灿的东西，王武连忙把这个金灿灿的东西取下来，仔细一看，原来是一枚钻戒。他不敢确定是真假，就拿去鉴定，结果是一枚真正的钻戒，少说也值好几万元呢。王武高兴地回到家，发现那条蛇依然在家里没走，他感到不可思议，对着蛇说："看来，你也知道感恩啊，那为什么还要咬人呢?"蛇什么反应也没有。从此这条蛇就留在王武的家里。

日子久了，这条蛇跟他也有了感情。王武开始每天给他买瘦肉回来喂它，渐渐地这条蛇就长大了，体重达到了一百多斤。

王武在家养蛇的事情被村民们知道了，都过来看热闹。李艳的父母知道了却是恼恨至极，因为蛇，让他们失去了女儿，所以他们恨所有的蛇；本来对王武就怨恨，现在他居然还养起了蛇，这让他们对他越发恼火。但李艳的父母也没有办法，只能眼睁睁地看着他继续养着蛇。

这条蛇越长越大，每天需要的饭量也是越来越多，王武把自己养的猪都给它吃了，养的鸡也全把它吃了，但还是不够这条蛇吃饱。为了给蛇买肉，钱也花光了。这个时候，他就想到了那枚钻戒，他拿出去卖了两万元，可是没过几天，钱也被买肉用光了。这条蛇吃不饱，就趁王武不在家的时候，偷偷跑到附近村民的家里偷鸡吃，村民发现了就打它，打得它遍体鳞伤。王武是看在眼里，疼在心里，但毫无办法。

有一天，王武带着蛇出去洗澡，刚走到池塘边上，就听到有人喊救命，王武正准备下去救人的，就在这时，蛇哧溜一下就下了水，用身子缠着落水的小孩上了岸，顿时，村民鼓起了掌。都说虽然蛇是冷血动物，但它是一条通人性的蛇。

从此，再有人看到蛇偷吃他们养的鸡也不打它了，有时候还送几只给它吃。后来，人们都称它为蛇王。

然而，有一天，蛇王实在饿极了，就跑出去偷吃了别人家的一头猪，而这头猪正好是李艳父母养的，这下更加激怒了李艳的父母，拿起棍子就打，打得它浑身是伤。蛇王伤痕累累地回到了家，王武知道后，伤心地落了泪。他不知道以后的日子该怎么办。就在这个时候，来了两个人，说愿意出高价收购他的蛇王，王武看着跟了他几年的蛇，怎么忍心卖呢？他拒绝了那两个人。

眼看着蛇王一天天饿得一点力气也没有了，他就想到了一个办法，到外面展览挣钱给蛇王买食物。

第二天一大早，王武把蛇王缠在自己的身上。即将离开这个地方，他远远地对着李艳的坟墓说："等我挣到了钱就把你的父母接到城市里住，我还有一个惊喜到时候告诉你。"说完，他一步三回头地走了。

王武带着蛇王上路了，正走到一条偏僻的小路上，突然冒出了两个人，王武吓了一跳，连忙定睛一看，原来就是以前曾经出高价要买蛇的两个人。王武冷静了一下，问他俩要做什么，其中一个男子说道："把你的蛇王留下，人就可以走了。"王武说："这是我的蛇，我不能留下它。"那个男子接着说："这是我们老板看中了的，他要买回去做一桌蛇肉大宴，所以，无论如何你要留下蛇，我们已经辛辛苦苦跟踪了你好长时间了，我给你两万块，把蛇王留下怎么样？"王武一听说要把蛇王买回去做蛇肉宴，更加不答应了，连忙摇头说："我和蛇王有很深的感情了，你出多少钱我都不卖！"两个男子见他软硬不吃，就上前来抢他的蛇王，王武带着蛇王就跑，可是，王武身上缠着蛇王，跑了一会儿就被追上了。就在紧要关头，缠在王武身上的蛇王突然伸出头来，对着那两个男子张开血盆大口，吐出血红的舌芯子，那两个男人吓得直往后退，一时还拢不了身。王武边走边防着他俩，就这样走了一段路程。

天色渐渐暗了下来，王武突然看到有一座像帽子一样的山，他就顺着只有唯一的一条小路上去了。上去之后，他就让蛇王守在路口，那两个男人自然也就无法上来了。

王武察看了一下四周的情况，发现这里除了一条小路外，其他地方都是悬崖峭壁，悬崖峭壁上都长满了葛藤，王武这下慌了神，不知道如何是好，他想：只有等到那两个男人走了以后，再连夜从原路逃走。可是，那两个男人一直守在路口，没有要走的意思。王武就在山上等着，到了半夜那两个人还没有走，王武有些失望了。就在这个时候，蛇王却慢慢地爬了上来，然后从一侧悬崖上的葛藤上缓缓爬了下去，一下子不见了踪影，王武看呆了，心想：蛇王是不是要逃走了？正在这样想的时候，蛇王又爬了回来，然后再次爬了下去。王武似乎明白了什么，他用力抓住手腕粗的葛藤慢慢往下移动着。他顺着葛藤一直下到了沟底，蛇王也在那儿等着他，这下他才明白蛇王为什么要那么做。王武和蛇王从这里逃走了，连夜又上路了。等到第二天天亮的时候，那两个男人发现守在路口的蛇王不见了，他俩就到山上去找，可是连个人影子都没有，他俩完全傻了，发誓无论如何要找到蛇王。

王武没地方去了，他知道那两个男人是不会放过蛇王的，只好带着蛇王走向大山深处，那里最安全，又能找到食物。

他就和蛇王来到了一片茂密的森林里，这里千花竞艳，野果飘香，百兽出没，鸟鸣猿啼；树上爬满了大大小小的蛇，王武吓得“妈呀”一声想拔腿逃跑。突然，有一条巨蛇大蟒“唰”的一声垂下头来，张着血盆大口，在他面前晃来晃去。他“啊”地叫了一声，浑身颤抖着。就在这时，蛇王哧溜一下就下来了，只见它所到之处，茅草往两边分开，还发出呼呼的响声，奇迹就在这个时候发生了，所有的蛇都像听到了命令一样，吐着芯子不知了去向。王武愣住了，半天没反应过来。

接下来，蛇王也不知去向了。王武只好找到一个岩洞，暂且住下。晚上，蛇王回来了，身体比来时粗了很多，他知道蛇王已经找到了食物，悬着的心终于放了下来。

王武饿了就采集野果吃，运气好的话还能找到野鸡蛋。他在山上住了些日子，发现了一个规律，只要蛇王发出“呼呼”的响声的时候，其他的蛇都会出来，密密麻麻围在一起，像开会一样，王武从未看到过这种景观，很是奇怪。后来，他就学着蛇王发出“呼呼”的叫声，日子久了，这些蛇都能听他的呼唤了，一呼即出，他兴奋极了。

这一天，王武准备下山，他要去实现他的愿望，也顺便带些食物上来。王武回到了以前住过的地方，找村民租了一间房子，然后就回到了山上。可是，刚到他所住的岩洞里，曾经要抢蛇王的两个男人出现了，他们狰狞地笑着说：“看你这次往哪儿逃！”说完，他们就拿起猎枪，准备打蛇王。就在这紧要关头，王武发出了“呼呼”的叫声，突然，就出现了很多的蛇，仿佛从天而降，一下子缠在那两个男人的身上，还没等那个男人开枪就被蛇咬中了胳膊，疼得他一下子摔掉了手中的猎枪。另一个男人也被蛇咬中了，看着他俩痛苦的样子，王武又发出了“呼呼”的叫声，蛇一下全都跑得无影无踪。那两个男人也顾不上丢掉的猎枪，只顾逃命似的往山下跑去。王武有了一股说不出的兴奋：看你们还敢不敢来！

王武又在山上住了些日子，就在他准备下山的时候，又出现了一件怪事。王武的身上长满了红疙瘩，奇痒无比，痒得他只拿头往树上撞，撞得他鲜血直流。王武心想：这下可能完蛋了……还没等他想完，蛇王犹如闪电一般跃起，一下子缠住了王武，越缠越紧，王武在惊恐之后，心想：说蛇是冷血动物还真是没错，它是恩将仇报，想缠死我啊。随着他呼吸一下，蛇王就紧一下。求生的愿望使王武顾不得想其他的，只见他用尽全身的力气，一口咬在蛇的腰部，一股腥臭味迎面冲来，他就用力吮吸着蛇血，好让它尽快放开他。他就这样一口一口地吸着，一会儿就力气用尽，失去了知觉。

也不知道过了多久，王武才缓缓苏醒过来，眼前的情景让他大吃一惊：蛇王已经死了，而他身上的红疙瘩没有了，那种痛不欲生的感觉没有了。他这个时候才明白，原来是蛇王救了他的命，蛇王把他缠住，目的就是要让它的主人发怒，然后，好吸它的血，用以毒攻毒的方法治好他的病。王武惭愧地流下了眼泪。他抚摸着蛇王的尸体，不禁号啕大哭起来。

他用手在山上刨了一个很大的坑。他的双手都刨出了鲜血，但他也不觉得疼。王武慢慢地把蛇王放在坑里，然后又从他咬破的地方取下了一块蛇皮，他要拿回去做永久的纪念。

王武恋恋不舍地从山上回到了他租住的房屋里。然后他买回来了很多的蛇，在家里养起了蛇。凭借他和蛇多年的相处，已经掌握了它们的习性，积累了很多的经验，所以养起来就得心应手。

王武的养殖规模是越来越大，村民们都感到不解，这里本来就有这么多的蛇，他还养蛇，这不是疯了吗？但他却有自己的想法，这也是他的一个愿望，自从李艳被蛇咬后，由于没有血清而不治身亡，他就在心里发誓，以后要养蛇，提取蛇毒，然后卖给医院，让他们提取蛇毒血清，从而让以后被蛇咬伤的人能得到救治，不至于再失去了生命。他想：李艳如果在世的话，也一定会支持他的。

王武把他带回的蛇皮，请人制作了一把精致的二胡，在他养蛇的空余时间里，就拿出来拉上几曲。你可别说，当他养的蛇一听到他拉二胡，就会舞动起来；特别是一曲《二泉映月》，被他拉得如歌如泣，再加上这上等的蛇皮，发出的声音是美妙绝伦，不仅让他养的蛇如痴如醉，而且让劳作的村民都停止了劳动。每当这个时候，王武就会沉浸在回忆当中，一曲拉罢，总是泪流满面。

无数个日子过去了，他的养蛇生意是越做越红火，日子是越过越好，他特意在城里买了一套房子送给李艳的父母，还让李艳的哥哥帮助他管理养殖。李艳的父母被王武的实际行动感动了，接受了他的孝心，李艳的哥哥也成了他的得力助手。

那天晚上，王武来到了李艳的坟前，对她说：“艳，我说过给你一个惊喜的，你看到了吗？我的愿望实现了，医院再也不缺血清了。”说完，他对她鞠了一躬，流着泪回来了。

半夜里，从王武的屋里又传出二胡的声音，还是《二泉映月》。

第七章 午夜爱情

郑天也离开了朝元山，来到繁华的县城买了房子，做起了房地产生意，并成立了南河房地产开发公司。王武知道后，带着养蛇赚来的钱投到他的公司，并在公司里上班。在郑天的操作下，公司的生意是越来越火爆，几年下来，公司赚取了大量的资金。

一天深夜，郑天陪客人吃完饭后，开着车回家。他开车经过一片荒凉的地方，四周一片漆黑，忽然，看见前方有一个漂亮的小姐向他招手，郑天觉得很奇怪，这么晚了又是偏僻的地方怎么还有单身美女在这里。郑天害怕是别人故意设的局，就把车速减慢，左右看了又看，确定只有美女一个人的时候，才把车子停了下来，打开车窗玻璃问："你找我有什么事吗?"美女跑过来说："这位大哥能否送我回家啊?"郑天问："你住在哪里?"美女用手指向黑夜深处的一片小树林说："我就住在那里。"郑天再次看了看美女，他有了一种英雄救美的感觉，就很爽快地答应了。

郑天对这里再熟悉不过了，他早就盯上了这片有开发价值的土地。郑天开着车，沿着土路慢慢行驶，美女热情地和他说着话。她一再表示对郑天的谢意，郑天摆摆手说这只是举手之劳。走了一段路后，前面出现了一座小屋，屋里透出温馨的灯光。美女说她到家了，郑天停下车子，美女再次表示谢意，在郑天掉转车头将要开走的时候，她告诉他，她叫美惠。

郑天开着车，带着一股说不出的兴奋劲儿回了家。当他躺在床上的时候，却怎么也睡不着，脑海里总是出现美惠漂亮的影子。虽然郑天身价过亿，身边不乏年轻漂亮的姑娘，但是他就是对她们没有感觉，觉得她们身上有一股说不出的俗气，因而，到现在还孤身一人。

第二天一大早，郑天带着疲惫开车来到了那片小树林，他沿着昨晚走过的路行驶着，他想到那个小屋去看看，顺便也再看看美惠，可是，直到他把车子开到林子的尽头也没有看到那座小屋。他感到奇怪：昨晚明明看到小屋就在这里，今天怎么就不见了呢？他只好下车，步行着来回走了好几趟，就是没有看到那座小屋。

郑天没有心思到公司去了，他沿着小河，慢慢走着。这里的空气新鲜，有山有水，还住着美丽的丹顶鹤，他马上想象自己将在这里盖起一座大楼，人们疯狂抢购的情景。他露出了一丝笑容，加快步伐往前走去，希望此刻能遇到美惠。但是，这里连个人影都没有。

晚上，郑天开着车又沿着昨晚走的路线行驶，刚走到昨晚遇到美惠的地方，就看到她在前面招手，郑天高兴地把车停了下来。美惠笑着迎了上来说："大哥今晚有时间吗？你看月色这么美，能不能陪我到小河边走一走啊？"郑天正求之不得，当即答应了。

月光如水一般笼罩在小树林里，似乎给他俩披上了一层薄纱。他俩找到一块平整的草地，席地而坐。美惠说："这里的风景多美啊！"郑天说："是的，很美。"美惠就向郑天讲了一个凄美的故事。

有一年春天，一个漂亮的女孩来到这里，她发现这里有很多美丽的丹顶鹤，于是，她就负责起它们的一切，时刻保护着它们。那天，来了几个偷猎的人，她为了保护那只丹顶鹤，不幸受了枪伤，从而离开了人世。

讲完，美惠已经是泪流满面。郑天很自然地伸出手，替她擦掉了脸上的泪水，美惠感激地看了他一眼。就是这一眼，似乎把郑天的魂儿都勾走了。

夜已经很深了，郑天怕美惠着了凉，就脱下西服披在美惠身上说送她回家。美惠温柔地点点头。不一会儿，就来到了小屋，郑天跟着美惠进了屋，屋里黑黑的，有一股像日久没有透过气的腥味，郑天感到很不适应。美惠拿出蜡烛点燃，烛光给了郑天一些温馨。美惠映照在烛光下，那张动人的脸让他坐立不安。郑天极力控制住自己，转移注意力说："你看你的房子已经这样破陋了，等我在这里盖了新房后，送你一套。"美惠听后却没有半点高兴的样子，她说："谢谢大哥的好意，我已经住习惯了这样的房子，再说我一个人也不需要那么大的房子，并且你那房子我也买不起。"郑天没有继续说这个话题，他有自己的打算，等把大楼盖起后，给她一个惊喜。郑天就换了一个话题，了解了她家的情况，知道美惠原来是个孤儿。

郑天实在不适应屋里那种气味，就依依不舍地离开了美惠。

当郑天第二天早上再去找美惠的时候，不仅没看到美惠，而且又没有找到那座小屋。郑天更加奇怪了，难道小屋会凭空消失？美惠又到哪里去了呢？郑天带着疑问又围绕着小河走了一圈，也没看到美惠。

郑天盼着夜晚早点到来，他想晚上肯定能见到她的。夜色降临的时候，郑天终于见到了美惠，他想把心中的疑问说出来，向她问个清楚，可是，他又怕破坏了这么美好的气氛。他就只好继续陪着美惠散步，说着一些自己的过去。郑天和她并排走着，挨得很近，他闻到美惠身上散发出来的特有香味，感到一阵阵眩晕。他再也坚持不住自己，把美惠一把抱在怀里，呼吸紧促起来，美惠闭上了她那双迷人的眼睛，郑天的嘴唇热烈地凑了上去，两颗心就这样融在了一起。

郑天牵着美惠的手说："嫁给我，好吗?"美惠说："你愿意陪着我住在这个地方吗?"郑天说："愿意。"美惠娇柔地躺进郑天的怀里。

郑天白天忙着工作，晚上就和美惠约会，尽情地徜徉在美丽的河畔。郑天为了陪美惠住在那里，不惜一切代价终于买下了那块地盘。

当天晚上，他陪美惠散步在小河边，在激情相吻之后，兴奋地对美惠说："我要告诉你一个好消息，这块地盘被我买下来了！不久一栋大厦将会拔地而起，你我就会住在那宽敞明亮的豪华房间里，到时候耳听着小鸟的嬉闹，眼看着美丽的丹顶鹤，那是多么惬意啊！"美惠听后却伤感起来，郑天见状就连忙问："你不喜欢吗?"美惠说："不是的，你能不能不在这里盖房啊，你看这里风景这么美，如果在这里盖了大楼，影响了环境，那些丹顶鹤离开了怎么办?"郑天说："我不建房怎么能陪你住在这里？再说，我们盖房子，不会破坏这里的环境，更不会伤害那些丹顶鹤的。"美惠见他执意要在这里盖房，就说："如果你坚持在这里盖房我们就分手吧。"郑天没想到美惠会说出这样的话，他问美惠为什么，美惠说只是不想他破坏了这里的环境。郑天就给美惠做起了思想工作，说他花费了很大的劲儿才弄到这块地盘，不仅能陪着她住在这里，而且还能赚很多的钱，美惠听后，还是不答应。这天晚上，他俩第一次不欢而散。

一连几天，郑天忍住不去找美惠。越是这样，他越是思恋美惠。那天晚上，他终于忍不住了，他就去找美惠。他来到那座小屋，美惠坐在屋里，满脸的泪花，郑天心疼极了，问她怎么了，她说没事。郑天要陪她出去走走，她说她想静一静，郑天只好在屋里陪着她聊了一会儿天就走了。

第二天，郑天就带着人马来到那片小树林动工了。他首先安排工人迁走了一座孤坟。那座孤坟也不知道是谁家的；郑天在媒体上发了公告也不见有人来联系他，就只好把它迁走了。那片小树林一下子热闹起来，一天的时间，就被机器挖出了几个深坑。看着眼前的一切，郑天想到时候当他和美惠住进舒适而豪华的房子后，她就会原谅他的。

这天晚上，郑天再去找美惠的时候，小屋却再也找不到了，以前是白天找不到，现在是晚上也找不到了。郑天有些疑惑了，这到底是怎么回事呢？他百思不得其解。他沿着小河走了好几个来回也没发现美惠，难道美惠真的要和他分手了？

郑天只好带着疲惫的身躯回去了。晚上，他怎么也睡不着，他怕美惠真的离开了他，他现在有些后悔不该不听美惠的话，就这样折腾了半夜，他才迷迷糊糊睡去。

就在郑天迷迷糊糊的时候，他听到了美惠的声音："郑大哥，我是来和你告别的，也是来向你道歉的。我就是那个为了救丹顶鹤中枪死了的姑娘。那一天，当我知道你要在那片小树林开发商品房的时候，我就想方设法来接近你，目的就是为了阻止你在那里盖房子，所以就用美色来诱惑你，没想到我后来真的就爱上你了，而你也爱上了我，我觉得一天也离不开你。可是，你不听我的话，非要在那里盖房，并且迁走了那座坟，其实那座坟就是我的小屋，也就是我俩经常在里面聊天的地方。我现在就要住到另外一个地方去了，你再也见不到我了，我也再见不到你了！大哥你多保重，还请你原谅我之前没告诉你真相。最后我还有一个请求，你一定要替我照顾好那些丹顶鹤。"

郑天猛然被惊醒，可他再也听不到美惠的声音。他没有感到丝毫的紧张和害怕，而是伤心地落下了眼泪，这是他第一次为心爱的女人落泪，泪光中，他似乎看到美惠在遥远的地方向他招手……

第八章　赌石

王武听说有人在荆山里拾到过玉石。于是，他就离开了郑天的公司，来到大山里找石头。不论什么样的石头，他都要仔细看一看，觉得不错的就捡回家。

有一天，王武捡到一块石头，重五十斤，青灰色，呈椭圆形，表面光滑，与众不同的是在石头的一面自然生成了一个人物头像，颜色是黑色的，格外引人注目，后经观赏石专家鉴定，石头上的人物图像是天然形成的达摩面壁像，仔细一看，惟妙惟肖。

在一次大型石头展览会上，这块石头被人出价一百万买走了。王武因此一夜间成了百万富翁。他的石头卖出了天价，自然就有许多爱好者请他帮忙鉴定石头，你可别说，凡是经过他鉴定的石头，最后都卖出了好价钱，少则几百，多则几万，甚至上百万。王武因此名声大起，于是便成了观赏石专家，人送外号“石王”，以至于后来人们连他的真名也忘了。

石王喜欢石头，荆山有的是石头，人们在他的影响下都疯狂起来，都想天上掉馅饼，捡上一块好石头，一夜成为百万富翁。在这种情况下，石王就势成立了一个观赏石协会，并和石头爱好者开办了一个观赏石展览中心，吸引各地石商的加入。石王自然就成了该中心的顾问。许多买观赏石的人都请他鉴定，也只有经过他的鉴定，人们才会放心，以免上当受骗。事实也是这样，只要经过他鉴定的石头，买主就都赚了钱，石王更出名了，成了当地的观赏石鉴定权威。

石王成名后，也经常到石展买石头，不过他的眼光很挑剔，一般石头是看不上眼的，再加上他现在有几百万的资产，所以，他想做一桩大买卖，只可惜没发现好石头。

有一次，一块石头吸引了石王的眼球。这块石头重五百多公斤，形如一铁饼，表面呈黄色，一面有一人物头像，就像一枚像章，头像很清晰，短头发根根竖起，“一”字形的胡须高高翘起，石王仔细一看，这不是鲁迅像吗？他心里一阵窃喜，这下我可发财了。石王不动声色地与卖家商谈价钱。这位卖家是本地一位石头爱好者，他说石头是在深山里捡来的，他知道这石头不一般，上面的头像是一代文学大师鲁迅，所以他想卖个好价钱。最后经过讨价还价，石王以一百五十万买下了这块石头，他高高兴兴地抱回了家，准备在下一届观赏石展览会上展出，再大赚一笔。

“八一”艺术节观赏石展览大会在省里举行，石王拿出心爱的石头来参展。在展览大会上，他的石头确实吸引了不少观赏石专家的目光，可经省观赏石专家一鉴定，他这块石头是假的，鲁迅头像是人工刻上去的，所以，这块石头就一文不值了。石王开始不相信，又请了许多观赏石专家鉴定，最后得出的结论都是一样的。这下让石王傻了眼，他从一个百万富翁一下子成了穷光蛋，别人知道这件事后，他的名声也会一扫而光。石王沮丧之后，冷静想了想，这事不能张扬出去，于是拿着石头悄悄回去了。

石王买的是块假石，按理说可以找到卖家退货，并且可以投诉他。但是石头展览中心形成了一个自己的潜规则，他们卖石头不开票，不包退，不包换，他们是在赌石，愿赌服输，所以买者就没有证据，你就无法退货，更无法投诉。买石头靠的是运气，更主要的是你要懂石头，不然就会上当受骗。

石王回来后，依然被人请来鉴定石头。他也不动声色，在盘算着如何挽回损失。几天之后他终于想出了一个绝妙的办法：他把那块石头放在展览中心，请了一个人帮他出售，标价200万。于是引来了人们的啧啧赞叹，但他们也只能饱饱眼福，因为没人能买得起。然而，有一位矿老板看上了这块石头，可他又怕上当受骗，只好请石王来做鉴定，石王喜出望外，对石头做了鉴定，最后得出结论，这是一块好石头，稳能赚钱。这让矿老板吃了一颗定心丸，一番讨价还价后以一百五十万成交。石王挽回了损失，也保住了名声，他为这一招感到暗自高兴。

石王整天忙着给别人做鉴定，再也不去买石头了。

有一天，一个买主请他鉴定石头，这块石头正是他卖出去的那块，石王有些惊慌，但他马上镇定下来，戴上老花镜，拿出放大镜，仔细察看了足足一个小时，最后得出结论，这是一块好石头，稳能赚钱。于是生意成交了。事后石王感到有些忐忑不安。

没过几天，这块石头又出现在石头展览中心，买主还是请石王来做鉴定，石王心里清楚，这块石头已经被他鉴定了好几次，如果现在对买主说石头是假的就等于砸了自己的招牌；卖家也清楚，请他来做鉴定，石王是不会说这块石头是假的。石王意识到更主要的是自己受骗后，又来骗别人，他是在拿自己的信誉做赌注。所以，每次鉴定结果只好都是一样的。

这块石头先后多次出现在展览中心，石王也被多次请去对石头做鉴定，每鉴定一次，他就不安一次。他想：谁最后买这块石头，谁就会损失惨重。

过了些日子，石王发现这块石头再也没出现过，而最后买这块石头的是石头爱好者王东，他感到有些不可思议，不过他心里的那块石头终于落地了。

石王放下心后，每天都要在网上看看石头展览，特别喜欢关注国际石头展览交易情况。忽然，有一块石头吸引了他，这块石头对他来说再熟悉不过了，就是他买进来又卖出去的先后为别人鉴定了多次的那块石头。石头下面还有一行说明：石头已被一位港商出价三千万买下。

石王当时呆住了，他不相信这是真的，他自言自语说道："这一定是王东发现石头是假的，又无法卖出去后，他才玩的新花招，想在网上骗人，挽回损失。"

又过了几天，石王正在网上看石头展览，突然有人敲门，他开门一看，来人正是王东。石王有些紧张，害怕他来找麻烦。石王正在这样想时，王东突然紧紧抓住了他的手，石王用力往回拽，可怎么也挣不脱，王东越握越紧并激动地说："谢谢石王，谢谢石王！"石王感到莫名其妙，王东连忙说："你不记得我了！你帮我鉴定的石头，我赚了好几千万，我这次是专门来谢你的。"说着，他从包里拿出厚厚的一沓人民币。石王没敢接，暗想：石头明明是假的，怎么会赚钱呢？他是不是来试探我，如果我接受了他的钱，就能证明是我为他鉴定的石头，他就可以顺理成章找我的麻烦。想到这里，石王有些紧张地说："人太多了，我记不起来了，钱你拿回去吧，我不要。"王东看到石王有些犹豫，又连忙说："我是真心真意来谢你的，那块石头上的鲁迅头像虽然是人工雕刻成的，但那块石头却是被黄沙皮包着的上等天然玉石，你知道吗？我在缅甸赌石场上赚了几千万。"石王不禁"啊"了一声，什么也说不出来。王东把一沓人民币放在桌子上，临走时又对石王说："赌玉石是最赚钱的，一夜能成亿万富翁，如果你也感兴趣就和我联系，这是我的名片。"说完就走了。

石王想了一个晚上，终于被王东的话打动了。

第二天一大早，石王就给王东打了电话，说自己也想去缅甸赌石场看一看。王东满口答应。石王怀揣着好不容易赚回来的一百五十万，跟着王东上路了。

几天之后，他们来到缅北佤帮的一座山上。这里是一个小镇子，百十户人家，茅草屋疏疏落落地撒在山坡上，鸡叫狗吠声能传出几座山。平日里镇上静悄悄的，一到赌石的日期，这里就会人山人海。

恰巧这天是赌石的日子，来了很多人，他们都来自不同的国家，操着不同的口音。石王从未见过如此阵势，心里不免有点担心，但看到王东很在行的样子，心里也就踏实多了。

经过一番细查明看，王东花了十万元买下了一块石头，然后带着石王去见切石大王李一斗。来到切石大王住处，王东对石王说："切石大王可是赌石界里的老前辈，今天带你来，就是要你跟他学习的。"石王点点头。

切石大王有自己的独门绝技，他切石之前都要先擦石。所谓的擦石是一条古老的法则，效果又好又安全。因为部位没有找准，就下刀切割，就会盲目地把绿色切跑，很容易赌输。只见切石大王拿起一块砂条，通俗地说就是一块条形的磨刀石，只是石质要坚硬得多，沙粒也粗一些，他首先擦颟，然后擦枯，接着擦癣，最后擦松花。擦石主要是看雾和底色，因为有了擦口就可以打光往里看，来判断绿色的深度、宽度和浓淡度，目的只有一个，就是找到真正的绿颜色。

切石大王一手拿起砂条，一手按着石头，"嚓嚓"擦起来。擦了一会儿，切石大王才停下手，走到院中，对着太阳看半天。那石头只磨出一道印。他又重新坐下，继续擦。没过多久，只听切石大王惊叫一声：“见绿了。”王东以为是叫他，连忙过去看，只见石头擦过的地方，露出一片艳绿，如浓浓的秋水。切石大王说：“涨了，涨了。”

王东兴奋不已，让切石大王帮忙切，果然以一百万的价格成交。石王看到王东很轻松地就赚了九十万，他心动了。

第二天他就让王东也陪他去看一看。在这里赌石头，和以前赌观赏石是截然不同的：观赏石是看外表，而在这里是要通过外表看到里面，要知道石头里面到底有没有玉，这不是一般人能做到的。

看了半天，石王在王东的帮助下，花了一万块买下了一块白沙皮的石头。他连忙找到切石大王，请他帮忙切，切石大王答应了。切石大王开始擦石头，一直擦到下午，石王耐不住了，说：“切石大王，要不我来擦，我劲大。”“这事不是一下就能学会的，擦错一寸，丢一万，擦对一厘长一万。”切石大王笑着说。石王也不敢再说什么了。

太阳落山了，切石大王收起石头，就停工了。石头上还是只有一道白印子。

第二天，他又擦了一天，还是什么也不见。石头上的印子深了一层。第三天也过去了，石头上还是手指长一道白印子。石王实在有些耐不住了，就问：“切石大王，这还要擦几天，能不能快一点？”

切石大王一字一句地说：“小伙子，你记住，擦石头这活千万不能急，不能慌，擦擦想想，擦擦想想，一下可以擦出几十万，一下也可以擦丢几十万，这件石头有点希望，你别坏了事。”他这么一说，石王再也不吭气了。第四天过去了……到了第七天上午，切石大王才放下砂条，走到院里，让阳光直射在石头上，轻轻地说了一句：“涨了！”石王怀疑自己没听清或听岔了，连忙跑过去，只见白沙皮上露出半片马掌形的淡绿，像在雾中若明若暗。王东捧在手上，有些惋惜地说道：“就是绿颜色淡了点，要是再深些就好了。”“不淡，这石头有层白雾，擦掉白雾，色就够用了。但是，这石头不能切，一切开就不值钱了。”切石大王说。石王按照切石大王的要求去做，他拿到赌石场上，果然以二十万元成交。没想到第一次赌石就赢了，石王暗自高兴：多亏王东和切石大王的帮助。

又过了一天，王东又帮石王看了一块石头，花了一万元买了回来，但切石大王不擦，更不帮忙切，说这件石头松花太少，又无蟒，只可原样卖。

照切石大王指点，石王带着石头来到赌石场。第一位看货的港商就说："色太淡，要是色再深点，我愿意出十万。"

石王说："是雾的影响，擦去白雾，色够用。"

港商说："那你擦，果真如此，我就十万买下。"

当即，石王找来一块砂条，嚓嚓嚓，一阵猛擦，那白雾果真散了，露出一片艳绿，石王还要擦，香港老板连忙阻止，要立即买下，王东在这个时候却发话了："现在十万不卖了，你要买就出一百万。"港商仔细看了又看，出了一百万买走了，石王感谢王东的帮忙，这块石头让他赚了一百倍的钱。石王更加佩服王东了，他在石王眼里简直就是权威。

在王东的参谋下，石王在场上又买了两件货：一件满身松花，像大大小小的绿芝麻，看了让人又喜欢，又有点紧张；另一件也有一条绿带子，两块都是黑乌沙。

有了上两次的甜头，石王揣上这样两件石头心里美滋滋的：赚个几百万，几千万……我就要成大富翁了，要盖大楼，要找到倩倩和他的儿子王景山。

天还没亮石王就来到了赌石场。这个时候，天下起了小雨，这雨使山上显得格外静，静得阴沉沉的。突然，从石王身后冷不丁传来一声低吼："把石头拿来。"然后就有一个硬硬的东西抵在石王的腰部，石王吓坏了，他不敢动，抵在腰上的那家伙要么是枪，要么是刀。石王战战兢兢地拿出一块石头，那个人接过石头就猛地往地上砸下去。石王差点喊出来：别砸，这样会全毁了。可他没喊，因为他还有一件小的藏在胳肢窝，是用布条捆着的，他不能让他们发现他还有块石头。

在一声很重的、夹杂着玻璃破碎般尖锐的响声中，黑乌沙迸出一片绿色的闪电，四分五裂；是绿得流水的那种，像春天树梢上刚刚吐出的嫩芽一般可爱的绿，石王心疼得真想扑下去，捧起它们大哭大叫。

那个毛贼也怔住了，是被这神奇的、美丽的翠绿惊呆了；随即大叫大喊，两只手一起扑向四分五裂的黑乌沙。他拿在手上看，眼里露出惊喜而又贪婪的光芒。这件原本至少也值几十万，现在全是一道道的裂纹，已经无法取料，一文不值了，石王心疼极了。就在这个时候，王东来了，他给石王解了围，然后帮助石王把另一块石头卖了，净赚八十万。石王对王东越发感激，没有他的帮助，他怎么会赚到这么多的钱呢。

石王再次尝到甜头后，就要求王东和他一起玩最刺激的——赌大石，王东欣然同意。

王东帮石王挑选了一块大石头，花了一百万。这么贵重的一件货，石王不敢擦，他和王东就又去找切石大王。

切石大王看了他们的石头，当即表示愿为他们切。

凡是切石大王为别人看准的石头，大都是一切准涨，偏偏他自己买的货，一切即垮。而他自恃有丰富的切石经验，辉煌的切涨历史，越是切垮了他越是想切，越是想搞个明白，切石头切得入了魔，谁要把石头交给他，哪怕是说交给他保管几天，他都会心痒如猫抓似的，忍不住就给切了。

切石大王看着桌上放着的这块大江石，皮呈黑色，很薄很薄，细看有三指宽的一条蟒带；旁边有豆大的一点独绿。切石大王看得非常仔细，然后对他俩他说："这块石头肯定不一般！它完全被皮壳包裹住，既没切面，也没开口。按照行话说，这就是一块标准的'赌石'。虽然风险很大，但是如果切开后就稳定能赌涨了，因为石头里有高品质的翡翠，利润也是相当可观的。"说罢就往石头上画线，准备开切。

玉石里的行话叫：一刀穷，一刀富，一刀穿麻布。这时，切石场上聚集了很多的商人，那场面可谓人山人海，里三层外三层围得水泄不通。

切石大王第一刀切下去，就见一条碧绿，拇指粗。当即就有人出价一百五十万。石王不卖，众人都高呼"切切！"切石大王就再切一刀，又出一股碧绿，有人叫停，让他不要切了，他愿意出价五百万。石王激动起来，想要卖掉算了，但王东让他不要卖，石王对王东早就佩服得五体投地，所以就依了他。在场的客商疯狂地继续叫喊着："切切！"石王就让切石大王再切一刀，果然又见一股碧绿。人群中立即爆发出一阵骚乱，石王的心快要跳出了心口。这时，有人出价一千万。这让在看的客商大声哗然。最终这件石头是以一千万成交的。石王一夜之间就成了千万富翁，他把王东当作自己心中的神仙。

石王积累了不少本钱，这天，他俩来到赌石场上看石头，突然，石王看到了一件货，一面是黄沙皮，一面是绿汪汪的颜色，重五百公斤，是一块大石，赌这块石头是很刺激的。他就问王东是什么意见，王东先上去仔细看了半天，才把石王拉到一边悄悄地说："是件好货。"石王就上去和卖主谈价格。赌石的场面是极其严肃的，一般没人出声。石王上前用衣服盖着手和卖主捏指头，目的是不让旁边的第三者知道到底是什么价钱成交。石王犹豫了一会儿，找了个僻静的地方对王东说："他要价五千万，价格太高了，你觉得能买吗？"王东说："赌石靠的是运气，不过凭经验来看，这块石头不一般，说不定会有上等的翡翠在里面，那可就发了。"石王说："卖主说了，他这块玉石起码能卖到一个指。"一个指也是指一个亿。王东就说："反正你也赌赢了这么多，要想发大财，就去赌一把。"石王心动了，可他还不够五千万，就高利贷借了三千万。

第二天，石王再次来到赌石场，和昨天那个卖主握握手，表示成交了，不能再反悔了。成交价格第三者根本无法知道。

王东看到石王成交了，顿时兴奋起来。石王带着高价买回来的石头，他是不敢去找切石大王的，他怕一刀下去什么也没有了。

他带着第一个商人来看了货，商人不言不语，走了。第二个商人看了货也不开价，走了。石王认为他们是开不起价，越发得意，就专找大商人来。第三个商人看了货，摇摇头也走了。石王感到不安起来，可是他又不好问人家，因为一问要么是露了底，让人家知道你不懂货，传出去别人就会狠杀你的价；再就是玉石商互相之间都保密，谁也不会说出自己的经验，说出看到哪有毛病什么的，那是一句顶千金万金的。

当第四个客商来看的时候，他发话了："你这块石头表面上看是有很多的绿，不擦不切一看就是块上等货，可是，表面的绿都是假的。”石王一听，呆住了，他不相信。客商继续说道：“实话告诉你，我也上过这样的当，差点让我倾家荡产！它们是用高科技手段仿造出来的，光靠我们的肉眼是很难发现的。不信你擦一点看看。”石王将信将疑，然后在见绿的地方擦了一下，他一下子傻了，真的是人工仿制的。石王瘫倒在地上。

石王万念俱灰，最后找到王东商量对策，王东想都没想就说：“去找切石大王切一刀，说不定就真能切出个好价来。”听他这样一说，石王的心里又像被泼了一瓢凉水。

石王带着侥幸心理，回家后，他用从切石大王那里学到的擦石技术来擦这块石头。他想擦出点绿来，慢慢地他把表面那层人工做的绿都擦掉了，但石头里面一点绿也不见，然而他却见到了一个熟悉的头像：短头发根根竖起，“一”字形的胡须高高翘起，石王仔细一看，这不正是他以前买来的观赏石吗？它怎么会出现在这里？石王猛然想到了王东说过的话：那块石头上的鲁迅头像虽然是人工雕刻成的，但那块石头却是被黄沙皮包着的上等天然玉石，他在缅甸玉石场上赚了几千万。他在网上也曾看到了那块石头被港商花三千万买走了的消息，看来王东没有说假话。石王顿时振作起来。

石王下定决心去赌一把，他要把石头切开，不管怎么样，生死都是它了。于是，他找到切石大王，切石大王爽快地答应了。客商们听说要切一块花高价买来的石头，就都来了，这次切石场面比上次要壮观得多。王东更是寸步不离地陪在石王身边。

下午两点正式进行切割。随着解机轰轰隆隆的声音，现场的气氛十分紧张。第一刀下去，全是灰白，没有一点绿。石王让切石大王继续切，第二刀下去，依然是灰白一片，直看得石王冷汗淋漓，脸色刷白。石王像发疯一般地说道：“切，切，不停地给我切！”切石大王接着又切了好几刀，依然如故。

切石大王这个时候说话了：“我看别再切了，再切下去你就一无所有了，我们都是吃玉石饭的，看在同行的面上，这块石头就算我买了，给你十万元，作为路费回家去吧，这里不是你玩的地方。”听着切石大王恳切的话语，石王眼眶里涌起了感激的泪花，连声说：“谢谢，谢谢！”当石王伸出手去接这十万元救命钱的时候，王东却挡住了他的手，大声说："是英雄就不要回头，几千万都没了，何必在乎这区区十万元，何况你还借有高利贷！你用什么还?"石王看着王东充满鼓励的眼光，幡然醒悟。他声嘶力竭地大喊一声"切!"切石大王又切了一刀，人们还是失望地看到了一片灰白色，石王顿时瘫倒在地。当他醒来的时候，已经彻底没有了斗志，他已经血本无归，还欠下了高利贷，如果还不了就有生命的危险。他只好接过切石大王递来的十万元的救命钱，准备找个时机偷偷逃跑。在场的客商都说切石大王是个讲义气的赌石大侠。

就在这个时候，切石大王却对在场的客商说："我已经买下了这块石头，我还想继续切下去，看看我的运气怎么样。"他的话音刚一落下，就迎来了一片疯狂叫喊声："切，切，切!"

切石大王从石头的中间一分为二地切开，只见一尺见方的白玉色切面，在石料的衬托下露了出来，这仿佛预示着，里面藏着上好的玉料。通常情况下，赌石在露出剖面后，就可以根据上面的颜色判断质地好坏。切开后，如果是白色、绿色或者是红褐色材质的话，说明可能会是上乘的好材料，下面没准儿整块都是玉石。但是也有可能切开之后你看一片翠绿，但其实就是这么薄薄的一层，下面什么也没有。石王看后有点不相信自己的眼睛，就在这时，有人开价一百万，切石大王没有理睬。他继续切石，这时候又出现了神奇现象，里面露出了两块玉石，客商一片哗然，石王更是惊呆了。当第一块玉料拿出来时，在场的客商发现这块玉像是一头牛。切石大王连忙说："这马上就到牛年了，好彩头，好彩头!"而另一块玉料就像一只狗，在场的许多客商都赞叹不已，表示第一次见到此种情况，实属罕见。有人开价一千万。切石大王依然没有理睬。石王看到这里，心里仿佛被针尖锥得疼痛难忍。

切石大王仍然没有停下的意思，他继续切开石头，客商们又一次发出惊叫声，只见石块上竟然开出了几个食指粗细、两三厘米深的黑窟窿，紧接着出现了更多窟窿。且每个洞口边缘都呈现深褐色，参差不齐。随后发生的事情更加离奇，一条拇指粗细、长两厘米左右、好像虫子一样的玉色东西被剖了出来。这个时候，石王忽然想起报纸上有过类似报道——几年前昆明出现过一块神奇玉石，上面有6条“玉虫子”，当年以一百多万被成功拍卖。当时盛传那块神奇玉石就源自缅甸，从此玉行里就有了“一虫十万”的说法。石王想：此“虫”是否彼“虫”，那还说不准。接着又陆陆续续被打磨出来一条又一条的虫子。这仿佛让人联想到在远古的某一天，一棵风烛残年的老树，正在被虫害侵蚀着。虫子们在这棵老树上安家、繁衍，并且肆虐地啃食着老树的残肢。突然火山爆发了，无情的岩浆瞬间吞没了森林，老树与虫子们一同被淹没，永远定格在那一刻……

切石完毕，在这块似玉非玉、似树非树的石上，足足盘踞着一千多条玉虫子。这么大一块石头，里面有这么多的玉虫，实属罕见，且部分虫体形状完好，斜切面木纹及其树节清晰可见。客商们更是惊叹不已。

石王此刻傻了眼，他恨不得立即退回那十万块，去要回属于自己的石头。就在这个时候，一位港商喊价五千万，马上就有人喊价八千万，最后价格一路飙升，竟然有人愿意出一个指了。石王没想到会这样，他有一种上当受骗的感觉，想着自己马上就可以成为亿万富翁，可就是切石大王的帮忙，让他失去了一切，还要冒着生命的危险逃跑，他实在是受不了这个刺激！只见他飞快地跑向切开的玉石，他要把本来属于他的石头抢回来，切石大王看样子早有准备，连忙喊人强行拉开石王，他就像疯狗一样，见谁拉他就咬谁。但他的疯狂还是被切石大王的手下制服了。石王这下是真的疯了，不断地用手比画着，嘴里一边喊着“切切切”，一边跑得无影无踪。

最后，切石大王以一个指成交了。王东看到这一切，他简直也快疯了。

本来，王东找切石大王是帮忙弄回他的损失的。王东自从买了由石王鉴别的观赏石发现是假的后，他知道是石王在中间捣了鬼。于是，他就发誓要把这个损失赚回来，而且还要狠狠地赚上一大笔。于是，他就预演了一场戏，拉石王下水，见石王上钩了，就和切石大王一起让他开始吃点甜头。石王又中计了，王东这么做的目的就是为卖那块他买回来的假观赏石打基础的，一切都按他的意图顺利进行后，王东把那块假观赏石让切石大王用高科技手段进行人工仿制，然后委托切石大王的人在赌石场上出售，如果卖出去了，他和切石大王一人一半。没想到石王真的就买下了。王东一阵窃喜，他不仅赚了几千万，而且还让石王背上了高利贷，他要看石王赌输的惨状。然而，事情却出乎他的意料，他曾骗石王说这块观赏石虽然是假的，但却是一块被黄皮沙包裹的上等好玉；没想到真被他说中了，本想让石王吃不了兜着走的，反而却让切石大王大赚了一笔。

王东的心里就像翻腾的浪花，也不知道是什么滋味，他找到切石大王说："你帮我赚回了钱，我得感谢你。可这块石头是你采取了卑鄙手段弄回来的。你是切石大王，在切开的时候，你已经发现这不是一般的石头，所以，你再切的时候，就专找没有玉的地方切，这样一直把石王切垮，你又假装大发慈悲，给了他十万元，就这样轻松地买下石头，最后大赚了一笔，你的心可够黑的!"切石大王冷笑一声说："你差点坏了我的好事，当时为什么还要让石王继续切下去?"王东说："当时我不知道这块石头里面有这么多的宝贝，让你继续切，就是要一刀一刀地切垮石王，我要看到他痛苦的样子！当初，他让我几乎倾家荡产。"切石大王停了一下说："既然你什么都知道了，我也没什么说的，这就是赌石，你还想怎么样?"王东说："我想让你把卖石头的钱分一半给我。"切石大王说："凭什么分给你，那是我的正当所得!"王东还是坚持他的要求，切石大王就是不答应。他俩越争越上火，王东无法控制自己，顺手拿起切石的工具，猛地砸在切石大王的头上，切石大王李一斗顿时鲜血直流。王东看到地上的鲜血，大声叫着："见绿了，见绿了……"然后，他就发疯似的一边跑着，一边喊："涨了，涨了，我发财了……"

第九章　少年千王

石王王武一个人终于逃了回来，他再也不当什么石王了。他再次来到郑天的公司，准备到郑天的公司找个事做。

当他来到郑天的房地产公司的时候，他看到了妻子倩倩和儿子王景山。久别多年的他们在相见的那一瞬间，沉默代替了很多的话语。

倩倩对王武诉说了她的遭遇，并把王大山的事情也告诉了王武。王武没想到会是这样，他也是后悔不已，只怪自己没有照顾他母子二人。

王武问倩倩怎么到了郑天的公司了。倩倩说她也是在走投无路的时候，特别是儿子王景山经历了一件事情后，被郑天发现了，念着曾经的感情，就把他俩留在了公司。

王武急着问倩倩儿子经历了什么事情。倩倩让王景山自己告诉他。

王景山没有读过一天书，他为了母亲能够生活得更好一些，就想办法挣钱，可这个想法在那样的年代不会那么轻易实现的。

有一天，王景山在家看电视，一部电影《赌神》让他入了迷，他从此知道了打牌能赚钱，还能当大款；特别是赌神发飞牌、拉牌的潇洒动作在王景山脑海留下了深刻的印象。从此，他心中有了一个偶像——赌神；也有了一个愿望，以后成为一个赌神。

王景山马上在家里找了一副扑克，开始练习发牌、拉牌和飞牌。

有一天，他正在练习飞牌，被母亲发现了。她十分生气，怒吼着说："王景山你给我听着，你这是不务正业，你还要继续练的话我就打断你的双手！"王景山哪里听得进母亲的话，他一心想成为他心目中的偶像，所以，他还是继续练牌。母亲知道后，就把他暴打了一顿。此后，王景山白天趁着倩倩去地里干活时练，晚上躲在被窝里练。经过三个月的练习，有些天赋的王景山可以表演赌神在电影中的玩牌动作了。

于是，王景山拿着这些小伎俩在年轻人面前炫耀，大家看着他神奇的牌术，都称赞不已。他因此被村里人誉为了“赌王”。其实，那时的王景山根本不会赌博。倩倩听说王景山成了“赌王”，越发恼火，生怕孩子走上了犯罪的道路，于是她把王景山关了起来，白天把他一个人锁在家里，哪儿也不准去。只有等她回来了才给他开门；倩倩还警告他说，如果还不改就真的要打断他的双手了。一心想成为赌神的他，顾不得多想，他趁倩倩到田地里劳作的时候，悄悄地翻窗跑了。这一跑就杳无音讯，倩倩多方打听也没找到他的下落。

王景山逃跑到县城里，他也没有地方去，就过起了流浪生活。一天，他看到有人在玩纸牌魔术，旁边围了很多人，掌声不断，魔术表演罢了，围观的人你一块他五块丢给了表演者，王景山深受启发。

王景山就找到一个人多的地方，向过往的人表演他的牌技，人越围越多，他发牌、拉牌的潇洒动作更是赢得了阵阵掌声。这时，一个 30 出头的中年人站在现场一言不发，等大家喝彩完毕，这人拿起王景山手里的扑克玩起来。扑克牌在他手里上下翻飞，飞牌、拉牌出神入化，看得王景山和围观的人惊呆了，最后，人们纷纷扔给了王景山不少钱，此刻，王景山才意识到，他遇到了真正的高人。

王景山拿着人们给的钱，要送给这个中年人，中年人却不接，转身就要走。王景山哪肯放过他，中年人走到哪儿，他就跟到哪儿。中年人有些火了：“你老跟着我做什么?”王景山连忙说：“我要拜您为师，请收下小徒吧。”中年人说：“我从不收什么徒弟。”王景山就跪在地上，把自己的经历和愿望说了。中年人听后说：“我和你是同村人，我俩是老乡，你年纪还小，我劝你不要去学什么赌神，我送你回家去吧。”王景山见和他是老乡，就哀求他不要把他送回家，他不想回家，不然会被母亲打死的。中年人只好让王景山跟着到了他的出租屋。后来，王景山才知道，这个人姓陈，叫陈侠，因爱赌博，三十好几岁的他仍是孤身一人。

在出租屋里，王景山每天主动承担起家务活，又是提水又是做饭，一个劲儿地和陈侠套近乎。但陈侠就是不答应收他为徒。王景山不泄气，继续在出租屋里伺候着陈侠。

有一天，王景山再次跪在地上说："师傅，你就收下我吧，您的大恩大德我会永世不忘的!"陈侠被感动了:"王景山，不是我不收你，而是这条路不好走，说不定就会走上犯罪的道路。"王景山还是跪在地上说："师傅，不管怎么样，我都不怨您，只要您收下徒儿，我做牛做马都愿意。"陈侠终于被他的执着打动。他详细询问了王景山的家庭情况后，说："你人机灵，臂长手长，是一个玩牌的好材料。不过，这条路真的太凶险了，是你自己要往上撞，以后不能怨我。"王景山连磕了三个响头说："谢谢师傅，一切都是我自愿的。"陈侠就收下了他，然后举行了简单的拜师仪式。王景山正式成为陈侠的徒弟后，一边帮师傅料理家务，一边学习牌术。王景山悟性极高，加上他勤奋好学，又有高人指点，牌技越来越高。

师傅在牌场上是赢多输少，收入就不少，因此师徒二人的生活过得也是很惬意的。

可是，这样的好日子没过几天，和师傅玩牌的人就渐渐不跟他玩了。生活上没有了着落，师傅只好另想办法，他知道在这个县城已经待不下去了。

一个雨天的下午，师傅带着王景山，坐上了前往另一个陌生城市的班车。从此，王景山就远离了自己的家乡。这一年他刚好18岁，他一直没有和母亲联系过。他不想联系，更不敢联系，他怕自己一联系梦想就会破灭了。

到了这座繁华的城市，师徒二人在城区租了间民房安身。师傅开始带着王景山出入赌场。上场时，王景山作为师父的跟班，为师父搞服务。不上场时，王景山就料理二人的生活，继续练习牌技。

这以后，师傅每次上场总是赢多输少。他俩就有了钱，生活又回到了从前，王景山觉得日子过得也很滋润。

没有牌局时，师傅便教王景山绝技。这些绝技都是赌场上诈钱的方法，俗称"出老千"。师傅正式传授给他绝技。第一招是偷牌，师傅说："这一招其实是最基本的也是很简单的，但你必须要学会，这是起码的要求。偷牌就是趁他人不注意，从牌场中偷出自己想要的牌，要点是快。"说完，师傅演示了一遍，王景山很快就掌握了要领。师父接着教第二招，他一边讲解一边演示说："这第二招就是换牌，换牌有一个专门的道具叫换牌器，一般藏在自己左衣袖或左前襟内侧，根据需要适时换出需要的牌。换牌器有电池驱动，换牌过程极其迅速。"说完，师父拿出换牌器，教王景山要领，王景山很快就掌握了。师父接着教第三招："这招是藏牌，就是把扑克牌通过弯曲的手指和手掌，将牌从手心转到手背，而不被别人发现。"说完，师父做了示范,王景山照着练了几遍就学会了。第四招就是摸牌变点，师父讲解要领："这招就是通过藏牌将别人看到的牌变成手中藏的牌，以达到出千的目的。"师父又做了示范，王景山牢记在心。最后一招就是发牌，师父说："发牌要领就是在洗牌时将大牌洗到最下面，然后发给自己或合伙人。"说完，演示了一遍。师父教完所有的看家本领后，就让王景山在屋里加强练习。

王景山为了儿时的梦想更加刻苦训练，功夫不负有心人，他终于把师父教的五招练得出神入化，没有半点纰漏。师父看后，对他竖起了大拇指，陈侠也了却了自己的愿望——终于有了继承人。

师徒二人又过了一段衣食无忧的生活。可是，地下赌场经常遭到警方的打击，为了逃避警方打击，地下赌场经常变动。因此，师徒二人只好单干了一段时间，但赌局不是天天有，他们的收入就不是很多了。

就在这个时候，一个叫阿飞的赌头找到师父。他说他已经邀约了数十名赌徒临时在一家宾馆开了房，准备在那里玩一场，问师父有没有兴趣参加。师父已经好几天没有赌局了，就答应去了。这次师父去还是赢得多输得少。阿飞在赌局上看出了师父有真本事，于是，便要跟他合作。由他组织赌局，师父出千，骗来的钱四六分成。陈侠见有利可图就答应了。

王景山和师父就这样在这个城市度过了四个月的时光，而此时，王景山的牌技已经达到了炉火纯青的地步。陈侠和阿飞也骗来了不少的钱，时间一长就没有人再跟他们玩了。陈侠只好领着王景山又到了另外几个陌生的城市。

那天，王景山和师父到了汉市一个地下赌场，陈侠和赌场很快就联系上了；然后，就有人派专车来接，那是一辆黑色的轿车，里面都是全封闭的，即使是老赌徒，经过好几次左拐右转，也不知道赌场在什么位置了。

陈侠和王景山进赌场前都要经过三道岗，除了钱外，什么东西都别想带进赌场。赌场是三层楼，里面吃喝玩乐嫖赌一条龙。

王景山和师父开始还比较谨慎，前几次很少出千，但每次都有赢钱。师父觉得这现代化的赌场也不过如此，无意中放松了警惕，开始出千了。

然而有一天，师父在赌场偷牌时，被录像全程录了下来。这个时候，师父才明白他为什么会那么轻易得手：那是赌场在放水，吸引他们上钩，赌场的人已盯上了这师徒二人。

王景山和陈侠立即被带到一个封闭的黑暗的小屋，两个肥头大耳的打手飞起一脚把陈侠踢倒在地。他们凶神恶煞地拿出棍子，雨点似的落在陈侠的腿上，陈侠还没来得及哼一声，双腿就被当场打断。王景山看着眼前的一切，除了心疼不已外，更多的是胆战心惊。他虽然免去了皮肉之苦，却被他们扣押了，还逼迫他在300万元的欠条上签字，否则就拿陈侠的命抵。

王景山跟师父已经有两年多了，师徒之间有了胜似父子之间的感情，为了保住陈侠的性命，王景山含泪在欠条上签下名字……

师父一去不返，王景山被赌场留作了人质，并要求他为赌场赢回那欠下的300万元债。18岁的王景山相貌憨厚，脑子灵，手法快，被赌博集团看作是不可多得的老千人选，决定要提高他的千术。

王景山别无选择，被迫接受赌博集团的安排。他被关在一间没有窗户的房间内进行训练，房里只有一张床和一盏灯，每顿饭由专人送来。经过各种专业老千6个月的强化训练，王景山成了一名少年老千。虽然牌技纯熟，动作潇洒，完成了自己小时候的梦想，但王景山却高兴不起来，因为他是被逼迫的，他更牵挂着师父，不知道他的命运如何。

王景山现在只有任人摆布，他凭着一张稚嫩的脸，在众多发牌手中，最受赌徒们的信任。

王景山当上发牌手后，曾一个晚上为赌场赢了80万元。在汉市的一年时间里，王景山不仅还清了师父被逼欠下的300万元的债，还为赌场赚了700万元。他的成绩也得到了赌博集团的认可，被誉为少年千王。

虽然还完了欠债，但王景山还必须为赌博集团服务，因为他们认为千术是赌博集团教会的。于是，他身后24小时都有两名打手跟着，名为保护他，实际上是监视他的行踪。不过，每次为赌场赢了钱，王景山都会得到一些提成，但这钱必须花掉。因赌场怕他有钱后，不好控制。再者，王景山没有身份证，加上不能与外人接触，就是想存钱，也没有地方放。

王景山就在失去人身自由的情况下过了一年，靠出老千为赌场赢了不少钱。他曾想过逃跑，但他被人看得严，也没有机会逃脱，他也深知他们的残忍，因此不敢轻易逃走。

这年年底，汉市的赌场因严打而关门，王景山又被赌博集团安排去了海市。在海市待了5个多月后，又被派到其他城市；半年之后，赌博集团通过一个特殊渠道，把他送往缅甸的一家赌场，继续为赌博集团出千谋利。

那是九月的一天，一个中国女孩开着宝马车来到缅甸赌场。可能是看到王景山是中国人，这个女孩径直来到了王景山当发牌手的赌桌上。不一会儿，赌博集团传来的内部资料到了王景山手上：此女姓郑名妮娜，18岁，其父搞建筑发家，身家千万。郑妮娜最近失恋，来赌场找乐子，这次她带来了300万元。王景山看了资料后，就知道该怎么做了。

第一天，郑妮娜输了二十余万元；第二天，她又赢回了十余万元；之后两天，郑妮娜又小赢了几笔，由此把郑妮娜牢牢吸住了。其实，这是赌场的规范动作，他们不会让赌徒一输到底，通常会让赌徒小赢之后再输，最终的结果是输光老本。

郑妮娜当然也逃不出赌场的魔掌，在不到一个月的时间里，她输掉了带来的300万元。后来，她又把价值百万元的宝马车抵给了赌场。不久，这些钱也输完了，郑妮娜开始在赌场借贷。赌场借给她700万元，而这些钱通过王景山的千术，又回到了赌博集团的口袋。

走投无路的郑妮娜想到了去跳楼，可就在她要跳下去的那一瞬间，被王景山救了下来。王景山找到赌博集团的领头说："郑妮娜欠下的赌债由我来还，请你们放过她。"领头怎么会答应呢，他拒绝了王景山的请求。王景山见状就使出了撒手锏，他说："如果领头不答应，我就自残双手，再也不做老千了。”说着，他就要自断双手，领头见了，立即制止了他，说：“你先停下，一切都好商量。”王景山就对领头说：“那就是你答应了。”领头点点头。其实，王景山在使出撒手锏的时候，他是有把握的，因为他身怀绝技，能为集团带来滚滚财源。

王景山就这样救下了郑妮娜，郑妮娜千恩万谢，最终要以身相许。已经22岁的王景山一下子脸红了，看着眼前的美女，不知所措。但他答应要给赌场还债的，他不想就此连累了郑妮娜，他对她说：“我们都是中国人，帮助你也是应该的，你要赶快离开这个地方，不然他们反悔了就不好办了。”郑妮娜忍住泪水，留下她的联系电话和地址，临走的时候，她拉着王景山的手说：“我一定会等着你回来的。”王景山在感动之余，更多的是谴责！他清楚地知道，是他娴熟的千术，让郑妮娜输掉了1000万元，差点把她送上了不归路，他感到自己就是赌场里的一把杀人不见血的刀。就是这样，郑妮娜不仅不痛恨他，而且还以身相许，他怎么不感动呢？

郑妮娜离开后，王景山意识到自己不能再这样害人了，可面对戒备森严的赌场，如何逃出去呢？再者，身在缅甸，即使能逃出去，一个黑户口的人又如何回国呢？

就在这个时候，王景山从缅甸被送到汉市的一家赌场，他回到了自己的祖国，万分高兴。

那是一个十月的晚上，一个赌徒为充抵他在赌场的债务，将他的朋友带来参赌。赌场传来的资料显示：此人姓陈名侠，30多岁，双腿残疾，但此人精明，擅长老千。

王景山一看，不禁惊呆了，原来是师父来了。师父看到王景山后也是大吃一惊，师徒二人四目相对，但都不敢说什么，这是赌场的规矩。王景山见到了日夜思念的师父，又不能对他倾诉思念之苦，很是难受。他不愿意让师父输，又不能劝他离开，更不敢背叛集团，那将会害死他们师徒二人。于是，王景山向赌场提出，不当陈侠的发牌手，可他的要求被拒绝了。第一天晚上进赌场，陈侠赢了十来万元，可接下来，开始输多赢少。陈侠开始出老千，但王景山早已超过了师父，牌技远远在师父之上，所以，他还是输了个精光。在师父离开的那个晚上，王景山无法入睡，他再次痛恨自己当了帮凶。

经过两天两夜的苦苦思考，王景山决定无论如何都要逃出去。为了让赌场放松对自己的监管，他比以前更加卖力地干活。

一个月后，汉市又开始严打，王景山所在的赌场也要关闭一段时间。因没有了赌局，打手们也都放松了警惕。一天夜里，王景山终于找了机会，翻越围墙，爬了出去。此时，他身上仅有400元钱。

王景山逃出来后，想找师父，但又怕连累师父；想找郑妮娜，也怕连累了她。所以，王景山就干脆乘火车去了另外一座城市。为了生存，王景山开始找工作。可除了会玩牌外，他什么也不会干，很长时间，他都找不到工作。找不到工作的他只好四处流浪着。

为了生存，王景山又重操旧业，到大街上表演牌技，可是，现在已经没有人爱看了，也没有人给他钱了。饥饿难忍的他，马上想到了去当一回小偷，这对于一个千王来说简直是小菜一碟。

于是，他乘上了一辆公共汽车，上车之后，他四处寻找目标，站在走廊上的一个穿着时尚、长发披肩的姑娘成了他的猎物。姑娘长发挡住了脸，王景山无法看清她的长相，但从衣着上看，她肯定是个有钱的女人。所以，他就慢慢靠近了她，在汽车拐弯的时候，王景山随着汽车的簸动，迅速出手，从姑娘身上偷了一个钱包，而姑娘毫无感觉，正在王景山高兴的时候，突然有人喊抓小偷，他还没明白过来是怎么回事的时候，就有人对姑娘说他偷了姑娘的钱包。姑娘一摸身上，钱包确实丢了。王景山没想到会被人发现，正在他准备往车门跑去时，被姑娘一伸手抓住了，就在这个时候，姑娘愣住了，王景山也愣住了，面前的姑娘是郑妮娜。王景山做梦也没想到会是她，他恨不得找个地缝钻下去。

就在王景山不知如何去做的时候，郑妮娜连忙向大家解释说："大家别误会，他是我的男朋友。"王景山感激地看着郑妮娜，然后和她在一个站口下了车。

郑妮娜把王景山带到一个餐馆里，给他点了很多好吃的。等王景山吃饱之后，郑妮娜才问起了王景山的情况。王景山把自己是如何逃出来的，又是如何当了回小偷的事情说了。郑妮娜心疼地说："你真是个傻瓜，出来后怎么不找我，我不给你留有电话吗?"王景山说："我不想连累你。"然后接着说："你现在过得怎么样?"郑妮娜回答说："自从那件事情之后，我知道了赌博的危害，也怪自己一时冲动，不该在感情上受到了挫折，就跑到赌场上来消磨。后来，父亲也原谅了我，我就帮父亲继续做生意，赚回了我输掉的钱。"王景山连忙说："这样就好。"他停了一下又问："你怎么会到这座城市来?"郑妮娜说："我是帮父亲来进货的。"王景山看了一眼郑妮娜，眼前的她出落得更加漂亮，犹如一朵刚出水的芙蓉。他不禁看呆了。郑妮娜被看得不好意思了，慢慢地低下了头。

夜幕降临的时候，郑妮娜和王景山来到了宾馆，郑妮娜问他："你今后有什么打算?"王景山思考了一会儿说："我现在的困境，完全是玩牌害的，而现在还有很多人仍沉迷于赌博，我要站出来揭开赌场出千的种种黑幕，让更多的人走出赌博泥潭！这样既是救别人，也是救自己。我还要找到我的师父。"郑妮娜一听，极力赞成，说："你大胆去做，我做你的帮手，要人出人，要钱出钱。"王景山说："我不能连累你。"此刻的郑妮娜温柔地看着王景山说："我已经是你的人了，还说这样的话。"王景山愣住了，郑妮娜有些不好意思地又接着说："你忘记我曾经说过的话吗?"王景山连忙说："没，没有，不过，那时说的话也当真啊?"郑妮娜撒娇地说："难道你不喜欢我?"王景山说："喜，喜欢。不过，我觉得配不上你。"王景山显得有些激动，说话都有些结结巴巴的。郑妮娜一头钻进他的怀里，用嘴堵住了他的嘴，不许他再说话了。夜晚出奇的静，静的只听得到两颗怦怦直跳的心。

第二天，王景山就找到当地一家演艺吧老板，谈了自己反赌表演的想法，并讲了自己的奇特经历。起初演艺吧老板不相信，但看了他表演的拉牌、飞牌、变牌等绝活后，决定录用他。每个晚上都给他一段时间，让他进行反赌表演。

然而有一天晚上，王景山在一家演艺吧里表演后，刚回到后台，一个大汉就冲了进来，抓住王景山的衣领恶狠狠地对他说："以后不许再进行这样的表演了，否则，小心你的小命!”演艺吧老板知道后，赶紧过来安慰他。经历了师父被打断腿的那一幕，王景山对这一幕已不再害怕了。他对老板说：“反赌是件利人利己的事，我不会被他们的恐吓所吓倒。”为了推广反赌，王景山还利用休息时间，到街头广场、公园等人多的地方表演，进行反赌宣传。

一切进展都很顺利，王景山就带着郑妮娜回到了汉市。几经打听，他终于找到了师父，王景山就把自己的经历讲给师父听，最后他说：“师父，上次我实属不得已才让你输得精光，我以后会通过自己的劳动还给您的，师父不要怪我。”师父高兴地说：“王景山，师父怎么会怪你，我知道你这样做的原因。是我不该让你走上这条路，以后就别叫我师父了。”王景山马上跪在地上说：“不管怎样您永远都是我的师父。”然后，他把自己目前的做法和想法都告诉给了师父，师父听后说：“我也加入到你这一行列。”王景山紧紧握住了师父的手。

在汉市待了几个月后，王景山想自己的家乡了。在国庆期间，王景山带着郑妮娜和师父一起踏上了归途，一天之后，他们回到了阔别8年的故土。

在看到青山绿水的那一刻，王景山流泪了。不知道自己的母亲现在怎么样了。他带着郑妮娜来到了家门口。他不敢贸然进去，不知道母亲会不会接纳他。

就在他这样想的时候，他的母亲出来了，见到王景山的那一刻，母亲愣住了，然后一把抱住王景山号啕大哭起来：“我的儿啊，你终于回来了，你不知道我有多想你!”母子顿时哭作一团，郑妮娜见状泪水也迷糊了双眼。

母亲把他们领进了屋，屋还是那屋，贫穷依然贫穷。王景山跪在地上说：“妈，都是孩儿不孝啊!”母亲连忙摸着王景山的头说：“儿子，你回来了就好，我还以为你回不来了，如果是那样，我就算死了也闭不上眼啊！都是妈对你不好。”王景山抹着泪说：“都是我那时不听话，让妈操心了，我回来后再也不走了，会好好照顾您的。”母亲和王景山聊了起来，他把自己的一切都告诉了母亲，母亲最后说：“能回来就好。”

接下来的几天，王景山发现小山村里到处都能听到麻将声，看着还是依然贫穷的小山村，王景山心里感到很沉重。

于是，王景山和师父商量，要在山村里举办一场牌技表演，师父和郑妮娜都很赞同。在那个风和日丽的上午，村里的老老少少都积聚到广场上。王景山立即展示了他的拉牌、发牌技术，只见那牌就像吸附在他手上一样，上下翻飞，看得村民是目瞪口呆，半天没反应过来是怎么回事。王景山见时机已经成熟，就向村民讲述了自己的经历，郑妮娜和陈侠上台做了现身说法，村民很受启发。

王景山想出去找点事情做，郑妮娜说："你到我父亲公司干吧。"王景山犹豫了一下说："你父亲会接受我吗?"郑妮娜说："会的，我会说服他的。"

在那个阳光明媚的早晨，郑妮娜带着王景山来到了父亲的公司，而郑妮娜的父亲就是郑天。

第十章　红颜薄命

郑天失去了美惠以后，他痛苦了一段时间。正在这个时候，有人给他介绍了一个对象，让他们先见见面，看能不能找到感觉。

那天，郑天准时来到了物语咖啡茶座，没过多久，一位婀娜多姿的女孩走了过来，然后就坐在他对面，说实话，郑天见过的漂亮的姑娘多着呢，可姑娘更加与众不同，他在心里已接纳了她。这次谈话很愉快，他们互相都感觉很满意，接下来就开始了正式交往。

可是，有一天，郑天正在和女朋友散步时，手机突然响了，话筒里是一个稚嫩的小女孩的声音："爸爸，你快回来吧！我好想你啊！"郑天一听，不知如何是好，因为女朋友靠得近，她也听到电话里喊"爸爸"的声音。郑天马上镇静下来，他凭直觉知道又是个打错的电话，这年头发生此类事情也实在不足为奇。他说了声："你打错了。"便挂断了电话。女朋友觉得电话打错了的现象很多，很正常的，也就没说什么，郑天也就什么也没说。

然而接下来的几天里，这个电话时不时地打过来，郑天准备不接的，可又怕这样引起女朋友的怀疑，说自己肯定有什么秘密，不敢接电话，但一接听，还是那个稚嫩的小女孩的声音："爸爸，你快回来吧！我好想你啊！"郑天一听就慌了，他连忙说："你打错了，我不是你的爸爸，我还没有结婚呢，我正在交女朋友，你就别打扰我了，好吗？"电话那头传来了小姑娘柔弱的声音："妈妈，爸爸在外面交女朋友了。"郑天连忙挂断了电话，急得不知如何是好。这次，就引起了女朋友的不满，让郑天说个明白，到底是怎么回事，郑天不知如何说清楚，任郑天做任何解释也不起作用，此刻的语言显得那么苍白无力。女朋友说他是个骗子，说罢就风一样飘走了。郑天对这个莫须有的电话恼恨至极，要不是这个陌生的电话，他的女朋友怎么会离开呢？他是多么珍惜这次机会啊。眼看自己已经是奔四的人了，他能不急吗？

郑天痛苦过后也自认倒霉，谁让他碰上这样的事呢。他慢慢又回到了从前的单身日子。事情就是这样奇怪，等到他过单身的时候，那个电话一次也没打来。郑天认为这件事就到此为止了。

郑天接下来又认识了一个女朋友，并开始频繁约会了。然而，正在他们商讨结婚事宜的时候，那个电话又打过来了，还是那个小女孩，这次声音显得有气无力："爸爸，你快回来吧！我好想你啊！妈妈说这个电话没打错，是你的手机号码，爸爸我好疼啊！妈妈说你工作忙，天天都是她一个人在照顾我，都累坏了。爸爸，我知道你很辛苦，如果回来不了，你就在电话里亲宝宝一次好吗?"郑天一听就直摇头，他不知道他招谁惹谁了，偏偏就是这个电话坏了他的好事，他连忙把电话挂了。接下来的事情就可想而知，郑天还是无法说清楚，结婚的事也就泡汤了。

郑天恼怒之后，就想搞个明白，到底是谁在害他。他找到已接的这个陌生的号码，一拨电话就通了。电话那边就传来了那个小姑娘兴奋的变了调的声音："爸爸，是你吗?我好痛啊，你能亲亲宝宝吗?你亲我一下，我就不痛了。"孩子一再的要求，让恼怒的郑天改变了主义，也不容他再拒绝了。他就对着话筒"叭叭"吻了几下。这个时候，就听到电话那边传来孩子断断续续的声音："谢谢……爸爸，我好……高兴，好……幸福，谢谢……爸……"

接下来就什么声音也没有了，一切是那么安静，静得让郑天感到一丝紧张，就在这个时候，电话那边传来一个哽咽的女子声音："对不起，先生，这段日子一定给您添了不少麻烦，实在对不起！我本想处理完事情就给您打电话道歉的。这孩子命很苦，生下来就得了骨癌，我们花完了所有的积蓄，也借了很多的债，可孩子的病一直也没有好转。她爸爸说挖煤能挣大钱，还说如果发生了意外还可以获得 20 万元的赔偿，就可以给孩子治病了，那个时候孩子也就能获救了。事情就是这么凑巧，那个煤矿发生了瓦斯爆炸，孩子的爸爸就走了，我们也获得了补偿。后来，钱用光了，孩子的病还是没治好，我也实在不敢把她爸爸死了的事告诉孩子。每天化疗，疼痛已经把孩子折磨得够可怜了。当疼痛最让她难以忍受的时候，她嘴里总是呼喊着以前经常鼓励她要坚强的爸爸，我实在不忍心看孩子这样，那天就随便编了个手机号码……”

“那，孩子现在怎么样了?”郑天迫不及待地追问。

“宝宝已经走了，您当时在电话里吻了她，她是带着幸福的微笑走的，临走时小手里还紧紧攥着那个能听到‘爸爸’声音的手机……”

不知道什么时候，郑天的眼前已模糊一片。在郑天正准备挂电话的时候，却听到电话那头传来一句自言自语的话：“都走了，我一个亲人也没有了，我也没什么好留恋的……”郑天一听，急了，就安慰她，可不管郑天怎么安慰，她就是不听，她一心想的是去找她的丈夫、她的宝宝。郑天能体会她此刻的心情。郑天对她说：“你有亲人啊，我不也是孩子的‘爸爸’吗?”对方沉默了半天也没说话。

郑天挂了电话，然后飞快地来到派出所。在派出所和电信部门的帮助下，他终于找到了这位孩子的母亲。她叫禅小鹃，在大家的帮助下，她又恢复了生活的信心。

于是，郑天就和禅小鹃结了婚。婚后他俩过得很幸福，不久便有了郑妮娜。长大后的郑妮娜跟着父亲做起了建筑生意。

当郑天知道王景山的来历以后，他强烈反对。郑妮娜把自己的遭遇及王景山出手相救的事情对父亲说了，父亲还是摇头，他知道王景山就是前妻倩倩的儿子，他怎么能让自己的女儿和前妻的儿子结婚呢?

郑妮娜见一时半会儿无法说服父亲，就央求郑天把王景山和倩倩留到公司上班，郑天考虑了半天，才勉强答应。就这样，王景山和倩倩来到了郑天的公司。

王武了解了他们母子二人的情况后，身为丈夫和父亲的他，觉得他没有尽到自己应该尽到的义务，要用后半生来弥补他的过错。他把倩倩和儿子又接了回来，一家人团圆，过起了稳定的生活。可平静的生活没过多久，王景山就遭遇了生平最大的打击。

那是个初秋的清晨，素有天堂之称的广发大楼还在一片雾气中，这是郑天开发出来的楼盘。8 楼 A 室里，一切显得静悄悄的。禅小鹃起床准备上班去的，忽然，客厅里一堆东西吸引了她的目光。她正想往前走，骇然看见地上的东西正是自己的女儿郑妮娜的。她本能地上前，连叫数声，郑妮娜穿着粉红色睡衣仰躺在地上，一点反应也没有。她连忙俯身去摸女儿的鼻子，发现女儿的鼻子冰凉，鼻孔没有任何气息。她感到脑袋“嗡”的一声像炸开了似的，她连忙跌跌撞撞冲进卧室，叫醒了郑天，郑天见此情景，连忙跑到电话机旁，抓起电话报了警。

刑警大队长张建带领刑警火速赶到广发大楼。他们还是被眼前的一幕震住了：郑妮娜和衣仰面倒在光洁的木地板上，脖子和胸部沾有血迹。技术人员随即察看了郑天的住宅：屋里布置得非常简洁，物品没有被翻动过的痕迹，保险柜里的几百万存款也没有动；郑妮娜的化妆台上还放有贵重的钻戒项链也没有动过。技术人员只在现场提取了一把沾有血迹的刀。从禅小鹃的口中得知，郑妮娜的一个钱包不翼而飞，里面装有两千元港币。

法医俯身，对死者进行检验，发现死者脖子上有被人扼过的痕迹，身上也有刀伤。死亡的时间大约是凌晨两点左右，死亡原因是扼颈窒息死亡。

由于死者郑妮娜是一个大富翁的女儿，是当地有名的企业家，身份比较特殊，报案不久，就在网上传遍开了，很多网民声称郑妮娜死于情杀。

为尽快查出真凶，侦察员立即对郑妮娜展开了调查。

郑妮娜在工作上经常有很多的应酬，为了能拿下更多的好楼盘，她不得不陪一些上层人物喝酒，进歌厅。有一次，来了一位有头有面的大人物，郑妮娜热情接待了他，酒足饭饱之后，他们进了KTV，郑妮娜去陪舞，她很是担心，怕有什么差错得罪了大人物，那样她就拿不到好楼盘。紧张归紧张，她靠着一张会说话的嘴赢得了大人物的欣赏。

此后，大人物经常约她出来，每次来都要让郑妮娜陪他跳舞，郑妮娜都会尽力去讨好他。不久，郑妮娜顺利拿下了几个好楼盘，引得同行一片唏嘘。

郑妮娜从此就像换了一个人一样。越来越漂亮的她，加上显赫的地位，引来了一大批追求者，但她一个也看不上，不过，她对王景山还是很好的。

然而，更让人吃惊的是，据说郑妮娜买彩票中了大奖，她一下子好运连连，身价几千万，成了人民关注的焦点。

关于郑妮娜的死因，网民更是传言四起，大家一致认为是情杀，把矛头指向了那位大人物。

面对铺天盖地的传言，张建他们顶住压力，继续从刑事侦查的角度展开调查。他们决心找出真凶，拨开笼罩在这一特殊案件上的神秘面纱。

正在张建他们紧锣密鼓地侦查的时候，突然网上率先报道郑妮娜被害一案，并把读者的思维引向疑遭情杀和桃色凶杀等一类字眼上。

接着更有报道说郑妮娜的命案已破，作案凶手就是那位大人物的假新闻。不得不承认，外界对郑妮娜生前事的渲染和死因的种种猜测，不可能不引起侦察员的注意。

就在这时，网上发了一篇帖子，声称郑妮娜就是靠一位大人物，得到了很多的好处，靠开发房地产赚得身价过百亿，从此走上了一条铺满鲜花和掌声，并伴之以绯闻与非议的人生之路。这之前，郑妮娜和王景山共坠爱河，然而，她接触到大人物后，就各自分道扬镳了。之后，传出了郑妮娜和大人物之间的各种绯闻。这篇报道又把人们的视线引向郑妮娜是被某人雇凶所杀的一类字眼上。

网上的推波助澜，只是揭出了郑妮娜生前不为人知的故事，却并没有左右整个案情的向前发展。刑警排除各种干扰，始终不偏离中心现场所收集到的证据，并一步一步循线追踪，紧紧围绕一个熟悉广发大楼的人开展侦察。

侦察员反复察看中心现场，发现楼高 9 层，9 楼没有人居住，郑妮娜所住 8 楼的外墙没有可供攀爬的水管，凶手根本不可能从楼下往上爬。

张建站在郑妮娜居住过的卧室里，仔细察看地面和墙上每一个斑点。一名侦察人员打开窗户，把头伸出窗外，突然从空调机上发现了什么，他立即指给技术人员看。

技术人员俯身下去，发现上面有两只新鲜的脚印。显然，有人从窗户爬进了卧室。办案人员将两只脚印提取后，立即登上了广发大楼的楼顶。

楼顶的天台铺着楼面砖，光洁的楼面砖上看不到任何其他细小的痕迹。然而，一名办案人员走到消防栓前，还是发现一卷消防水袋被人打开使用过。显然，凶手很可能利用消防水袋从楼顶天台滑到 8 楼 A 室，然后将郑妮娜杀害，并且很可能是从门卫处溜上楼后伺机作案的。

张建立即下楼向大楼的管理部门询问了保安情况。得知他们设有门卫和安装有监控系统的时候，一阵窃喜，马上让保安打开了那天晚上进出人员的画面。然而，画面上什么也没有，办案人员面面相觑。保安突然对办案人员说，进大门的监控系统好长时间没有打开过了。办案人员问他为什么不用，他说有人值班，以为不会出事。

张建他们只好再次回到楼顶，决定试一试从平台滑到8楼的难度和可能性。一名年轻的干警做好防护工作后，只见他熟练地用双手握着消防水袋，一步一步往下滑，最后踩着空调机，从窗户爬进了8楼的卧室。

这次试验表明凶手利用消防水袋滑到8楼的可能性。但同时也证明，这个人必须是有过人的胆量和经过专门的训练。办案人员进一步分析，天台有一卷消防水袋，外人根本不知道的，凶手利用消防水袋作案，说明他熟悉大楼的情况，甚至可以推测此人曾在案发现场一带工作过。

正当网上沸沸扬扬爆炒所谓郑妮娜死于仇杀和情杀之类的粉色故事时，办案人员通过大量走访，已经掌握了许多线索，根据各种情况分析，确定了一个重要的嫌疑人。

十几个小时之后，六名西装革履的生意人进入西南某镇。他们操着浓重地方口音的普通话，询问一些关于收购土特产的市场行情。

他们在市井百姓口里了解到，镇子里没有什么生意可做，许多青年男女都已在外打工。六名生意人似乎很失望，他们雇请了一辆车，来到镇上一个小村子里。这个村子不大，住着十几户人家，两名生意人一前一后，走到一户姓马的农家里。他俩刚走到门口，一只狗就扑上来，他俩连忙大声求房主人出来赶狗。一名中年男人走了出来，制止了那只狗。

两名生意人主动和中年男子攀谈起来。当中年男子得知他俩来自他儿子打工的城市的时候，显得很兴奋，自言自语地说：“也不知道我儿子在那里怎么样？”其中一个生意人连忙问：“你儿子也在那里打工？他叫什么名字？在哪个工厂？”中年男子忧心忡忡地说：“我儿子叫马军，是个建筑工人，一直在你们那里搞建筑，可是很久没有他的消息了，也没给我打过电话了，不知道他在那边怎么样。”

两名生意人连忙安慰他说：“没事的，如果我们知道他的情况后，一定会告诉你的。”说完就匆匆离开了。然后，与另外四名生意人会合，六人提着皮箱，旋即离开了这个镇子。

这六名生意人正是张建带领的办案人员，他们当即和上级领导取得联系，请求他们派人在郑天所住的周围查找马军的下落，主要是到建筑场地里寻找。

几天来，办案人员乔装成安全检查人员不断出入一家家建筑工地。在一家大型建筑场地上，办案人员对一名二十多岁的男青年表现出浓厚的兴趣，关切地问他工作情况和生活情况，然而就在询问的过程中，男青年的神色有些慌张，办案人员警觉地上前问了他几个问题，令人巧合的是，他和马军是一个村子里的人，以前见过马军，但不知道他现在在哪个工地。

几天过去了，办案人员查找了几十家建筑工地，仍然没有找到马军的影子。然而，在近千人的走访中，他们摸到一条重要线索，马军很可能就在这个城市附近。

这个城市是打工一族比较密集的地方，建筑公司上千家，要在茫茫人海中寻找一个叫马军的打工人，其难度可想而知。办案人员继续以检查人员的身份深入实地。

在进一步摸排中，办案人员又获得了一个重要的信息，马军的女朋友谢红就在这个城市一家工厂打工，他们决定从这名女子入手。

功夫不负有心人，办案人员终于找到了马军的女朋友谢红。他们并没有立即审问她，而是不动声色，暗中跟踪着这名女子的行踪。

就在第二天傍晚，谢红从工厂里走了出来。她一边走着一边密切地关注着来往的人群。办案人员待她拐过一个路口后，立即驱车跟了上去。谢红来到一家银行门前，又左右环顾了一圈后才走了进去。几分钟后，她就出来了，沿着来的方向走了回去。

办案人员随即进入这家银行查询。原来谢红刚刚存进了 2000 港币，这与案发现场郑妮娜丢失的钱包里的港币基本吻合。

又是几天过去了，马军依然没有露面。所有的工作都是他的女朋友谢红在处理。但有一点令办案人员充满信心，马军一定藏在某个建筑工地。

天气变得寒冷起来，谁也没有注意到一个建筑公司门外，有一名穿着环卫工作服的环卫工人正在低头打扫着枯枝败叶。中午时分，一名穿着黑色夹克的男青年步履迟疑地从侧门走了出来，似乎想到一家报纸摊前买报纸。环卫工人脱下帽子，朝停在路边的几辆汽车挥了一下手。突然，从车里冲出五六名荷枪实弹的刑警，旋风般来到青年男子的面前，随着“咔嚓”一声，青年男子的手腕上被带上了冰冷的手铐，然后就被推上车带走了。

在审讯室里，马军对自己的所作所为供认不讳，其对作案经过的供述，与办案人员在现场的勘察和法医的鉴定完全吻合。

时间回到那天的凌晨两点。

马军像往常一样下班回到租住房里，劳累了一天的他，很想找个地方放松一下。于是，他来到一家网吧，在网上他被一则新闻吸引住了，本来已经家喻户晓的郑妮娜买彩票中了几千万，再加上她家有那么的钱，这着实让马军兴奋了一阵，他早就想找个机会下手去弄一笔的，现在可找到了一个主。

他当即走出网吧，悄悄来到了广发大楼，应该说，他对广发大楼的情况了如指掌，因为他曾经在这里打工搞建筑，一直到房屋完工。他也很清楚，郑妮娜就住在 8 楼。

天刚黑的时候，有一辆他所熟悉的轿车驶入院内。几分钟后，郑妮娜从车里下来上了楼。

马军心头一阵狂喜，兴奋得喉头发紧。他知道郑妮娜不仅有钱，而且一直是一名单身贵族。

夜色越来越深，马军装着心高气傲的样子，从门卫处溜了进去，直接上了大楼。

一切都像他预想的那样，他顺利地上到楼顶。他站在天台上，放眼望去，城市在灯火的海洋中起伏着，显得格外璀璨。马军更加强烈地感觉到：要是有钱，生活在这个城市该多好！

马军活动了一下手腕，感觉到了暗藏的力量，他再次走到消防栓前，仔细检查了一遍，发现没有问题后，又重新站到天台上。

时间一分一秒地过去，街上川流不息的马达声渐渐微弱起来。马军见大楼没有了灯光，四周一片黑暗，就散开消防水袋，慢慢地滑了下去。

整个过程比他想象的还顺利。他双脚踩着空调机，然后蹑手蹑脚地从开着的窗户里溜了进去。

然而，在房间里刚走了几步，马军不知道碰到了什么东西，发出一声脆响。郑妮娜被惊醒了，她从床上迅速爬起来，问："谁?"

马军大吃一惊，本能地冲上前去，用手紧紧扼住郑妮娜的脖颈，并拿出藏在身上的小刀，架在郑妮娜的胸前，威胁道："再喊就杀了你。"

郑妮娜意识到了危险的来临，下意识地进行反抗，马军向她的胸前扎了几刀，郑妮娜挣扎着刚跑到客厅，马军就又冲过去，再次紧紧扼住了她的脖子，直到她躺在地上不动弹了才停止。

马军在黑暗中喘着粗气，急忙在房内寻找那几千万。这时，郑妮娜又苏醒过来，正准备大喊救命的，马军又一次冲上来，扼住她的脖颈，直到她没有了呼吸。马军没再敢继续寻找那几千万，而是拿了郑妮娜的一个钱包，匆匆逃离了现场。

回到出租屋里，马军发现只有两千元的港币，他很失望，躺在床上睡不着，一遍又一遍回忆刚才的一幕，不知道郑妮娜死了没有。他猛然想起那把小刀还留在那里，不觉吓出了一身冷汗。

第二天，马军在网上才知道郑妮娜已经死了。他认为，刑警不会知道是他干的，因为网上的种种传闻，已经把这个局势搅乱了，警察是不会怀疑到他的头上的。于是，他继续藏在这个城市，他认为这里才是最安全的。

郑妮娜之死在网上爆炒一段时间后，一切又恢复了平静。马军认为危险期已过，忍不住和女朋友谢红接上了头。至此，他就被抓了，一度沸沸扬扬的情杀和仇杀等谣传不攻自破。

第十一章　狐死谁手

郑妮娜的死，让王景山一蹶不振，王武是看在眼里，急在心里。正好适逢云村选村支书，王武让王景山参选，王景山答应了。在参选的当天，云村群众通过无记名投票进行选择，结果是253人投票，他得了249票。当选后的王景山对工作很积极，正当他干得如火如荼的时候，却发生了一起命案。

那天早上八点，人们正陆续赶往上班的地方，刑警大队长张建早早来到了办公室，他刚把开水打来，110报警铃声响起：云村发生一起凶杀案。警情就是命令，张建顾不得喝上一口水，马上带着刑警队队员出发了。

此时，现场附近已经云集了很多看热闹的群众。报警人称死者是一名单身的中年女子谢红，她是云村的会计，曾经是马军的女朋友。现场勘测谢红是被人用钝器击中要害而死的。

一个单身的中年女子，是谁竟要将她置于死地呢？

张建组织人马兵分两路先做外围调查。马上，侦察人员了解了谢红的基本情况。

21岁那年，谢红在外打工，男朋友出事后，她就回到云村担任了村会计，负责全村的账目和资金往来。她身材高大，做事干净利索。自她回村之后，很多热心肠的人给她介绍过不少对象，可是她很高傲，农村的一律不要。但由于她的自身条件一般，她看得上别人的，别人却看不上她；别人看的上她的，她却看不上别人，就这样，一转眼就到了嫁不出去的年龄，眼看着比自己还小的女子都结婚生子了，谢红心里很不是滋味。村里为了照顾她，给她一间既做办公室、又当宿舍的单间房子。夜深人静的时候，她孤灯独处，寂寞在吞噬着她那颗脆弱的心。

恰在这个时候，云村新上任了一个年轻的村主任王东的儿子王茌苒，她和王茌苒因为工作的关系有了更多的接触。王茌苒比她小几岁，已经结婚生子。不知道是出于什么原因，谢红总是格外关照他，把自己的积蓄借给他，还不时做好吃的给他，当然，这一切都是打着“老大姐”关心“小弟弟”的口号做的。时间一久，王荏苒也向她还情了，终于有一天，在谢红的单身房间里，两人发生了关系。

谢红从王荏苒身上得到了生理的满足，而王荏苒也心安理得地从她那里获得好处，这种关系一直保持了四五年。

有一天，王荏苒主动提出说要离婚娶她为妻，但谢红毫不犹豫地拒绝了。虽然王荏苒比她年轻，但他没有实权，嫁给他有何用？她已经独身这么久了，也不能这么草率嫁人，不然别人会笑话她的。谢红和王荏苒的关系在云村已经是公开的秘密了。

然而，就在几个月前，谢红和他彻底分手了。难道是王荏苒杀害了她？张建觉得好像有点不可能，占了便宜、得了好处的他没有必要回过头来杀她啊？但张建还是把王荏苒作为重要嫌疑人在调查。

凶手到底是谁呢？

张建组织侦察人员对死者谢红的住所进行了详细勘察，依然没有发现什么重要的线索。突然，张建在谢红的办公桌上的玻璃板下发现了一张纸，上面写着：

春天依旧在
大雁从南归
夜晚编春梦
院墙挡不住
洞房花烛夜
一二三四五
上山擒老虎

张建拿着纸条，反复在嘴里念了几遍，也没有理出个所以然出来。他把这张纸条拿给大家看，让他们说说自己的看法。年轻的侦察员说，估计是她难耐夜晚的寂寞而发出的感叹。大家相视一笑，稍稍打破了沉闷的气氛，大家纷纷发言，最后，一位老侦察员说："我觉得她似乎在暗示我们什么，因为她怕自己会有这么一天，而白白死掉。"张建赞成他的意见，说："我也觉得这几句话怪怪的，连起来看不知道她要表达什么意思，既不是古诗名句，也不是励志的名言名句，她为什么要压在玻璃板下呢？显然她是料到自己会遇到什么危险，但又不想明说，所以，就给我们留下这么几句话。"大家听了队长的分析，觉得他说得很在理，都在琢磨着这几句话。

大家按照通常的方法，把每行末尾的最后一个字连起来读，意思不通，他们又把每行第一个字连起来看，还是意思不通。张建一根烟接着一根烟地抽，脑子在快速思考着，突然，他猛拍了一下自己的大腿说："我们要打破常规来看，最后两句不是说'一二三四五，上山擒老虎'，这里似乎就告诉我们可以按照一二三四五的方法，我们就可以擒住老虎了，而上面正好有五句话，大家试着看看。"

于是，大家用了第一行的第一个字，第二行的第二个字，第三行的第三个字，第四行的第四个字，第五行的第五个字，结果连起来看，意思还是不通。大家似乎有点失望，张建提议说，反着来一遍，也就是从第一行末尾的第一个字开始，然后依次往下。大家迅速地试着连起来看，得出这样一句话：在南编墙洞。从字面上看，意思还是不通，但读起来意思就通顺了。老侦察员说："她是用了一个谐音字，'编'同'边'，她的意思就是说在南边墙洞。"经他这么一提醒，大家都明白过来了。

大家立即寻找南边的墙洞，可是，南边的墙都是用火砖一块一块垒起来的，墙壁虽然没有粉刷，但都完好无损，哪里有什么墙洞？难道是分析错了？或者留下的这几句话正如年轻侦察员说的一样，是她难耐夜晚的寂寞而写下的？

张建把纸上的那几句话又读了一遍，他嘴里一边说着一二三四五，手一边从墙脚的第一块砖垂直往上数到第五块砖，然后，他用手搬了搬，砖纹丝不动，他思考了一下，接着从第五块砖横着方向往右数了五块砖，用手一搬，砖动了。他心里一阵窃喜，连忙把这块砖拿了下来，墙洞就出现在大家面前，大家都喜上眉梢。张建伸手在洞里摸索着，从里面拿出了一本笔记本。

大家立即围拢过来，张建打开了笔记本，只见上面记载着两篇日记：

2008年6月3日

今天，他来报了一张招待发票，金额683元，说是村里来了领导请客用的。经我调查根本没有这么一回事，而是星期天，他同他的相好在县城花的。他后来也说了实话，怕我举报他。

2009年7月4日

他6月12日让我把2万元存款取出来给他，说是要还修路的钱。今天，修路的包头找我来要账，我才知道这笔钱根本没有还。后来，他才对我说是自己盖房差钱而急着还了贷款。

张建接着往后翻，上面依次记载着同样发生的事情。大家都在思考着，这里的他会是谁呢？难道是王荏苒，真的是他杀害了谢红吗？

张建立即传唤了王荏苒，王荏苒老老实实把他和谢红的交往全部交代了。他交代的事情和侦察员了解的情况是一样的，但他一口咬定自己没有杀害谢红。张建就问他有没有在谢红手里报过发票，他说一次都没有报过。张建见状就把那本日记拿出来，问上面记载的是不是他做的，王荏苒当即表示不是自己做的，报销发票只有村里书记王景山说了算，别人没有那个权力，也报销不到的。

张建认为王荏苒和谢红的关系非同一般，谢红帮他报销一点费用应该没问题，但关键是那一笔两万元的现金，谢红是不会为王荏苒去冒那个险的，显然，另有其人。

随即，张建召集侦察员开会，研讨下一步侦察方案。他们最后决定兵分两路去调查村支书王景山的情况。

侦察员很快返回了信息。

王景山以前做过的事情，侦察员了如指掌：一年前他被选为云村的村支书。在当地是个人物，而且还是个风流人物。当他上任之后，谢红就开始冷落王荏苒，而和他打成了一片。这个村子，仿佛就是他俩的了，但由于王景山能带着村民共同致富，所以大家都没有人去管他们的私事。但是，没有听说王景山和谢红发生过什么矛盾，他应该没有杀人的动机。

大家再次坐在一起商讨案情，办公室里烟雾缭绕，谁也没说一句话，都在思考着。张建首先打破了这种沉闷，让大家说说看法。侦察员认为，首先应该去查村里的来往账目，具体查证日记上所说的情况，找到证据后直接抓捕王景山。张建同意大家的意见，组成专班，一班去查账，一班去盯着王景山，预防他逃跑。

负责查账的专班很快就找到谢红日记上所说的账目，上面清楚写着王景山的签名。一切都清楚了，王景山有重大作案嫌疑，马上抓捕他。

王景山似乎早就知道会有这么一天，他如实交代了自己的罪行，但他一口咬定没有杀害谢红。

原来，在王景山当上村支书后，谢红有许多想法：她的年纪也不小了，总得好好成个家。王景山年轻英俊，又是村支书，正是她合适的人选。可是，王景山是个结了婚的人。但谢红不管这么多，她知道凭自己的相貌肯定打动不了王景山，虽说他是个风流人物，她必须用智让王景山就范。于是，她就像狐狸一步一步为王景山设计了一个钻得进去却出不来的圈套。

谢红先和村主任王荏苒断绝了往来，然后开始新的猎狼行动。

那是一天中午，王景山偷偷地在他办公室里和一个女人约会。这一切早被时时盯着的谢红看到了，她算算时间差不多了，就用自己私下配制的王景山办公室的钥匙，悄无声息地打开了他办公室的门，再猛然进屋，沙发上的一对男女惊呆了，双双跪在谢红的身边，求她千万别伸张出去。谢红不动声色，提起水瓶说："我是来给书记打水的，放心，我什么也没看到。"

好长时间过去了，村里风平浪静，王景山悬着的心终于放了下来。就在王景山想着找个机会当面感谢谢红的时候，这位年长的老大姐竟然主动找上门说："王书记，晚上我想找你汇报近期的财务情况。"

当晚，在谢红的那间经过精心收拾过而散发着幽香的单人房间里，王景山看穿了她要汇报工作的实质。但有把柄握在谢红手里，他只好就范，委曲求全。

然而，时间久了，谢红竟然一厢情愿地爱上了王景山，她决心结一张更大更大的网，牢牢粘住他。

正逢村级公路建设，王景山以善于钻营的手段从中捞取了不少好处。有了钱，胆子也就大了，在外花的钱他就拿到村里来报销。

谢红并非等闲之辈，作为村里的会计，她是称职的，她的每一笔费用和开支都记得十分清楚。王景山的那点小猫腻，她自然一清二楚。但谢红不动声色，只要王景山来报销，她就给报，还想方设法把账做得天衣无缝。王景山对她是刮目相看，认为自己是不幸中的万幸，因此对谢红也就格外殷勤。

谢红喜在心上，但她没有完全丧失理智，她没有忘记防患于未然，开始把王景山的贪污情况都记在笔记本上。她深知，关键时刻，这就是她的秘密武器。

有了这个撒手锏，谢红显得理直气壮，一有机会，便提醒王景山不要忘乎所以，还经常说，花谁的钱她不管，花在谁的身上她也不管，但是要甩了她，可要掂量掂量。

有一次，王景山刚报完一个条子，谢红就要他晚上陪她，恰巧他的妻子打电话说孩子病了，让他赶快回去。王景山刚准备走，谢红就杏眼一瞪说："王书记，怎么就走了？"王景山满脸堆笑地说："我回去一下就来，你等我一会儿。"谢红就拉长了脸说："我一会儿给你商量一下上边要下来查账的事，你要万一有事不来就别来。"王景山说："我一定来，一定来。"说完，他才惊慌失措地离开。

果然，不一会儿王景山就来了，谢红心里很高兴。

要挟成功，谢红更加张狂，她为自己的精明得意。谢红的种种无所顾忌让王景山胆战骨寒。他本来是个情场老手，现在几乎成了谢红案板上的肉，想怎么样就怎么样。尽管是这样，他依然忍气吞声，不敢有丝毫怠慢。

说完这一切，王景山深深出了一口长气。

张建问他："谢红这么做，你不恨她吗？"王景山说："说不恨是假，但我不至于要把她杀害。因为我上有老下有小，我不会做那么愚蠢的事情。"

张建说："这个案子我们会查清楚的，请你积极配合调查。"王景山说："我会的，我虽然没有犯杀人罪，但我有其他的罪，我一定改过自新。"

案情再度陷入僵局，从王茌苒和王景山的交代情况来看，他俩都没说假话，也没有做任何隐瞒，因为外围侦察人员已经从知情人那里了解了所有情况，也找到了他俩没有作案时间的证据。

凶手到底会是谁呢？

张建召集破案人员再次商讨办法。他首先对这个案子提出了自己的想法，说："王景山自己交代了所有情况，甚至有些情况我们没掌握到的他都说了，从这些迹象来看，他可算是个老实人，但实际上他是个善于钻营的人，智商很高，可是，审问一开始的时候，我并没有问他杀害了谢红没有，他就急着声明他没有杀害谢红，他这一反常态的现象更加说明他心里有鬼，好像在故意掩盖什么。"其他人也提出了自己的看法，认为王景山和王茌苒都有嫌疑，虽然他们都没有作案的时间，但也不能排除他们指使别人作案的可能，这里王景山的嫌疑最大。老侦察员说："我同意队长的看法，王景山的嫌疑最大，我们可以从他的外围再做细致调查，特别是要调查他风流的往事。"大家认为这个办法可行，于是，侦察人员马上进一步扩大范围调查王景山的人际关系。

功夫不负有心人，侦察员从王景山的通话记录里发现了一个重要的线索：他经常与同一个电话号码保持着通话。侦察员迅速调查该电话号码的主人情况，资料显示是一名23岁的女子，名叫李丽。

侦察员随即从公安网上调出了李丽的详细资料，她是一名来自外县的打工人员，在本县天上人间歌舞厅当陪舞小姐。

为了不打草惊蛇，张建和侦察员化装成客人来到了天上人间，可是，他们等了大半夜也不见李丽的影子。

张建和侦察员只好离开，在结账的时候，张建随口问服务员怎么没看到李丽来上班，服务员告诉他李丽在几天前就离开了，至于到哪儿去了她也不知道。

一条重要的线索就这样眼看着要断了。张建和侦察员十分着急，他们再次召开会议，年轻的侦察员显得十分急躁，他说："我们把王景山抓起来继续审问他，不就清楚了吗?"张建说："这样做太操之过急，我们什么证据也没有，王景山会承认吗?"年轻的侦察员说："我们不是掌握了他的通话记录吗？审问他和李丽是什么关系不就行了吗?"老侦察员说："这个方法是不能用的，王景山是个智商非常高的人，他会说是一般朋友关系，这样一来我们不仅什么线索也得不到，而且还会使王景山做出对我们不利的事情来。"张建说："是的，我们下一步该怎么做，大家说说自己的看法。"沉默片刻后，大家一致认为只有找到李丽，案情才能有所突破。

然而，李丽现在不知去向，要找她犹如大海捞针。但张建还是决定兵分两路，一组去李丽的老家调查情况，一组到本县查找她的下落。

消息很快传了回来，李丽外出打工好几年没有回家了，家人对她的消息是一点也不知道，而在本县调查的情况也是一无所获。

案情就这样过去了几个星期，就在大家一筹莫展的时候，突然，他们又接到报案称，在云村北河水库里发现了一具尸体，张建紧绷着的神经再次高度紧张起来，他害怕被害人就是他们要找的人。等到现场查看，经过再三辨认以后，死者正是他们要找的李丽。

张建和侦察员在感到十分痛心的情况下，再次感到了压力，如果再不破案的话，不知道还会发生什么样的事。

张建组织法医马上进行尸检，检验结果是死者系溺水死亡，生前有打斗的痕迹，估计是被人推下河，日期大约是在一个星期以前，死者腹中有一个不满三个月的胎儿。

张建让法医周青提取了胎儿的DNA，马上送到省里化验。在等待结果的时候，侦察员向东没有放松对王茬苒和王景山的监视。他俩没有表现出其他的反常情况。张建决定把李丽的死亡消息发布出去，想看看王景山的反应，可是，王景山显得很坦然，王茬苒却有点坐立不安，这一反常情况让张建百思不得其解。

化验结果一星期后出来了，他们把王景山的DNA和胎儿的DNA进行比对,竟然相差甚远，张建再次陷入迷茫中。

老侦察员提醒说："还有一个没有进行比对呢?"张建说："你是说村主任王茌苒吗?"老侦察员说："是的。"张建又说："说说你的看法。"老侦察员说："我发现我们把李丽的死讯发布出去后，王茌苒的情绪明显不安起来，这说明王茌苒和这件事情应该有关系。"张建反问道："你怀疑这个胎儿是王茌苒的?"老侦察员说："我是这样想的，一开始谢红和王茌苒好上了，但由于王景山的到来让谢红离开了他，他肯定怀恨在心，后来，他又发现了王景山和李丽的事情，为了报复王景山，也为了报复谢红，他用自己掌握的证据要挟李丽和他也好上了，结果李丽在无意中怀上了他的孩子。"

张建说："你的推理乍一看上去似乎成立，可是，证据呢?"老侦察员说："证据就是需要我们从村主任王茌苒的身上去寻找。"

张建不能再从常理上去看这件事情了，他同意了老侦察员的看法。立即把村主任王茌苒的 DNA 和胎儿的 DNA 进行比对，结果相似点竟然达到百分之九十九以上。这让张建大吃了一惊，难道正如老侦察员的推理一样?

可是，谁又是杀害李丽的凶手?

张建迅速传唤了村主任王茌苒，在证据面前，他如实做了交代。

当初，王茌苒和谢红好上后，他就准备着和妻子离婚，然后和谢红过一辈子，谁知道半路杀出个程咬金，王景山的出现彻底打消了他的念头。他是敢怒不敢言，因为王景山比他官大，他不敢轻易得罪他，不然他连个村主任都当不上了。因此，他就怀恨在心，寻找机会报复他。

那是一个夜晚，他看到王景山很晚了还不回去，就悄悄躲在屋后，果然，不一会儿有一个妖艳的女人进了王景山的办公室，他欣喜不已，等时间差不多的时候，他破门而入，当场把王景山抓了个现行。

事后，王景山找他商量了多次，让他替他保密，王茌苒的条件是让他退出和谢红的交往。王景山满口答应，可是，谢红却不管那一套，她手中掌握有王景山的致命把柄，她是不会听王景山的话的。尽管他一再冷落谢红，但谢红还是一如既往地找他。

王茌苒见王景山没有兑现诺言，恼羞成怒，和王景山大干了一场，但依然不见有什么效果。他知道，他是没有希望了，他彻底放弃了这个念头，但他是不肯认输的，他要报复王景山和谢红。

于是，他就找到了王景山新找的女人李丽，要挟她和自己好上了，他心里总算平衡了一些。后来谢红却突然死了，他心里还感到了一丝内疚和不安，但很快这种内疚和不安就过去了。

在谢红死后不久，李丽约王茌苒到北河上来，他去后就听李丽说自己怀孕了，要他给一笔钱，不然就告诉他的老婆。王茌苒一听就蒙了，他哪里有什么钱给她。

李丽见他不说话，就大声说道："你给我一万块，我俩的事情就算扯平了！"王茌苒说没钱，李丽不干，就准备告诉他老婆，他见状连忙拉住李丽，恼怒地说："你凭什么说这孩子是我的？你和王景山不也是经常在一起吗？"李丽一听，就撒起泼来，于是，他俩就厮打起来。王茌苒怨气顿生，把忍了很久的怨恨都发泄在她身上，手上一用劲儿，李丽就掉进了北河。他不会游泳，也不敢喊别人来帮忙，只见李丽在水里扑腾了几下就不见了，他惊恐万状地跑回家。这件事他对谁也没敢说。他本想这件事情不会被人发现的，没想到她腹中的胎儿真是自己的，他后悔不已，当初真不该那样对她；说完，竟然还流起了泪水，然后把一个用报纸包裹的东西交给了张建。

张建接过来，打开了包裹着的东西一看，竟然是一个 MP3。王茌苒说，他不知道这个东西是什么，是当初李丽掉下河的时候，从她身上抓住的唯一东西。

张建打开了 MP3，里面有好几百首歌曲。他从播放器里查看了一下歌名，都是很流行的音乐。他继续在菜单里浏览着，突然，他看到有一个录音文件，就把耳机带上，开始播放这个文件。

女人说："我怀孕了，你打算什么时候娶我？"

男人说："她一直在纠缠着我，并且握有我的所有把柄。如果真和你结婚了，她一翻脸，我就可能要坐牢，十年八年的也说不准，因为我也不知道用了多少公款。"

女人说："那该怎么办？"

男人说："先把孩子打掉。"

女人说："不，这是不可能的。"

男人说："既然不，我倒有一个两全齐美的办法，只是看你敢不敢。"

女人说："没有我不敢的，你说是什么办法?"

男人说："你去把谢红杀了。"

中间沉默了半天，女人才说："好，我听你的。"

然后，就什么也没有了。

侦察员经过比对声音，发现对话的男女正好是王景山和李丽。

张建高兴地说："我们终于可以抓住真凶了。"

张建一声令下，王景山当即被抓了起来，面对铁的证据，他交代了自己的罪行。

原来，王景山有了钱后，常常出入歌舞厅，一来二去竟在县城勾搭上了一名陪舞小姐李丽。漂亮的李丽令他神魂颠倒，他经常带着她双宿双飞。

然而，在他和李丽交往的过程中，李丽竟然意外怀孕了，于是，她没有伸张，等到孩子有三个月后，她才来找王景山，并说如果不娶她，她就要去告他。没想到王景山来了缓兵之计，说谢红掌握了他大量证据，如果这个时候和她结婚，后果不堪设想，李丽听后也感到了恐惧和紧张，如果真要这样闹下去，她不仅什么也得不到，而且还把自己的名声搞臭，所以，她问王景山怎么办，王景山告诉她说，让她先把孩子打了。

于是就出现了录音中那一段对话。

那是在一个星期天的下午，王景山找到她说，一切都替她安排好了。

当晚9点，月色明朗，李丽暗中观察到谢红早已睡下的时候，她拿着王景山事先配好的钥匙，悄悄地进入了谢红的单身房间。当谢红被响声惊醒的时候，李丽借着朦胧的月光，拿着一根铁棍，照着谢红的头就是一阵猛击……

杀死谢红后，李丽立即返回到县城，她害怕极了，王景山安慰她说，不要紧张，没有人知道是她杀的，后来，见没有什么风吹草动，她也就放心了。

李丽和王荏苒的勾结他早知道了，他正愁没有办法甩掉她呢，所以就睁一只眼闭一只眼。没想到李丽是个贪心的人，她又用怀孕的事去威胁王茌苒，没想到竟然被王茌苒推下了河淹死了。

其实，当时谢红步步紧逼，让王景山已经是四面楚歌了，一想到她那副淫威十足的嘴脸，他就恨之入骨；再加上李丽的要挟，他是身心憔悴，所以，就起了杀人之心。他本想来个一箭双雕的，借李丽的手杀死谢红，然后，让李丽背上杀人的罪名，这样，两个难缠的女人就会被一起除掉，他自己就能置身法外。而在杀害谢红不久，李丽恰好又被王茌苒给害死了，这对他来说简直就是天大的喜讯，他的心终于平静了下来，心想一切都万事大吉了，没想到，最后李丽来了这么一手……

得知王景山犯了死罪的倩倩和王武两人是悲恸欲绝，由于悲伤过度，双双离开了人世。

第十二章　欲海滴血

关在牢房的王东更是后悔不已，当初他不该听镇长的话让他的儿子王荏苒当村主任的。

那还得从几年前的一件事情说起，自从王东伤害了切石大王以后，他也清醒了很多，偷偷从缅甸跑了回来，和自己的妻儿团聚。他不敢到外面公开露面了，就在云村做了一个地地道道的农民。

那天王东在山坡上放牛，忽然看到一男一女扭打在一起。他连忙跑到跟前，原来是镇长和一个女的扭打在一起。镇长看到王东来了，吓了一跳，他连忙用力死死捂住姑娘的嘴，直到最后姑娘一动不动了才放下死死捂住的手。王东看得傻了眼，凑上前用手在姑娘的鼻前试了试，这一试却让他大吃一惊，姑娘被镇长捂死了。平时镇长连一只鸡都不敢杀的，这下可把他吓坏了。等他清醒过后，他连忙对王东说："今天这事就你我两个人知道，只要你不对外人说，我就把你的儿子王荏苒提拔为村主任，你看怎么样？"王东不知道这究竟是怎么回事，就对镇长说："镇长，这到底是怎么了，能不能告诉我实情？"镇长见事到如今，也没有必要隐瞒什么了，就原原本本地告诉了王东一切。

"你知道我是个古董迷，对发现的新鲜事特别感兴趣。那年，你送给我的那个铜器，我一敲就发出悦耳的声音，后来才知道这是一个编钟。我心里一阵狂喜，为了保住这顶乌纱帽，为今后升迁打基础，我就把它卖给一个黑市的人，得来的钱都进了贡。后来，我心里总感到不平衡，于是就变了，变得几近疯狂，为别人办事收受礼物，最大的一次是几万元。有了钱，我就学会了享受，常常花天酒地。

"有一次，快过年了，我在单位吃完团年饭后就准备回家，鬼使神差地进了一家洗发店。在洗头的过程当中，我认识了一个叫芳的外地女孩。她年轻漂亮，但是穿着打扮很土气，我就对她说，趁年轻多赚点钱，不然老了什么也没有。后来，芳就跟了我。再后来，我眼看就要被提拔当镇长了，可芳非得要我离婚娶了她，在那种情况下，我怎么能答应她，我哄她等过一段时间再说。芳不依不饶，说如果我不答应，她就要闹到政府来，我一听就急了。就在这个早上，我就把她约到山上，在我和她谈判的时候，发生了激烈的争吵，我怕被别人听到，没想到你却来到了我跟前，我就连忙把她的嘴死死捂住，后来的事你都看见了，也不需要我多说了。”

当镇长讲完这一切的时候，他整个人都变得虚脱了，浑身冷汗直冒。

王东听后觉得这对于他来说是个绝佳的机会，他准备马上报案的，可是想到儿子能被提拔，就犹豫了。他就问镇长：“你刚才说提拔我的儿子当村主任是真的吗?”镇长连连点头说：“只要你不把这件事说出去，我就保证提拔你的儿子当村主任。”王东就满口答应说：“只要镇长能做到，我就保证什么也没看到。”镇长紧锁的眉头稍稍舒展开了。

就这样，他俩的一笔交易成功谈成。

于是，王东帮镇长把姑娘的尸体拖到一条水沟里，搬来一块巨石重重压在上面，然后就跑了。

回家后，王东还是有些后怕，就把这件事对自己的老伴说了。老伴让他先观察一阵子再说，王东才稍微安定了些。

过了一段日子，镇长果真履行诺言，王荏苒当上了村主任。王东事后也感到害怕，但一年以后也没被人发现，更没人报案，他就放下心来了。然而，镇长回单位后却时时在煎熬中度过，既害怕被别人发现而报案，又怕被王东说了出去，心里忐忑不安。如果王东说了出去，他的一切都将完蛋。他想：我必须也掌握王东的一个把柄。可是，王东是一个快五十岁的人，有什么把柄可言？他转念一想：没有把柄我就给他制造一个只有我知道的秘密。

那一天晚上，镇长亲自开着车来找王东，王东有点受宠若惊。镇长说：“王东，我们现在是一个绳上的蚂蚱了，也可谓是生死之交，好久没见了，今天我请你到镇上叙叙旧。”王东哪受过这等待遇，诚惶诚恐不知如何是好。镇长见状就硬把他拉进了车里，扬尘而去。

镇长带王东来到酒吧，就着丰盛的一桌菜开始喝起酒来。王东其实不胜酒力，但在镇长面前，他不得一杯又一杯敬酒，镇长也不停地劝他多吃菜，不时也敬王东一杯酒。几杯酒下肚，王东话多了起来。镇长见时机已成熟，一招手，进来一位妖艳女郎，高耸的乳房在王东眼前晃来晃去，他有一阵感到过眩晕，妖艳女郎马上挨着王东坐了下来，王东闻着呛鼻的香水味，使他不由得往边上挪了挪，哪知这女郎更加肆无忌惮地一下子搂住了王东的脖子，王东曾试图挣脱，可她就像一根藤子一样缠住了他。那丰满的胸脯顶在王东的胸前，王东感到软软的，有一股温热迅速传遍了他的全身，他立即感到呼吸似乎也更加沉重了。镇长趁上厕所的机会溜了。王东何时见过这架势，两腿发软，任由女郎摆布。女郎很大方，把王东扶进了房间。

第二天，王东见到镇长后，低着头，像做错什么事一样。镇长问他昨晚睡得可好，他说很好，还把晚上发生的事添油加醋地对镇长说了。镇长听后发出朗朗的笑声，他心里的一块石头落地了。王东在临走前，还特意告诉了镇长一个秘密，他说他有好几个女人呢。镇长越发高兴，亲自开车把王东送了回去，下车时，镇长紧紧握着王东的手说："保守秘密。"王东说："一定，我们都有秘密。"镇长满意离去。

现在镇长掌握了他的秘密，他也才稍稍安静下来。不过，说起他的秘密，那也不叫什么秘密。其实那天晚上他是装醉的，他和那个女郎什么也没发生，他出了点钱就把她打发走了，然后在镇长面前演了一场戏，并且还瞎编了一个秘密告诉给镇长，目的就是让镇长知道他的秘密，只有这样他们才会相安无事，他的儿子还靠镇长继续关照呢。

然而有一天，王东得知了一个振奋人心的消息：县里准备在基层提拔一名年轻干部担任副县长，拟提拔的人员当中镇长就是首选的人员之一，还有一个就是王茌苒。

这下让王东既喜又忧，喜的是儿子也是被提拔的对象，忧的是儿子肯定不是镇长的竞争对手。王东就想到去报案，但他明白自己也是个帮凶，不仅当时没及时制止，而且看到杀人事件后又没有及时报案，现在如果他报了案自己也会被判刑的，何况还会影响到儿子的前途。

就在他不知道如何是好的时候，他突然在山上发现了一个山洞，他就对自己的儿子王荏苒说了。王荏苒就对自己最信任的镇长说了。镇长正在为被提拔的事情大伤脑筋，因为没有政绩，被提拔的把握就不大。他听王荏苒一讲，眼前顿时一亮，就决定用旅游开发去招商引资，轰轰烈烈干一番大事业，好好捞点政绩。

他就对王荏苒说，让他的父亲带他先去考察一番。就这样王东带着镇长去了。他们来到洞口，四周长满杂草，这是一个隐秘的地方，只有用手扒开杂草才能见仅能容一个人爬进去的洞。王东先爬进去，镇长紧跟其后，洞里开始狭小，慢慢就变得豁然开朗。镇长被洞中的奇景惊呆了：这真是一个仙境啊！钟乳石千姿百态，闪闪发光，有的像佛手，有的像狮子，有的像观音……镇长心花怒放，这个发现对他来说无疑又给他政治地位套上了一道光环。镇长问王东对别人说过没，王东说："除了你和王荏苒没有对别人说过。"镇长脸上泛起一片笑容，让王东一定要保密，王东连连点头答应。

在即将出洞口的时候，意外发生了，突然听到一声轰响，洞中千姿百态的钟乳石纷纷掉落，洞口被石块堵住了，镇长和王东被牢牢的夹在石缝中，然后就什么知觉也没了。

不知过了多久，他俩醒了过来，于是就有了王东和镇长的一次对话。

王东说："镇长，你没事吧?"

镇长说："没事，就是动弹不了。你咋样?"

王东说："我也是动不了。"

镇长说："都是我害了你啊，我死不足惜，可你不能这样啊。"

王东说："镇长，千万别这样说，你的命比我重要，你又那么年轻，全镇的人都在指望你，我都快奔五十的人了，活一天也就少一天。"

镇长说："王东，别想那么多，就看有没有人来救我们。"

王东此时是矛盾的心理，既想有人能发现他们，也希望永远不被人发现。

洞内出现了一阵沉默。沉默过后，镇长和王东拉起了家常，说累了，歇一会儿；说干了，张开嘴接洞顶上滴落下来的水喝。他们就这样坚持了两三天，也没有人来救他们。镇长彻底绝望了，在他生命即将终结的时候，镇长说，他对不起镇上的人民，辜负了他们，他把国宝都给卖了，他把芳害死了，他成了历史的罪人，他其实也是想去自首的，可他不想放弃来之不易的前途。

人之将死，其言也善。王东听后心里紧张极了，不知道说什么好。

奇迹就在第四天发生了，他们被王荏苒带领到附近的群众救了出去。王东感到有些失望的同时也感到一丝庆幸，毕竟人都还活着。

一星期后，他俩康复出了医院。

镇长安定后，又亲自指挥当地群众抢修山洞，寂寞的山村顿时人声鼎沸。就在人们兴高采烈抢修时，一件触目惊心的事出现了：人们在洞内一块大石下发现了一具腐烂的尸体，于是人们停止了手中的活，立即报了警，警察马上展开了调查。

当镇长得知这一情况后，他非常害怕，很可能就是芳的尸体，如果被查出来了后果不堪设想。但他马上又镇静下来，因为这件事已时隔两年，又没别人看到，只要王东不说，他们是很难查出来的；何况还有自己的父亲为自己撑腰，虽然他从局长的位置退了下来，但老关系还在那儿。于是，镇长假装一边关心重视这件命案，一边仍然抓紧时间抢修山洞。

三个月之后洞就修好了。洞内形态各异的怪石星罗棋布，相互辉映；洞深曲折，钟乳石林立，凌空倒挂，千姿百态，嫩润欲滴，栩栩如生；有佛手、玉手、金丝瀑、骆驼恋瀑、龟戏豚、花果山、水帘洞、南天门、莲花宝殿等一些小景点深藏其内，堪称艺术宫殿。于是，吸引了成千上万游客的光顾，立即引起了县有关领导的高度重视，镇长一下子成了一个红人。

然而，命案的侦破工作仍然毫无进展。镇长看到这种情形，心里暗暗得意起来。不过他更担心的是王东，因为知道这件事的就是王东一个人，他也知道，王东的那点把柄也不叫什么把柄，他怕王东知道警察介入调查后，承受不住压力而主动去自首了，所以他必须想办法封住他的嘴。

就在这个时候，换届选举开始了。镇长虽然成了红人，但当他知道王荏苒也是候选人后，心里感到了不安，因为王荏苒的父亲知道他的一切。王东一旦说出去，他不仅得不到提拔，而且还会丢了命。

在那个秋叶飘零的午后，他找到了王东，看似闲聊，实际上是镇长在询问他。王东看到镇长脸上好像充满杀气，不觉倒吸一口凉气，连忙说："镇长，你放心，你的事我就是带到土里去也不会说，再者说了，你不是也知道我的秘密嘛，何况我也犯有包庇罪啊。"镇长听后，连打了几个"哈哈"。听着这"哈哈"的笑声，王东感到毛骨悚然，从头到脚都是凉的。最后，镇长提到了他和王荏苒其中的一个将要被提拔的事，王东说："当然是镇长有能力，要提拔肯定是你，我那儿子王荏苒还需要锻炼，还需要你的栽培。"镇长笑着说："只要我被提拔了，王荏苒以后的事就包在我身上，我保证让他当上副镇长。"王东连忙多谢镇长。

回到家后，王东对老伴说，他准备把镇长杀人的事告诉儿子王荏苒，毕竟这对王荏苒来说是个机会。老伴说："就算是你现在对儿子说了，儿子又对别人说了，有谁会相信他的话呢？弄不好到时候还说你儿子为了能被提拔在编造谎言，那可是要吃官司的！"王东也思前想后，权衡再三，最后还是决定不说了。

上级考核人员马上就要到镇上来了。镇长见王荏苒不急不忙的，好像这事与自己无关，就有点害怕了，心想：是不是王东对他说了自己的事情，不然王荏苒也不会这样沉得住气。

镇长本想找王荏苒谈一谈的，但他怕弄巧成拙，最后还是决定再找王东来了解一下情况，看他是否都说了；如果没说，他就要想办法彻底的封住王东的口，只有这样他的心才会安稳。

可是，等他来到王东家里的时候，王东却不见了，只有他的老伴在家。镇长马上就慌了。他连忙问王东到哪里去了，王东的老伴说他到外面打工去了。镇长更加害怕了：他怎么说走就走呢，况且他们家里不缺吃不愁穿，而王东又那么大的岁数了，没有必要出去打工的。镇长接着又问王东到哪里打工去了，他的老伴说到广东去了，具体什么地方她也不知道。镇长这下可慌了，他决定找人寻找王东，然后让他永远从这个地球上消失。

时间在一天一天流逝，王东音讯全无，镇长有点坐不住了，他就像热锅上的蚂蚁一样，急得到处乱转。

天有不测风云，恰恰就在这个时候，屋漏偏逢连夜雨，上级来了命令，说镇上的命案没破，提拔一事暂时不予考虑，让他必须破了命案再说。镇长蒙了，像打了败仗一样。没想到搞旅游开发却给自己带来了灾祸，让他一时不知道如何是好。

镇长只好马不停蹄地和着手调查处理案子的人员联系，想从中了解一些信息，看他们找到什么线索没有。于是，他主持召开了紧急会议，问了一些情况，知道他们一点线索也没有找到，便放下心了。他让办案民警无论如何要在两个星期之内破案，不然拿他们是问。镇长想被提升的心情急切，也更想看他们能不能找到蛛丝马迹，他好为自己做下一步准备，所以就说下了狠话。

但由于尸体高度腐烂，无法辨别身份，这给办案民警带来很大的麻烦。于是，办案人员继续兵分两路，一路走访附近农民，一路去弄清死者身份。

一个星期过去了，一点线索也没有。

办案民警也想到王东是离这里最近的人，他经常在这里放牛，又是第一个发现那个洞的人，所以，民警希望能从他那里了解一些信息。然而王东却在这个关键时刻出去打工了，这让办案民警有了怀疑。他们只好通过走访周围的群众对他进行了调查，结果显示王东没有杀人的动机。民警也一致认为，如果是王东作的案，他是不会告诉自己的儿子他发现了那个洞，或者这不是作案第一现场。这一切只有等找到王东后才会清楚。

于是警察也派人在寻找王东。

冬天说来就来了，顿时漫天雪舞。镇长也感觉不到冷，他心里想到的是王东，因为警察也在找王东，他必须在警察之前找到他。就花钱雇用了几个人让他们不要声张，秘密进行。

当警察寻找王东的事传到王荏苒的耳朵的时候，他怀疑是镇长安排的，就对镇长表示了不满，因为他知道自己的父亲明明是出去找事做的，凭什么要派警察寻找他。镇长只好笑着说："这是上级安排的，都是为了工作，请你谅解，没有别的意思，就是想通过你的父亲了解一些情况。"停了一下，他想套一下王茌苒的口气，从他那里打听一下关于王东的消息，他就接着问："那你知道你的父亲在哪儿吗？"王茌苒愣了一下说："我也不知道他具体在哪儿。"镇长就不露声色地说："所以嘛，还是要先找到你的父亲再说，我们需要他的帮助。"王茌苒也就被说服了。

事后，镇长对王茌苒的态度很不满意，但他没有表现出来，他在心里已经恨得牙痒：要不是有你，我还需要费这么大的劲儿吗？

转眼两个星期过去了，还是一点线索也没有。寻找王东也无结果。镇长是干急不出汗，他一边让他雇的人继续寻找王东，一边想着怎么来对付王茌苒。他怀疑王东把他的事情给王茌苒说了，如果长时间这样拖下去对他是不利的，这样连命都将会没有，更不用说什么前途了。所以他要想办法先掌控住王茌苒，再找到王东，只有这样他才能放下心来。

这天，镇长喊王茌苒出去放松一下，王茌苒见是镇长喊他，没有推辞。他俩首先来到红叶酒吧，点了几个菜，然后举杯推盏，镇长像一个长者一样对他掏起了心里话，说他年轻，以后的前途远大，要严格要求自己。王茌苒见镇长说起了知心话，心里一下子热乎乎的，他知道这次被提拔的肯定是镇长，他什么政绩也没有，只不过是个陪衬而已，所以他就希望这次镇长调走后，能推荐他当副镇长。于是，他端起酒杯一饮而尽敬镇长，并说："还请镇长多推荐。"镇长连忙说："你有能力，我走了，第一个就推荐你。"王茌苒顿时高兴得忘记了自己的酒量，他又端起一杯酒敬镇长，然后一饮而尽。他已喝得不知道天南地北了，镇长却清醒得很。

镇长见王茌苒喝得差不多了，就说："走，我请你去轻松一下。"王茌苒马上应和。他踉踉跄跄地跟在镇长的后面进了浪漫洗头屋。屋里猩红的灯光照在王茌苒发红的脸上，使他几乎迷失了自我。王茌苒在酒精的作用下，忘记了自己的身份。他看见有几个打扮时尚的小姑娘，就和她们开起玩笑来。

镇长见状连忙让他进房间里躺着去洗头。王茌苒就和一个穿着暴露的姑娘进去了。镇长对店老板交代了几句就走了。

王茌苒被姑娘带进房间以后，姑娘就要脱他的衣服，王茌苒开始还不愿意，但在姑娘的诱惑下，他就像一个听话的孩子一样躺在床上任她摆布。姑娘也一丝不挂地钻了进来。看着粉嫩的肉体，他一下子暴涨起来，一个翻身就压在姑娘的身上。可是任凭他怎么用劲，就是不听他的使唤，几经努力也无济于事。姑娘只好给他喝了药，王荏苒的雄性马上就恢复了。不一会儿他就大汗淋漓，气喘吁吁。没想到在这个时候，他被警察抓住了。镇长在这一刻也出现了，在镇长的帮助下，王荏苒出两万块私了了。

王荏苒的把柄在镇长的手里握着，王荏苒就没有了威胁，那么就只剩下王东了，所以，镇长一心就是想尽快找到王东。他对所雇的人说，不管是活的王东，还是死的王东，只要能让他看到王东，他就重赏他们。在金钱的魔力下，这些人疯狂起来，他们到处寻找着王东，恨不得挖地三尺也要把他找出来。

办案民警也还在继续寻找王东，可他就像从人间蒸发了一样，不知了去向。

镇长在漫长的时间中煎熬着，他明显感到自己一天天瘦下去，而且他也渐渐感到自己的生命即将不远了。

然而，就在这时，从车站民警那里传来了一个不幸的消息，王东受了重伤。

原来，王东准备在年前回家的，在火车站等车时，遭到了百年不遇的大雪。王东就被困在车站里。在王东终于等到可以上车时，却被人流挤下了站台，正好被进站的列车刚倒了。车站民警立即处理了此事，在送王东到医院的途中，王东觉得自己快活不了，他还想着儿子被提拔的事情，他就用虚弱的声音告诉了车站民警一件让人震惊的事。

那还得从以前的事说起。镇长的父亲以前是一个掌握着实权的局长。因此，去找他办事的人络绎不绝。当年，王东就想请他帮忙把王荏苒弄到城里去。于是，王东专程去找他从侧面说明了来意，局长和蔼地对他说："不用担心，年轻人会有机会的。"王东甚是高兴，临走时，在局长的办公桌上留下了一个信封。局长看后很不高兴，坚决让他拿走，让他以后不要再做这样的事。王东忐忑不安地拿起信封，逃命似的离开了局长办公室。

这是王东生平第一次送礼，没想到就这样出了洋相。他只好去向别人请教。有人告诉他，送礼哪能赤裸裸的，要找个合适的地方送出去。王东才恍然大悟。他决定再到局长办公室去一趟。

王东又找了个机会，他仔细察看了局长的办公室，看在什么地方放下礼物合适。经过反复观察，王东有了意外发现。他发现局长办公桌上有个洞，这个洞是用做电脑走线路的。局长用的是笔记本电脑，所以没用上，就留下了一个洞。只要局长打开笔记本电脑，正好看不到桌上面的那个洞，如果把信封从这里丢下去，就会做得神不知鬼不觉，一定能成功。

王东欣喜若狂，悄悄地把信封从那个洞里塞进去了。一切进展的是那么顺利。王东离开了局长办公室，他心里的那块石头终于落了地。

王东做这一切的时候，从没跟儿子王荏苒提过，他怕他知道后伤了他的自尊心。所以他就耐心地等待着。但过了好长时间后，进城的却没有王荏苒。王东感到不可思议。这可是他脸朝黄土背朝天积攒下的几万块钱啊。这下打了水漂，什么也没得到，他恼火极了，决定要报复局长。

可是，要想告倒局长谈何容易，他只好等待机会。

后来，机会终于来了。局长退休后，他的儿子也就成了镇长，他就想通过报复他的儿子来报复局长。

王东发现镇长喜欢古董，他就把自己在挖地时刨出来的那个编钟送给了他。他知道那是文物，目的就是想给镇长留下证据的，可惜他却把编钟卖了，他也没证据来证明这件事，就只好暂且放一边。

后来，他又发现了镇长杀了芳的事，他正好找到一个报复的好机会，可是，为了儿子能当上村主任，他只好暂时放弃报复的机会，而帮忙镇长隐瞒了此事。

就在这个时候，他听说了县里要提拔镇长，而自己的儿子也是被提拔的对象。而他又发现了一个洞，他就想到了一个两全其美的谋害计划，他知道镇长对新鲜事感兴趣，就故意对自己的儿子说了，儿子肯定就会对他最信任的镇长说，镇长自然就要去看。王东早就料到镇长要来，他事先在洞内做好了准备，等他们要出去的时候，他就悄悄地扳动了一块石头，于是就引起了早已松动的石头纷纷滚落下来，他们就被石头压住关在洞里了。没想到的是他们都活了下来。出来后，王东感到自己有了危险，可更没想到的是，在镇长带领群众重修山洞的时候却发现了尸体。王东就意识到被发现的尸体可能就是芳的尸体，他害怕了，既怕被查出真相自己被关进监狱，又怕镇长杀人灭口。他感到危险随时都可能到来，所以就逃跑了。

后来王东良心发现，准备回来交代一切的，可却出了车祸。

一切都清楚了，是镇长杀了人。

后经进一步查证，洞里的尸体正是被镇长所杀害的芳。原来当初被镇长藏在水沟里的尸体被大水冲到了洞里。事情的真相大白于天下，一件杀人案件也告破，给人民交了一份满意的答卷，也给了芳的家人一个交代。

最后，镇长也对自己的罪行供认不讳，最终以多罪并处，偿了命。

而王东也被关进了牢房。

第十三章　阴谋

出狱后的王东开了一家小旅馆，专门为客人提供休闲娱乐场所。

那是一个阴森恐怖的夜晚，外面电闪雷鸣，大雨如注，刚刚重新装修不久的小旅馆，灯火辉煌，人来人往。一间客房内，来了一男三女，男的是郑天，自从他失去了女儿郑妮娜以后，在痛苦中煎熬。他学会了打牌，学会了花天酒地，他想以此来解脱自己。

他们正围坐在麻将桌前搓麻将。服务生吴强在一旁小心伺候着，不时给他们的茶杯里加水。

郑天突然说这房间里好像有股怪味，吴强耸耸肩说没有啊，如果真有的话就可能是装修房间后留下的味道。留着长发的美女孙月说她打一进这间房子就闻到了一股怪味。梦残雪好奇地抬起头，用鼻子吸了吸说是有一股怪味。但大家都正在兴头上，也不管什么怪味不怪味的了，继续哗哗地搓他们的麻将。

几圈牌过后，已到了午夜，外面的大雨依然如注，孙月一边打牌一边喝着茶，突然，只听“啪”的一声炸雷响，她手中的杯子被吓得掉在地上打碎了，吴强连忙去打扫碎片，正好在这个当儿，电也停了。

“吴强！”外面不知道是谁扯大了嗓门喊了他一声，吴强一边应着，一边出去找蜡烛。

屋里一片漆黑，大家都没有动，因为这一圈牌局还没有打完。孙月说：“今天这个天气真怪，下这么大的雨，还打着炸雷，影响心情。”梦残雪也跟着叽咕了几句，吴强就把蜡烛拿来了，然后关上了门。房间里开始摇曳着微弱的光，孙月看了一下自己的牌就嚷着说：“我怎么少了一张牌呢？真是的，本来手气就不行还少了牌。”郑天连忙问：“你少的是什么牌？”孙月说：“我少的是一张发财，哼，怪不得我今天的手气这么背呢，真是倒霉。”

吴强连忙拿起蜡烛向房间的四角寻找，其他人也都在忙着帮忙寻找，但都没有发现那张牌。地上铺的是地毯，一目了然，而且没有其他杂物。巴掌大的地方那张发财还能滚到哪儿去呢？

大家只得把屋内桌下全又看了一遍，还是没有。大家说真是奇怪了，关着门还能滚到外面去？郑天说："会不会掉到床下去了？"孙月就拿起一支蜡烛，弯下腰，当她刚把头探进床下仔细看的时候，突然大叫一声，身子倒在地毯上，脸色发白，牙关紧闭，四肢不雅地弯曲着，昏了过去。

大家连忙七手八脚地把孙月扶起，不知发生了什么事，又掐人中又灌水，总算把她弄醒了。孙月恐惧地睁大眼睛，用手指着床下，吓得话也说不出来。

郑天仗着自己的胆子大，把头伸进床下张望，也不禁惊叫一声瘫坐在地毯上。梦残雪也看了一眼，一脸的惊恐。

就在这个时候，正好有一道刺目的闪电划破夜空，顿时把房间照得雪亮。吴强强忍着恐惧，拿起蜡烛，借着亮光，大家发现床下捆绑着一具女尸，只见一张水肿的脸上一双绝望的大眼凸出眼眶，死死地盯着大家，而大家要找的那张"发财"正紧紧地攥在她手里。

大家都惊得说不出话来，一时间，仿佛空气都停止了流动。

孙月感觉房间里有种不祥之兆笼罩着，她想逃出房间去，连忙伸手去开门，可她的手却停在了半空中，就像被黏住了一般，动也动不了，过了一会儿她才把手拿下来。

孙月再也无法平静下来，她浑身的汗毛都竖了起来。一丝寒意瞬间袭遍了全身。她无法在房间里多停留哪怕一分钟的时间了。她猛然把门打开了，三步并成两步往外冲去。郑天喊她，她也没有听到。此刻，她只想尽快离开这令她恐惧的大楼，但身体的重心却在此时偏离了正常的轨道，一下子晕倒在地。

郑天和梦残雪几人费了很大的劲儿，才把她弄醒过来。她仿佛做了一场噩梦，郑天连忙问她怎么啦，她才想起刚才发生的一切。

大家一时间不知道该怎么办才好，还是郑天反应快些，他说："我们快报警吧，不然到时候把我们连累进去了就说不清了。”于是，他就报了警。

张建带着警察很快就来了，把四位牌友和吴强都带进警察局分别做了笔录。郑天把发现女尸的过程做了详细交代，孙月也把发生在自己身上的诡异现象做了交代，梦残雪也如实交代了发现女尸的过程。张建见大家交代的都一致，没有发现有用的价值。那会是谁杀死了那个女人呢？女尸手中怎么又会有那张“发财”麻将牌呢？

张建怀疑这几个人中，一定有人知道内情。他把孙月喊来问话：“你是怎么发现你少了一张牌的？”孙月说：“我们正在玩牌的时候，突然停了电，等服务生吴强送来蜡烛的时候，我就发现少了那张牌。”张建继续问：“你说在你身上发生了诡异的现象，为什么其他的人都没感觉到呢？”孙月说：“我胆子小，为了使自己的胆子大些，我曾经强迫自己看一些鬼片，所以，我一见到尸体就会马上想到看过的鬼片，头脑里就会浮现出那些可怕的场面，心里就会感到特别恐惧，我就一心想到要离开这个可怕的房间。当我离开了房间的时候，就发生了诡异的现象，但我可以肯定的是，最后见到那个提着自己人头走路的人，绝对是个人，但我想不通的是头都没了怎么还能走路。”张建说：“你为什么这么肯定？”孙月说：“我听到了他的脚步声。”

张建又把吴强喊来，直截了当地说：“我怀疑这个案件是有人做了手脚，女尸手中的那张牌是有人事先放进去的，然后，又有人乘机偷走了那副牌中的发财。而你是这个房间的服务生，又是在他们打牌期间唯一出过房间的人，你应该知道那张牌到哪儿去了吧？”吴强见张建怀疑自己，他连忙说：“这个房间是我负责管理的，可是我一直都没有发现有什么异常，也就是在那天晚上，我们无意间才发现了女尸，我怎么可能对女尸做手脚呢？我是不会杀人的，如果是我杀的人，我怎么会把尸体藏在房间里呢？我也没有偷那张牌，他们是我的顾客，我应该为他们服好务，停电了我就出去给他们找蜡烛去了；再说黑灯瞎火的，我怎么能正好偷到那张牌，偷了也没有用啊。”张建听后，见他说得也在理，一时也无语了。

法医周青把现场尸检报告递给了张建，死者皮肤白皙，穿着时尚，戴有项链，不像一般劳动之人。死因是颈部被强有力的双手扼住窒息而死的。死亡时间在十天以内。

张建然后又亲自到现场察看。他蹲在尸体旁观察着这个死不瞑目的女人。凶手也太残忍狡猾了，因为不管是白天，还是黑夜，将这么个尸首运出旅馆是不可能的。如果不是那四个房客因找丢失的“发财”发现尸体，不知要几天才能被发现呢。而当发现之时凶手早已逃之夭夭了。

张建又把吴强喊来问话：“前天这间房间里住的是什么人？”

吴强连忙拿出旅馆登记册答道：“此人名叫李一斗，男，50 岁，在赌石界颇有名气。头天晚上入住，第二天一早就走了。”

侦察队长又问道：“他住的这几天和什么人有来往？”

吴强答道：“他一直待在房间里，只和一个来找他的年轻女子厮混。那女子二十七八岁，穿戴妖娆，不像正经人家出身，临走那天就只有李一斗一人。”

侦察队长接着问：“那个女人到哪里去了？他走后，屋内没发现什么异常？”

吴强回答：“因为当时来往客人挺多，也就没注意那女人走没走。等我去收拾房间时，也没发现什么不对劲。”

侦察队长分析道：李一斗登记在先，杀人在后。案发突然，他自己也没料到，更改名字是不可能的，所以他的名字及职业都可能是真的，所以，我们马上在全国发布通缉令，以免嫌疑犯逃脱。

大家都同意侦察队长的分析。事不宜迟，大家决定兵分两路去寻找李一斗的下落。

俗话讲：做贼心虚。那凶手李一斗这时正和情人黄小满在另外一个城市里。他们住在一个小旅舍里，他知道杀人是要偿命的，这罪非同小可，所以他俩一直躲在外面。

李一斗醒来的时候，已经是第二天了，黄小满正小鸟依人般依偎在他怀抱里。李一斗觉得头很沉。

李一斗问黄小满昨晚到哪里去了，黄小满惊讶地说：“你说什么啊？我一直都在这里啊，是不是你又做噩梦了？”李一斗使劲掐了一下大腿，他感觉到了疼痛，昨晚在梦中恐怖的一幕真实地烙印在他的大脑里，被他杀害的妻子孙丽找他偿命了。李一斗一想起来就害怕得要命。

黄小满安慰了他几句，就起床忙着做早餐了。李一斗躺了一会儿也起床了。吃过早饭以后，黄小满说要出去办点事情，还需要几天，李一斗吩咐她要小心，办完事情后马上回来，他在这里等她。黄小满说知道了，她就走了。

这天夜晚，李一斗一人刚看完了一个电视剧，就开始播放广告，他正准备站起来上厕所的，就看到了电视屏幕上的一个熟悉的面孔。

李一斗当即一下子瘫坐在床上，同时发出了惊恐的叫声。他心里惊慌失措，惴惴不安。因为在电视屏幕里他看到了自己的妻子孙丽，但是，孙丽是不可能出现在电视屏幕上的，她在一星期前就死了，被他杀害在王东的旅馆里。

李一斗尽力不去回忆孙丽，但是，他偏偏在一秒钟的时间从电视上看到了那张熟悉的脸。李一斗又记起了孙丽的一切。

那是在几年前，李一斗还没有接触到赌石界，他在一家医药研究公司上班，他在研制一种药品，已经接近成功。可是，在研制的过程中还需要做大量的实验来进行科学验证，他必须找一个助手帮忙，这时候，医科大学刚毕业的孙丽就成了他的理想人选。就这样，孙丽来到了李一斗的工作室。

在以后的三年工作中，是李一斗感到最幸福的日子，孙丽不仅年轻漂亮，而且聪明过人，成了李一斗的得力助手。她陪伴着李一斗一起研究，在研究过程中，孙丽从未出现过差错。为了日夜观察和研究，他俩就在实验室里吃住，实验室是个寒冷又不受人欢迎的地方，但孙丽从未介意过。

时间久了，李一斗爱上了孙丽。他就对孙丽说："丽丽，嫁给我吧。"孙丽却笑着说："我不嫁给你。"李一斗以为孙丽在开玩笑，就说："你不愿意做我的妻子吗?"孙丽说："你已经43了，我才26，我想嫁给一个年龄和我差不多的年轻人。"李一斗听后尴尬极了，从此他再也不敢提起这个话题。

然而，李一斗对孙丽的爱意却越来越强烈，但孙丽一直拒绝他，这使得他有些恼羞成怒。

六个月后，他们的研制终于成功了。孙丽终于答应嫁给他了……

李一斗停止了回忆，他继续打开电视。这时候，未曾预料的事情又发生了：电视屏幕上出现了几位歌手，她们都低着头，李一斗看不到她们的脸，但是，前排的一位姑娘却使他惊得目瞪口呆，不是那位姑娘本人，而是她的穿着、她的服装让他震惊万分。这是他非常熟悉的红绿相间的裙子，还戴着绿色的领带，孙丽以前总是这样穿戴，他和孙丽还一起选购了这种领带。

李一斗看着那位姑娘，她慢慢地抬起了头，摄像机的镜头把她移到了图像的正中间，她正是孙丽！李一斗不由得大叫一声，他靠墙惊魂未定地站着，呆若木鸡，双眼死死盯着电视机的屏幕。

就在这个时候，孙丽发话了，她说："李一斗，还好吗？"李一斗战战兢兢地说："你是谁？"孙丽羞涩地一笑说："你怎么忘记了我，我是孙丽啊。"李一斗张大了嘴，正在发愣的时候，孙丽已经消失得无影无踪了。

李一斗霎时从那迷蒙的状态里清醒了过来，身体向后仰倒在床上的靠背上，心底这才升起了强烈的恐惧感，并意识到自己刚刚是被蛊惑了……

半夜里，李一斗好不容易才闭上眼睛，突然从电视里传来对话声，李一斗紧张地坐了起来。他顿时感到毛骨悚然，每一个毛孔都张开了。

对话声音越来越大，李一斗吓得浑身哆嗦起来。李一斗慢慢坐了起来，关闭的电视机正开着，还不停地变换频道，每变换一个频道，画面上就会出现孙丽的面孔。

李一斗尖叫起来，他迅速用遥控器关了电视才躺下，躺在床上的他冷汗直冒。

然而，一个小时后，电视又被打开了，传来了唱歌的声音。李一斗向电视屏幕望去，只见孙丽面露怨恨地瞪着他，犀利的目光向他射来，他吓得把眼睛一闭，但是却听到孙丽对他说："你要为我唱歌，要为我唱歌……"

孙丽的声音不断重复着，似乎越飘越远。李一斗小心把眼睛睁开，看到孙丽惨白、俊俏的脸上带着怨恨的神情，两只眼睛完全变成了黑色，瞪着李一斗，质问着："你为什么不为我唱，你要不为我歌唱，我就割破你的喉咙……"随着她的喊声，正在播放的歌曲开始变得越来越缓慢，最后如同哀乐。

随着哀乐的奏响，李一斗从屏幕的反射中看到，自己的喉咙正在被一点一点地割断，鲜血从脖颈里喷出，喷溅在了整个屏幕。

李一斗连忙用手摸了摸自己的脖子，发现自己的脖子并没有被割开。

但是李一斗立刻意识到，这是孙丽对自己的一个警告，如果自己不唱歌给她听，恐怕她真的就要对自己下手了。

于是，李一斗开始唱歌，他的歌声如同鬼哭狼嚎一般，在深更半夜里显得格外凄惨……

两首歌唱罢后，孙丽让他先停下，问道："李一斗，你知道今天是什么日子吗？"李一斗的喉咙有些发疼，他咽了一口唾沫说："今天是三八妇女节。"孙丽又说："那你还记得一年前的那个夜晚吗？"李一斗回答说："记得，那是我们实验成功的夜晚，我俩为了庆祝这个成功，在歌厅里唱了半夜的歌。"孙丽说："亏你还记得，今天正好是我俩结婚的日子。"李一斗说："孙丽，你要干什么？"孙丽说："你的心我最了解，我要你拿命来。"

说完，孙丽对着李一斗微微一笑，慢慢地，慢慢地……她举起手，示意他去她那儿，然后就出现了血淋淋的一张面孔，血液顺着她美丽的脸颊慢慢地流了下来，一双会说话的眼睛也变得幽怨起来，并发出了可怕的绿光。

突然，那张血淋淋的面孔张开了血盆大口，直朝李一斗的脸扑来，让他似乎感到在吞噬他的身体。

李一斗吓坏了，开始没命地冲出房间，横穿街道，他在一辆疾驰的汽车前面倒下了，幸好那位司机的开车技术高超无比，来了一个急刹车，他安然无恙。

李一斗不敢回家，惊魂未定的他决定找个地方静一静。他来到了人烟稀少的街道，沿着街道慢慢地走着，突然，李一斗被三个突如其来的男人摁在地上，李一斗一边求饶一边说："兄弟，我们都是出来混的，你需要多少钱我都可以给你。"他还在继续哀求的时候，一副冰冷的手铐铐在了李一斗的手上，张建拿出一张逮捕证说："你被捕了，请跟我们到公安局去一趟。"李一斗一看，就蒙了，但他还是强作镇定地说："你们凭什么抓我？我又没有犯罪，你们抓错人了。”张建立即拿出一张通缉令，通缉令上的人正是他。

李一斗只好跟着张建回到了公安局。张建让李一斗交代犯罪经过。李一斗在确凿的证据面前，交代了犯罪经过。

原来，早在五年前，李一斗离开了医药研究公司，开始在赌石界混，后来赚了钱的他结识了黄小满。那时的黄小满刚初中毕业，是一个刚刚走上社会的打工妹，十七八岁的她，已经出落得清纯靓丽、眉清目秀。在多次交往中，年长的李一斗着意讨好，百般殷勤，终于让黄小满对他产生了好感和信任，二人成为忘年交的好朋友。他请她一起吃饭、看电影，还耐着性子陪她逛商场甚至陪她去美容美发……很快获得了黄小满的芳心。

然后，李一斗在市区租了一套一室一厅的房子，让黄小满辞掉工作，在这里居住，做了他的专职情人。李一斗借着经常出去赌石的便利条件，隔三差五地与黄小满厮混。二人“爱”得如火如荼，难舍难分。之后几年的时间里，二人的关系不但没冷却下来，反而逐步升温，谁也离不开谁了。

常言说“纸包不住火”，妻子孙丽慢慢感觉李一斗有些不正常，二人随着争吵，矛盾也越来越多。后来，孙丽就开始暗地里监视和跟踪他了。

那是一天下午，当李一斗赌完石，驱车来到黄小满租住的地方时，孙丽也坐出租车尾随而至。就在他俩迫不及待地进入温柔之乡时，孙丽突然出现在他们的房间，他和黄小满赤身裸体、狼狈不堪的情景出现在孙丽面前。其实早在半年前，孙丽就神不知鬼不觉地配好了李一斗钥匙扣上那个没有来头的钥匙。

至此，夫妻俩闹了个翻江倒海，黄小满也吓得换了地方。可是，事情并没有到此结束，几年来，李一斗对黄小满的感情已经不是偷偷情、取取乐那么简单了，他早已深深地爱上她，而且爱得水深火热，不可自拔。他为此多次提出要与孙丽离婚，都被孙丽断然拒绝。

可是有一天，孙丽主动对李一斗说：“只要你能给我五百万元，我就答应离婚。”李一斗先是不同意，后来又说：“这样吧，你给我几天时间我去凑钱。”孙丽勉强答应下来。三天过后，李一斗约孙丽出来，让他到王东的小旅馆来拿钱，签离婚协议。孙丽就来了，谁知，这是李一斗的一个预谋，当孙丽来到房间的时候，李一斗关上门，拿出钱让孙丽数，就在孙丽全神贯注数钱的时候，李一斗伸出了那双罪恶的手，死死掐着孙丽，孙丽没有发出一点声音，就带着愤怒与恐惧离开了人世。李一斗悄悄把尸体藏在床下，然后又喊来了黄小满在这间房子里鬼混了一夜，第二天他让黄小满先走，然后，自己才匆匆离开。

事实清楚了，李一斗被判了死刑。

就在这个时候，孙月却出现了，她找到张建说有情况需要向他汇报。张建接见了孙月，孙月流着泪说："孙丽是我的妹妹，十几年前，我被人拐走了，就这样我和妹妹分开了，后来，我终于逃了出来，我一直都在寻找我的父母和妹妹的下落，可是，等我找到他们的时候，父母早已离开了人世，妹妹也不知道下落，直到今天我才知道她遇难了。"说完，她拿出了他们十几年前的全家福。张建说："谢谢你提供的情况，不过，我想问一下，你还记得当年是谁拐走了你吗？"孙月说："我记得他的背有些驼，但不知道他叫什么名字，这么多年，我也一直在寻找这个人。"张建让孙月先回去，有什么情况再通知她。

案情本来到此可以结束了，但张建却来到了王东的小旅馆，他让王东把所有的员工都喊出来，一个驼背中老年人马上就进入了他的视野。此人名叫王满，五年前应聘到这家旅馆当清洁工。

张建把王满带到了警察局，然后，把孙月找了过来，让她暗中辨认一下这个人是否就是拐卖她的人。孙月一看，情绪就有些激动，虽然王满有些老了，但孙月一刻也不曾忘记他的形象，她连忙对张建说："就是他，就是他！"张建说："你再辨认一下。"孙月说："就算他化成了灰我也认识。"

张建就把孙月带到王满的跟前，问他："你还记得这个人吗？"王满心里一惊，她怎么会回来呢？他假装显得若无其事地说："我怎么会认识这个人？"孙月当时就快气疯了，她怒诉着王满拐卖她的经过。

当年，孙月高考落选了。这个结果出来后，她伤心极了。她出生在一个偏僻的小山村，优异的成绩让她在学习上没遇到半点困难，那年她以总分第一的成绩考上了县城重点高中，然而临到她高考时，却出现了意外，就在考最后两门课程时，她却突然发病了，因此影响了她的整体成绩，上大学也就成了一个泡影。为了供妹妹读书，她毅然决定南下打工。

那天，她坐上开往省城的长途汽车，她是第一次出远门，坐在车上，她感到晕晕乎乎的，就在这个时候，在她身边坐下了一个中年男子，并亲切地对她说："小姑娘，是出去打工的吧，是不是晕车啊？"她不知道怎样和陌生人打招呼，但看到有人这么关心她，就像找到了亲人一样。这个中年男子看上去三十多岁，穿着朴素大方，浑身透出高雅的气息，孙月对他的陌生感也就消失了。他们开始攀谈起来，孙月把自己家里的情况一五一十地告诉了这个中年男子。中年男子说："像你这样既没有文凭，又没有特长，进工厂都难，也挣不到多少钱。"孙月犯难了，问道："那你说我应该去做什么呢？"中年男子说："你年纪小，长得还漂亮，我看你比较适合当个服务员。活儿又轻，每月的工资又高。"孙月犹豫了：她外面没有亲戚，也没有朋友，到哪儿去找这样的事做呢？中年男子似乎看出了她的难处，就说："我是做服装生意的，有好几个门面，现在正缺人手，不如你到我那里做事，我每月给你1000元的工资，怎么样？"

孙月心动了，不过她还有点犹豫，她再次细细打量了中年男子一番，她在中年男子的身上找到了父亲的影子，就答应了。一路上，中年男子对她照顾有加，没让孙月花一分钱，孙月对他越发感激。

孙月和中年男子换了一次又一次车，她也分不清东南西北了，只好跟着中年男子走。

这天晚上，孙月被中年男子带到了一个陌生人家里，并对她说："这是我的一个远房亲戚，今晚先在这里住上一晚，明天就带你到我店里去。"孙月本来就晕车，又坐了好几天车，实在累极了。她没多想，就被中年男子安排到一间房子里休息。

就在孙月准备睡觉时，忽然听到隔壁传来一阵争吵声，孙月马上警觉起来，仔细一听，她什么都明白了。原来中年男子把她卖给别人当媳妇了，他们正在讨价还价。

孙月的睡意顿时没有了。她假装睡着，半夜偷偷从屋里跑了出来。到处一片黑暗，她只好顺着公路的方向跑，可是，最终还是没有跑出去，就被中年男子抓了回去，也就是在这个时候，中年男子真正的嘴脸才露了出来，他威胁孙月说，如果不听话，还逃跑的话，就要被锁起来，还要挨打。说完，他扬长而去。孙月害怕了，后来也试着逃了几次，但都被抓了回来，然后就被锁起来。不听那个又脏又黑的男人的话，就要被暴打一顿，孙月彻底屈服了，就这样过了十几年人不人鬼不鬼的生活。后来终于找了个机会逃了出来。

至此，王满低下了头，承认了一切。

张建把话题一转说："还有一事你还没有交代，女尸手中的那张'发财'牌是怎么回事?"

王满连忙对张建说:"我老实交代，一切都做交代，请求宽大处理。"

原来，在那场牌局之前的一个晚上，也就是在他值班的那个晚上，在这个旅馆的那间房里，住过一对男女，那男的是这家旅馆的常客，也是当地财大气粗的李一斗。住进来时，是他帮忙办的手续，并带领着他们住进去的。第二天凌晨的时候，他看到李一斗独自一人匆匆结账离开了。他感到事情有点不对劲，又生怕房间里少了什么东西，是他值班，少了什么东西是要他赔偿的。于是，他急忙来到这间客房查看，房间并没有少什么东西，只是那个女的不见了。

然而，在他打扫房间的时候，他发现床下绑着一具女尸，他当时慌了神，吓得不得了，因为这具女尸他是认识的，其实，在十几年前，他就认识孙丽孙月姐妹俩。他想这件事情肯定与李一斗有关，死去的人就是李一斗的老婆。王满想到了马上报案，可是，如果他自己去报案，到了公安局拿什么证据证明凶手是李一斗，人命关天的大事，他一个弱小的服务生，弄不好就得成了别人的替死鬼，更害怕由于这件事情牵出他拐卖孙月的事情，他越想越紧张。

于是，他连忙把房门锁好，装作什么也没发生的样子打扫其他房间的卫生。可是，照这样拖下去也不是事，迟早会被人发现的。他就连忙找到在这个旅馆当服务生的吴强，也是他认为最值得信赖的人，把这件事情说了，求他帮忙想个办法。吴强毕竟年轻，脑袋瓜子灵活一些，便帮他想了一个主意，从别处房间的麻将中拿出一张“发财”牌，预先放到女尸的手中，等待着机会的到来。转天晚上，正好有郑天他们要来开房打一通宵的麻将。真是天老爷照应，一声炸雷把孙月的杯子吓掉了，吴强在打扫碎片时趁势就偷了她的那张“发财”，藏在外面的王满就势把电闸一拉，并喊了吴强一声，吴强拿着那张“发财”就出去找蜡烛了。吴强送回蜡烛点燃后，孙月才发现少了一张“发财”，于是，大家就开始寻找，最终大家发现了床下的女尸，这样一来，在场的人都成了目击证人……

案情到此也就全部清楚了，罪犯都受到了应有的惩罚，张建由此案又破获了多年未破的拐卖人口案，因此被记功一次。

事后，手下问张建：“你是怎么怀疑那个驼背老人的?”张建说：“孙月说那晚她见到了一个提着自己脑袋走路的人，后来还告诉我拐卖她的人是个驼背，当我看到旅馆那个驼背老人时，我从后面是看不到他的头的，他的手里再提个什么圆形的东西不就像提着自己脑袋走路的人吗？而且又符合孙月说的嫌疑犯的体貌特征，所以我就怀疑上他了。”手下听后，对张建佩服得是五体投地。

第十四章　错爱

郑天和梦残雪在一起玩的时间久了，就玩出了越位感情。他经常夜不归宿，妻子禅小鹃曾经提醒过他，她知道郑天失去女儿后的心痛，所以，对郑天的所作所为没有放心上，任由他去做，也许过一段时间就会好了。可是，事情远远没有禅小鹃想象的那么简单。

此刻的梦残雪躺在床上，她睁着大眼睛，呆呆地望着头顶上很有创意的天花板，然后，便以一种复杂的心态，久久回忆着郑天在自己身上做出的种种动作的细节。

“我无法判断你是不是处女，我真的无法判断你是不是处女。”郑天在临走的时候，以一种怪异的表情反复念叨着这两句话。说这话的时候，他那只略显苍白的左手，一直在她身上上下游移着。梦残雪已经不知道当时是如何回答他的。

冰冷的冬天已经过去了，早春亮丽的阳光透过窗帘泻进来，使这间充满香水味道的卧室同时又充满了璀璨。

梦残雪开始后悔，虽然她多次想把房间的锁换掉，可最后还是没有换。再次来到这个城市，本来梦残雪早已淡漠了自己当初是如何来的，一如她早已忘了那把锁应该换换。

再次来到这座城市的时候，梦残雪看到的是一片晦涩。

她出现在老板郑天的面前的时候，面对眼前窈窕的女子，他的眼睛不听使唤了，一动不动地盯着梦残雪。郑天半天才反应过来，他的神情立即又显得含糊而冷漠。当梦残雪说是来应聘秘书的，郑天却冷冷地说：“不过我认为，你来当秘书是个错误。”梦残雪一时还没有听懂郑天的话。他接着说：“你应该当车模，在这座城市，找不到第二双和你一样漂亮的大腿！”

郑天当时显然不可能料到，仅仅过了一年，梦残雪便成了他手里的一张王牌。

在后来的日子里，只要一有时间，郑天就会跟梦残雪开玩笑：“建议你去当车模不是我的错。”

梦残雪在公司里闯出了自己的世界，梦残雪不再对郑天的玩笑感到手足无措，和他单独相处的时候，也不再为他在她短裙下久久徘徊的目光而惶恐。

那个黄昏，郑天是在他忽然涌起的一种预感中走进她的办公室的。

“你穿裙子啦?”郑天说道。在说这句话的时候，他的双目闪闪发光，这样的眼神，是只有她在为公司完成大单生意后才能看到。

“为这座城市添点春色啦。”梦残雪学着他的腔调回答道。

郑天此刻的呼吸却变得急促起来。

这是个已有些暖意的黄昏，很容易让人产生冲动。梦残雪清清楚楚地看到，因为生意而显得有些苍老的郑天，微秃的前额上已经沁出了密密一层细汗，他显得有些慌乱得握住了她的右手，这只手曾经握过她的手，梦残雪不明白，此时这只手何以变得如此苍白？当她突然明白后，她多少还是有点被感动了。

她的眸子迎着神情越来越乱的郑天，放出了温柔的目光。

梦残雪也曾在心里想过，如果有一天郑天向她求爱的话，她该怎么办?答案是：不会答应他，或许会满足他。

在这个盈溢着暖意的黄昏，身着短裙的梦残雪迎着神色异样的郑天，真的有点打算兑现她曾有过的想法。

郑天轻轻地哼了一声，向她伸出了那只苍白的左手。

已经好久没有体验过的那种欲望，像闪电一样在梦残雪的全身扩散开来。

她仿佛回到了那个冬天，那是她结婚的日子，她被新郎抱着在洞房转了起来，她感觉自己也跟着转了起来，分不清东南西北，她像一只羔羊，温情地躺在新郎的怀里，积攒在她心里已久的感情，在这一瞬间全部迸发出来。新郎迫不及待地脱掉了她的嫁衣，呈现在他眼前的是一座不可翻越的山：平滑的山上耸起两座小山，一道沟壑从两座小山中顺流而下，似乎延伸到深不可测的远方。此刻的她幸福地等着做新娘，她心里没有一丝杂念，静得就如乡村的夜晚一样，只听到蝈蝈在浅吟低唱。新郎舔了舔嘴，他决定翻过这座山，这样想着的时候，他真的就上来了。两座小山就在他身下了，而他却闯到杂草丛生、深不可测的沟壑里。随着她的一声喊叫，他翻过了那座高山，他仿佛看到了天上灿烂的夜空，随着流星的陨落，他感到自己仿佛掉到了深渊，身上一点力气都没有了，半天他才从深渊里爬起来。她紧紧闭着眼，嘴角里是幸福的微笑。

梦残雪这样想的时候，早已读懂了郑天的渴望。

郑天的手慢慢地挨着梦残雪裙下的腿，这是一双让很多男人都向往的腿，他在这条腿上碰了碰说："我真的无法判断，世上竟然有这么美的腿，我真的无法判断……"

梦残雪的裙子被慢慢褪下，春风吹在她赤裸的双腿上，使那双修长的腿泛起了一层炫目的辉煌。这时，在她的小腹深处，她感到了一种很久没感受过的快乐，她有了一种莫名其妙的兴奋。

郑天在一边动作着的时候，还一边说："我爱你，我爱你……"

中午时分，梦残雪突然接到她的助手孙月打来的电话。

孙月的心情很差，她问梦残雪："女人在什么样的情况下才不会来例假?"

梦残雪说："你没采取任何措施就跟男人做了?"孙月顿时紧张起来："那一定是郑天。"

"什么？郑天？你和他做了?"梦残雪急切地问。

"是啊，他说他爱我。"孙月一脸天真地说。

梦残雪那两条一直给人以妩媚性感的细眉，诧异地竖了起来。

梦残雪知道了孙月是恋上了郑天。她有一种想笑的感觉，她再一次认为，男人其实是很浅薄，除了迷恋女人的身体，他们实在空得像个洞。

从阳台上望出去，这座繁华的大都市，完全被商业化了，除了铜臭味还是铜臭味，正因为这个原因，她美好的生活一去不复返。本来熟悉的地方变得如此陌生，她在这样的地方进行人生的寻觅，有时连她自己也感到不可思议。

半个月过后，梦残雪找孙月帮忙。孙月兴致勃勃地带着她来到小巷的尽头，那是一扇铁皮大门，上面已经锈蚀了，这样的小巷显得极其丑陋，她们来到一个尖腮的瘦男人面前。孙月连忙对梦残雪说：“别看他貌不惊人，本事可大呢。他不仅能给女人治，还能给男人治，你有什么，千万别瞒他啊，我上次就是找的他。”孙月一脸的敬佩之色，梦残雪再次感到想笑。

那个男人问她叫什么名字，见梦残雪没有回答，孙月连忙说了。那个男人接着问她有过几个？孙月便给她解释说：“他是问你跟几个男人发生了关系？”见梦残雪还是不回答，这个男人有些火了：“来这里就要摒弃一切羞耻感，我的时间有限，我希望你能如实告诉我，你最后一次与男人做爱是什么时间？”

梦残雪吃惊地张大了嘴巴，却发不出声音。孙月也催促着让她快说。梦残雪什么也没说，摔门而去。

外面的风要比来时大多了，几张破烂的纸屑，甚至飞到了她穿的红色高跟鞋的脚趾前。

跟在后面的孙月撵上来：“你要想恢复例假，你就要把你肚里的东西拿出来。”

“可笑！”这是梦残雪今晚说的第一句话。

孙月尖叫起来：“可是，这些都是你亲口告诉我的？”

“是我亲口对你说的，可还有一点是我没告诉你，那就是那天下午发生的一切，全是我做的一个梦……”梦残雪带着讥讽的味道说。

是的，梦。之所以要把那个梦告诉孙月，是因为这个梦与别的梦相比过程特别完整，细节特别生动。

孙月似乎领悟到了什么。

就在她们要分手的时刻，梦残雪对孙月说：“我肚里的孩子是郑天的，我真的有一个月没来例假了。”

说完，她像风一般消失在夜色的尽头。

这是一个雨中的黄昏，梦残雪哆嗦着对孙月说：“你能不能再带我去看看那个大夫？我的例假到现在还没有来。”孙月一声长长的惊呼从鲜艳欲滴的双唇间蹿了出来。由于太惊愕，她的红唇很快失去了颜色。然后，她认真对梦残雪说：“你说你肚子的孩子到底是谁的？”梦残雪一本正经地说：“郑天的。”“可是，他说这是你在诬赖他，他从没有和你上过床。”孙月一脸疑惑地说。

梦残雪听了她的话之后，让她对那个黄昏有了一种倍感耻辱的感觉。她也知道，黄昏是一天最美好的意境。因为随它而来的，只能是黑夜。只有黄昏死亡了，黑夜才会诞生。而黑夜里，欲望能悸动，灵魂可赤裸。也只有在黑夜里，女人的纤足不必套在高跟鞋里，男人的眼泪可以汇成大河。满足在黑夜里像舒畅的流水到处浸漫；痛苦在黑夜里如缠绕的枝蔓相互纠结。幸福、悲哀、克制、发泄、骄戾、自卑、神秘、公正、宏图、阴谋、渴望、变态……一切高尚与一切卑鄙，构筑了黑夜里永恒的艳丽。

梦残雪忍住悲伤，最终还是告诉了孙月一切。平时玩得最要好的朋友，现在变得那么陌生起来，孙月没想到会是这样的结果。

孙月带着疲惫来上班，她现在一切都明白了，她有了自己的打算。

事情似乎是从这天的上午开始的。

这天上午，当这座日趋骚动的城市又要展开它的新的一天的喧嚣时，孙月却消失了。

梦残雪站在公司二楼考究的走廊上，那大红的天鹅绒地毯一如既往，就在这个时候，邮差送来了一封信，是孙月的来信，信里这样写道：雪姐，我真的不知道该怎么对你说，我和你都是受伤害的人，我也曾想学你一样，好好活着，可是我做不到，我真的爱上了郑天，没想到他却那样对我，我曾经对他说过，如果他做了对不起我的事，我是永远不放过他的。我的路走到今天，完全是自己一手造成的，我没有脸面再见任何人了，所以，我必须找到一种解决办法，不然我活着多么难受。我做错了事情，既然做错了就要为之付出代价，因此我要离开他，离开这个城市，把一切都忘了，最后愿你开心快乐！

看到这封来信，梦残雪无言以对。

第十五章 绝不放过你

暖暖的阳光从窗户洒进来照在禅小鹃惺忪的睡眼上，禅小鹃从舒适的大床上幽幽转醒，打个哈欠，伸伸懒腰，喊了声“老公……”

禅小鹃的老公郑天，正系着围裙在厨房做早餐，听到喊声连忙跑进卧室爱怜地说：“小鹃，我在做早餐，你多睡会。等会吃过早饭了陪你到郊外四处走走，也好放松一下心情。”

近日禅小鹃为出国学习交结手头上的工作和办签证的事情忙得焦头烂额，现在终于一切都办妥了，看着系着围裙的老公，禅小鹃心里无限的暖意，又想到过几天就要出国了，心里又有无限的不舍。

阳春四月，正是踏春的好时节，吃过早饭，郑天开车带禅小鹃来到郊外，凸凹不平的山坡，水溪河边，泥土的清新气味令人陶醉，树上点点新绿透着春的妖媚，欣赏着苏醒万物萌发的景象，禅小鹃心旷神怡，早将多日的疲惫、劳碌烦恼抛到九霄云外去了……

禅小鹃放松愉悦的心情就像脱了缰绳的野马一样顺着郑天指的路在前面走得老快，丝毫没有觉察到老公郑天今天的情绪诸多不安，不知不觉两人已走到后山的一个山涧，听到叮咚的落水声，郑天拉着禅小鹃好奇地走到声音的源头——万丈坑旁，从坑里不时升起一股股凉气。郑天擦了一把汗，拉着禅小鹃往坑里看了看。这是一个深不见底的坑，祖祖辈辈生活了上千年，也没有人敢下去探个虚实，只听老人们传下话来，这是一个万丈坑，不能破坏了它，不然就会给人们带来灾祸。后来，也曾有胆大的人下去过，但都是一去不复返。

禅小鹃小心翼翼拉着郑天，生怕掉进了万丈坑。突然，郑天脚下一滑，禅小鹃赶忙拉紧郑天，郑天用力一带，禅小鹃一个踉跄，就向万丈坑方向倒去，眼看禅小鹃就要掉进万丈坑里，郑天本来是可以抓住禅小鹃的，可是他犹豫了一下，就在他犹豫的瞬间，禅小鹃就像一块石头一样坠落下去，随着一声尖叫，再也没有听到回声，郑天另一只手拽着身边的树枝心有余悸。

郑天用略带惋惜的眼光看了看黑洞洞的万丈坑，然后假惺惺地喊了几声："小鹃，小鹃，你在哪儿？听得见我说话吗？"确认坑里毫无声息了，郑天才离开万丈坑，开车往公司赶去。

郑天刚坐到总经理办公室，还没回过神来，梦残雪就跟了进来。她一下子扑进郑天的怀里，温柔地说："亲爱的，禅小鹃走了吗？"郑天没有回答她的问话。梦残雪看着郑天古怪的神情，顿时感到好像有什么事情发生了，她连忙关切地问道："郑天，你怎么了，是不是禅小鹃不答应出国啊？"过了半天，却从郑天的嘴里蹦出一句令她惊讶的话："禅小鹃死了，永远不会回来了。""死了，什么时候？怎么死的？"梦残雪急切地问道。郑天就把早上发生的事情一五一十都告诉了她，她听后既感到惊讶，又感到兴奋，因为她可以正大光明和他交往了，这是她多年的梦想。

梦残雪禁不住把鲜红的嘴唇扣在郑天的嘴上，但郑天却没有像往常一样迎合她，而是把她推开了。梦残雪感到有些失落，马上改变口吻说："郑总是不是不喜欢我了？"郑天没有回答她，而是目光呆滞地看着窗外。梦残雪有些不悦："你倒是说句话啊，难道你忘记了你曾经许下的诺言吗？现在一切都好了，不正合你意吗？"郑天这个时候才回过神来说："你先出去一下，让我静一静。"梦残雪只好识趣地离开了。

郑天感觉呼吸有些困难，他打开窗户，马上就有一股热浪冲了进来，他越发感觉难受。他索性关闭了门窗，把空调的温度调到最低，然后躺在老板椅上，可是，只要他一闭上眼睛，禅小鹃上午踏青那愉悦的眼神就会出现在他的脑海里，使他怎么也无法安静。

当禅小鹃掉下去的那一刹那，她的大脑就出现了一片空白，她什么也不知道了。幸运的是她醒过来了，她也不知道现在是什么时间，因为四周都是漆黑一片，伸手不见五指，只听得见那熟悉的叮咚的落水声。禅小鹃想动一下身子，立即就有一种锥心的疼痛，她只好趴着，这是一块石头，用手可以摸到很多湿漉漉的青苔。也不知道过了多久，禅小鹃的意识才渐渐恢复正常，她此刻才记起是怎么回事。她怎么也不明白，自己的老公郑天对自己一向都很好，可是他为什么不拉自己一把呢？禅小鹃想起了他帮助自己走出痛苦的那段经历，如果没有他，她早就随她的女儿走了，是他把她从死亡的边缘拉了起来，虽然她再次失去了自己的女儿郑妮娜，但她还是硬撑着没有倒下，她要让郑天振作起来，眼看着家庭是一天天富裕起来，她不能毁了这个家。郑天一直都很感激她，按这个道理来说，当她掉下去的时候，郑天是不会不拉她的。禅小鹃就有了想把一切弄清楚的念头，可是，自己身在洞中，又浑身受伤，出去的希望是很渺茫的。

禅小鹃没有放弃自己的想法，她用尽全力，终于坐了起来，幸好只是皮外伤，骨头都完好无损。她用手摸了一下自己的脸，简直不敢想象，到处都是伤口，黏糊糊的。她竟然没有感觉到疼痛，她想一定是麻木了。事实也正是这样，后来她感觉到浑身疼痛，没有一处不痛的，但所有地方都疼了就不知道什么叫疼了。

禅小鹃费力地用手在她的四周摸索着，她的包居然也还在，她似乎看到了希望，心里怦怦直跳，她连忙打开皮包，哆嗦着拿出手机，这可是她唯一的救命稻草，然而，等她打开电话一看，她傻眼了，没有一点信号。她顿时瘫坐在石头上，那种失望远比伤痛还疼。

除了黑暗还是黑暗，闭上眼睛和睁开眼睛都是一个样，禅小鹃感到凄婉悲苦，一阵阵凉气直逼她的体内，饥饿和恐惧也随之而来。就在这时，一阵沙沙的声响把她几乎带入到绝望境地，一阵寒气嗖的一下从脚底传遍了全身。她用手一摸，粗糙而冰冷的躯体让她马上意识到这是蛇，她连呼吸都不敢用劲了，死死闭上眼睛，此刻什么疼痛，什么仇恨都抛到九霄云外了，有的就是恐惧，让人窒息的恐惧。

过了许久，她才慢慢睁开眼睛，虽然是睁开了眼睛，但一切还是在黑暗中，好像刚才发生的都是梦境。她拿出手机，借着从手机上发出的微弱的光，她想看看四周是什么样子，但在漆黑的洞中，这点光什么作用都不起。她只好拿着手机，眼睛几乎是挨着地面一点一点地前移。突然，眼前的一切把她吓得连嘴都合不上了。在一个石洞下面，盘绕着几条巨大的蟒蛇，昂头绞尾，她吓得“妈呀”一声就想往后退，但一切都只是徒劳，这个时候，一条蟒蛇“唰”的一声垂下头来，张着血盆大口，在她面前晃来晃去，她“啊”的一声昏倒在地上。

郑天折腾了好几天，终于安静下来了。他就像一条刚掉到岸上又回到水里的鱼，一切都那么得心应手。再说公司的人都知道郑天的老婆被派往国外学习去了，因此梦残雪找郑天简直不受任何阻力，他俩的身影经常出现在酒店宾馆。

其实，郑天很早就不爱禅小鹃了。他和梦残雪交往那么久了，只不过禅小鹃没发现而已。如果不是念着那份仅存的情意，郑天早就摊牌了，正由于念着过去的情意，他才偷偷和梦残雪来往着，时间久了，他就觉得禅小鹃是一块绊脚石，时刻阻碍着自己的自由，而自己还经常受到梦残雪的责备，他把这份怨气都算到了禅小鹃的头上，他寻思找个合适的机会让禅小鹃离开自己。正巧赶上公司需要派人出国学习，他就派了禅小鹃，然而就在走之前，却发生了开头的一幕，那可是一个千载难逢的好机会，他也正好找了个理由，心里的负罪感似乎也找到了借口。

自从禅小鹃掉进万丈坑后，郑天再也不敢到那地方去了，每当外人问起禅小鹃的时候，他都会说到国外学习去了。

月夜当空，树影婆娑。咖啡屋里投射出猩红的光，温馨宜人。郑天背靠着沙发，梦残雪依偎在他的怀里。

“你娶我好吗?”梦残雪低低地说道。

“现在还不是时候。”郑天小声地回答说。

一切又恢复了平静，梦残雪没再说话，而是更加紧紧地搂住了郑天，她害怕一松手，他就飞了。

郑天抚摸着梦残雪柔滑的秀发说：“你还想喝点什么?”

“我什么也不想喝了，只想每天和你在一起。”梦残雪幽幽地说道。

“我们回家吧。”郑天说。然后拉起梦残雪就走，梦残雪有点不想动的意思，她知道一回家就要分开，她还想和他多待一会儿。

然而，郑天已经起身了，她也只好跟着离开。

一束白光把公路照得雪亮，郑天开着车在即将要过马路的时候，他看到了一个熟悉的人，这个人让他紧张地踩下了油门，车子呼的一声飞了出去。幸运的是人没有受伤，梦残雪吓得半天才缓过神来，连忙问道："郑天，你是怎么啦?"郑天用手使劲捏了捏自己的太阳穴，摇摇头自言自语地说："不可能，不可能!"梦残雪听得一头雾水，她用手摇了摇郑天的身子说："到底发生什么事了?"郑天这个时候才平静下来说："我看到禅小鹃了。"梦残雪犹如一下子掉进了万丈深渊，找不着北了。她急速说道："这不可能的。"停了一下她问道："郑天，你是亲眼看到禅小鹃掉到万丈坑的吗?"郑天似乎有了怒气："你还怀疑我?"梦残雪连忙说："不是的，郑天你听我说，掉进那个万丈坑，就是神仙也难出来的，你是不是想得太多，眼前出现了幻觉。"郑天也只好安慰自己说："也许是我看花了眼。"

美好的约会也就由此变得让人沮丧。梦残雪本打算让郑天今晚陪她的，看到他一脸的疲惫，话到嘴边她又吞了回去。

无尽的夜色让郑天无法入睡，他只要一闭上眼，眼前就会出现禅小鹃的影子。他知道，他这一辈子是欠她的，就是做牛做马也无法偿还她，可谁又叫他喜欢年轻漂亮的女人呢?

刺眼的阳光照进来的时候，郑天才开始慢慢睁开眼睛。他的双眼肿得就像金鱼的眼睛，他简单洗漱了一下就上班去了，来到办公室，梦残雪已经把早餐买好了。本来没有食欲的他，想到梦残雪这样细心照顾着他，闻着牛奶的香味，似乎来了食欲，拿起面包就大口大口吃起来。

就在这个时候，秘书通报说外面有一个女的要见他。郑天问认识吗，秘书说没见过。郑天就让秘书打发她走。可是来者非要见郑总不可，见一时又不能打发她走，秘书只好进去给郑总汇报，郑天就让秘书安排见面，让她在会客厅等候。

当郑天来到会客厅的时候，他的眼睛不听使唤了，一动不动地盯着来客。这是一名三十多岁的少妇，淡眉如秋水，玉肌伴轻风，朱唇未启声先到。郑天半天才反应过来，他为刚才的失态感到有些惊慌，连忙笑着说："让你久等了，不知道你找我有何贵干?"少妇连忙站起来说："我叫李娟，听说郑总要招聘一名文秘，我是来应聘的。”郑天若有所思地说：“我们是在招聘，但一直还没找到合适的人选。”他停了一下说：“你先填几张表，然后回去等待结果，如果录用了我就马上通知你。”李娟没想到郑天这么爽快，高兴地道了谢，然后像花儿一样飘然而去，郑天就这样呆呆看着她远去的方向，直到梦残雪喊他，他才回过神来。

梦残雪还以为郑天在想昨晚的事情，就安慰他说：“郑天，一切都过去了，身体重要。”郑天不好意思的笑笑说：“谢谢！”梦残雪撒娇说：“你把我当外人了。”郑天连忙说：“你是我的宝贝，我怎么会把你当外人?”梦残雪要不是看到在会客厅，她就会狠狠咬他一口的。

郑天回到办公室，李娟的容颜总在他的脑海里飘摇，他在心里一遍又一遍对自己说：世上怎么会有这么漂亮的女人？

他把秘书喊进来吩咐道：“你明天按照李娟留下的联系方式打个电话，通知她已经被录用了，让她早日到公司上班。”秘书一切按郑天的旨意去办事。

临下班的时候，梦残雪准时过来了，郑天问她晚上想吃点什么，梦残雪说到老地方去。郑天和梦残雪一起下楼，然后钻进了宝马，一溜烟就消失在车流中。

太阳虽然落山了，但气温依然没减。行道树一动不动的站立着，连树叶动都没动一下，仿佛成了画中的树。下班的人陆陆续续往家赶，在街道上似乎再也找不到半个闲人。只有郑天和梦残雪悠闲地来到米兰餐厅，郑天点了许多梦残雪喜欢吃的菜，梦残雪也顾不上女人的斯文，更没有考虑是否影响到苗条的身材，拿起筷子一阵狼吞虎咽，郑天看到她的馋样笑了，他的笑，梦残雪并没看到。郑天拿起筷子，象征性吃了几口菜。

就在郑天刚要把一口菜送进嘴里的时候，突然，一张熟悉的脸孔又出现在他的眼前，就是昨晚看到的那张面孔，那是陪伴了他十几年的面孔，他再熟悉不过的人。他夹菜的手停止了，嘴也没有合上，眼睛定格在窗外一动不动。梦残雪这个时候才停止吃菜，顺着郑天的目光看去，她也傻了眼，那不是禅小鹃吗？难道她没有掉进万丈坑？难道郑天欺骗了自己？一连串的问题搅和得她头都大了，她想理清头绪，可是越理越乱。她的食欲一下子没有了。

郑天带着惊愕的眼神转向梦残雪说：“这是幻觉吗?”梦残雪也不知道是怎么回事，她明明是看到了禅小鹃，可又无法解释，她摇摇头说：“我也不知道是怎么回事。”这顿美餐最后也变得索然寡味。

夜幕降临了，本该浪漫的夜晚，此刻却由于一个像禅小鹃的女人的出现，把这个夜晚撕得七零八落，就仿佛在平静的时候，突然刮起了一阵大风，让毫无思想准备的人一下子慌了起来，分不清东南西北。郑天再看行道树的时候，那些树叶仿佛都在颤抖，再也不是那么平静。

回到家，已经是午夜。郑天睡意全无，本来好不容易才安静下来，现在全乱了，他翻来覆去睡不着，决定明天去查个究竟。

第二天，天微微亮的时候，郑天就起床了。他一个人连车都没有开，步行来到昨晚吃晚饭的地方，他在等待一个人的出现。他一遍又一遍徘徊在这条街道上，等到快上班了，他想等待的人也没出现，一丝失望爬上了他的脸庞。

他只好来到公司，一进办公室就又闻到了梦残雪给他买的早餐香味，他似乎没有胃口，随便胡乱吃了几口就扔进了垃圾筒。

秘书进来了，看到郑天的脸色不好，关切地问：“郑总，您不舒服吗?”郑天摆摆手说：“没事。”秘书就说李娟马上就来报到了。郑天说知道了。现在提到李娟，也没能让郑天打起精神来。

李娟就在这个时候来报到了，她一身休闲，恰到好处地展现了自己婀娜多姿的身材，郑天没有心思多看一眼，就让秘书帮她安排好一切。

心里不安的郑天，打电话找来了自己的心腹，要求他把那个像禅小鹃一样的女人弄清楚，并承诺事成之后定要重谢他。一切安排妥当之后，郑天才稍稍放下心来。

中午时分，他和梦残雪在湘菜馆里美美吃上了一顿。梦残雪见他心情不错，就问他：“你说那个像禅小鹃的女人会不会就是禅小鹃?”郑天说：“我觉得不可思议，我是亲眼看到她掉进了万丈坑的，是没有人能活着从那里出来的。”梦残雪说：“会不会有奇迹出现?”她一直没敢把对他的怀疑说出来。郑天不置可否地摇摇头。

天气的炎热并没有随暴雨的来临而降温，相反让人更加憋闷。花草树木经过雨水的洗刷，显得光亮夺目。郑天和梦残雪走在一条宁静的小路上，热气从地面上一股股直扑他俩的脸。梦残雪挽着郑天的胳膊，几缕秀发抚摸着郑天胳膊上的肌肤，让他顿时有了某种念头，身体上的每一寸肌肤就像有蚂蚁在叮咬一样。他就顺势把梦残雪拥进了怀抱，一阵狂吻之后，他们回到了车上。郑天把空调温度调到最低，顺手打开了轻音乐，梦残雪两条细嫩白皙的胳膊像蛇一样缠绕在他的脖子上。郑天憋闷了几天的心情，现在正是要爆发的时候。此刻仿佛是暴雨来临的前兆，狂风大作，风卷起千层浪，一浪高过一浪，大雨顷刻来临，等暴雨过后，一切又恢复了平静。梦残雪闭着眼躺在郑天的怀里，幸福洋溢在脸上。

李娟的到来彻底打乱了郑天的生活，把他的心搅得乱乱的。她的美艳使每一个男人心动，何况这也正是郑天的爱好。李娟很会把握自己的分寸，和郑天总保持着不远不近的距离。郑天也不敢放肆，因为有梦残雪在，再说他对李娟的底细也不清楚。

郑天现在唯一操心的就是那个像禅小鹃的女人到底是谁。然而，心腹回话说，那个女人的底细没查出来，只知道她和一个整容医生何为联系比较紧密。于是，郑天就继续让自己的心腹跟踪那个像禅小鹃的女人。

这天晚上，郑天没有和梦残雪在一起，他一个人顺着街巷走着。突然，他碰到了那个像禅小鹃一样的女人，他正准备和她说话的，但那个女人紧张地扭头看了他一眼就急匆匆走了。郑天越看越觉得像自己的妻子，他连忙尾随其后跟踪，由于他心急，一会儿就被她发现了。于是郑天只好硬着头皮走了出来，没想到那个女人首先发话了：“你是不是有神经病啊?你鬼鬼祟祟跟踪我干什么?再这样我可要报警了。”郑天被她呵斥得哑口无言，嘴张了几下，想问一下她的名字，但话还没出口，那个女人已经走远了。

郑天何时受过这样的气，他决定把这个女人弄个水落石出。他立即电话安排自己的心腹继续跟踪，把她所有的信息都弄清楚。

郑天带着怒气回了家。他实在想不明白，世上怎么可能有两个一模一样的人呢？从那个女人的长相和身材来说都极像禅小鹃，但从声音和气质来说又不像。他对这个问题无法想通。就在这时，他不禁浑身一哆嗦，他立即又想到了禅小鹃，莫非她还活着，是来报复他的，要是那样的话，他可就完蛋了。他越想越感到后怕，但最后他还是否定了自己的想法，那个万丈坑只要进去的人是没有活着出来的。郑天自己安慰自己道：这个女人不是禅小鹃，只是长得十分相像而已。

第二天，他的心腹就来汇报了，说那个女人确实和何为在一起，不是夫妻，是情人关系，他俩平常约会都是偷偷摸摸的。据熟悉何为的人说，他以前有个情人叫黄小满，但由于黄小满嗜赌如命，欠下了高利贷，放债人天天找她要钱，她没有钱还，最后放债人就放出狠话，再不还钱就要砍她的人。没想到黄小满从此就消失了，再也没见到她的人。后来，何为就又有了一个女人，也就是那个像禅小鹃的女人。

郑天听后也没理出个所以然来，只是一头雾水，但他只想知道那个女人不是禅小鹃就行了。

然而，郑天还是感到烦躁不安，就在这时，李娟来向他汇报工作，郑天顿感眼前一亮，在听她汇报完毕后，郑天说："李娟，对工作还满意吗？累不累？"李娟受宠若惊地说："谢谢郑总的关照，我觉得这份工作挺好的。"郑天接着说："你刚来，工作做得就很出色，为了表示对你的感谢，今天晚上我请你出去吃顿饭，慰劳慰劳你。"李娟不好意思地说："谢谢郑总看得起我，你的心意我领了，今晚我有事就不去了。"郑天也没好继续要求，就这样结束了谈话。

郑天正要约梦残雪去吃晚饭，这个时候他的手机响了，是他岳母的电话，要他晚上回去吃饭。郑天正想说有事走不开的，但他想到岳母一个人生活，身边再也没有其他的亲人，他也好久也没去了，心觉不安，所以答应马上就过去。

原来禅小鹃很小的时候父亲就走了，为了照顾好禅小鹃，她的母亲一直未再嫁，禅小鹃就是她的生活支柱，看到禅小鹃找到了如意人家，她也就放

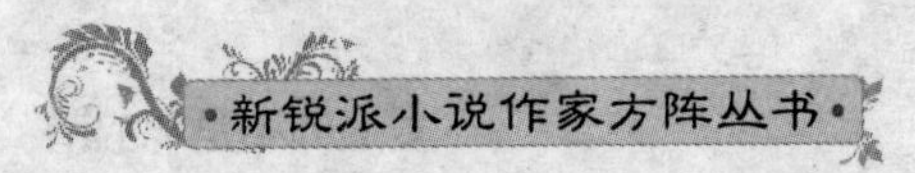

心了。自从禅小鹃嫁人后，她就一个人生活着。前一阵有好多天不见他俩回来，岳母就打电话问郑天，郑天说禅小鹃出国学习去了，需要一年的时间。

现在，郑天一想到自己的谎言，心里就虚得很，他觉得自己无法面对这位伟大的母亲。但是，事情已经发生了，想挽回已是不可能了，只好继续隐瞒下去，他实在是不敢让岳母知道禅小鹃的真相，那样就又会闹出一条人命来。

郑天到菜场买了岳母喜欢吃的菜，又带上几盒点心才匆忙赶过去，等他进门的时候，岳母早就把饭菜做好了。郑天看着满桌都是自己喜欢吃的饭菜，他有些不自在，为了掩饰心中的不安，连忙坐下并不断夸岳母做的饭菜好吃，看到女婿吃得很香，岳母开心地笑了。岳母问他禅小鹃怎么过了这么久没给她打过电话，郑天说禅小鹃很忙，等过段时间再打回来。

吃过饭，他陪岳母聊了会儿天就离开了，他不能让岳母看出他的惊慌来。

回到家，郑天有说不出的那种感觉，就好像是空气停止了流动，让他憋闷得出不动气。

夜色更浓了，郑天没有睡意，他在想着如何把这个事情弄个完美的结局。

第二天早上刚上班的时候，就听说李娟被人打了，已经送进了医院。郑天连忙驱车赶到医院，看到李娟头上缠着绷带，心疼万分，问她发生了什么事。李娟说："我昨天下午下班的时候，刚走到出租屋附近，就有四五个男人冲上来把我围住，然后不问青红皂白地把我打了一顿，我问他们为什么打我，他们说我自己明白，我也不知道我到底得罪了谁？"郑天连忙安慰了她几句，让她好好休息，他会调查清楚的。李娟眼里似乎流露出感激和信任。

郑天安排好一切后就回到了办公室，他立即把梦残雪喊了过来，一脸严肃地问道："你知道李娟的事吗？"梦残雪从没看到郑天这么对她，她想发作，但她还是忍住了，疑惑地回答说："李娟的什么事啊，与我有什么关系？"郑天还是板着脸说："她被人无缘无故地打了，她是我招聘来的秘书，我和她也只说了几句话，也没怎么着，你看把她打成什么样了！"梦残雪一听他的口气，就觉得不对劲，马上把声音提高了几度，说道："你怀疑我？她是比我长得漂亮，可我根本没把她放眼里！郑天你别没有良心，这事也能怀疑到我的头上？"说完，哭着一扭头就跑了。

看到梦残雪受到委屈的样子，郑天知道自己怀疑错了。他想等到下班以后再给她赔礼道歉的。

郑天被突如其来的事搞得烦躁不安，一时半会儿也理不出一个头绪来。

中午时分，他再次来到医院对李娟说："我调查过了，也没查出个所以然来，我看还是报警吧。"李娟一听说要报警，就显得有些犹豫，面露难色地说："我看还是算了吧，也许是他们认错了人。"见李娟这样说，郑天也就只好作罢。

晚上，郑天打电话约梦残雪出来吃饭，可是把她的电话都快打爆了她也不接。郑天只好到办公室亲自找她，等到办公室一看，连个人影都没有。他有些失望地离开了。

等他再打她的电话时，梦残雪的电话已经关机了。郑天感到有些害怕，怕她做出什么傻事来，他连忙开车到她的住处去找，敲了半天门也不见人。他又开着车到附近去找，河边江边都找过了，也没见着人影。此时，夜幕已经降临了，虽然没有吃晚饭，但他一点也感觉不到饿。他把车开了回去，然后徒步漫无目的地在街上走着。

就在这时，他突然看到了像禅小鹃的女人进了一家整容所，他立即就想起了她的情况，好奇心使他跟着也进了这家整容所。

进门的时候，他看见一个高大的男人穿着白大褂在来回穿梭着。看到有人进来，白大褂立即笑容可掬地说："先生，里边请，请问您需要什么服务？"郑天一时语塞，只好信口说来帮朋友了解一下整容方面的情况。白大褂一听是整容的事，就高兴地自我介绍说："我叫何为，是这家整容所的主治医师，技术是一流的，您尽管放心好了，我包您的朋友满意。"郑天听说是何为，也正是他早想了解的人，就说："幸会，我先了解一下情况。"何为当然是不会放过任何一个赚钱的机会，他的热心使他俩俨然就是一对老朋友了，聊得很开心，当然，何为的私生活他是不便问的。郑天和何为聊天的目的，就是想看看那个女人到底在这里做什么，可是，等了好久也没再见那个女人出来，郑天有些失望地离开了。

刚走到家的时候，他突然接到了梦残雪的电话，电话里传来啜泣的声音，郑天连忙问她在哪里，梦残雪哭着说在万丈坑那里。郑天一听，顿时就吓出了一身冷汗，连忙开车过去接她。

半个小时之后，郑天开车来到了万丈坑附近，他拿出电筒，就着微弱的灯光前行。每走一步，他就仿佛听到身后有脚步声传来，总觉得有人跟着他，等他扭过头看时，什么也没有，他胆战心惊地走着。终于在一块大石头上发现了梦残雪，此刻的梦残雪早吓得魂不附体了，一见郑天，就扑进他怀里，放声大哭起来。

万籁俱静的夜晚，她的哭声显得苍白无力。四周除了哭声就是黑暗。郑天连忙紧紧抱住她说："雪儿，是我错怪了你，让你受委屈了，现在我就带你回家。"梦残雪哭着答应了。

在郑天的搀扶下，好不容易把梦残雪弄到车上。郑天加大马力迅速驰向城内。

郑天带着梦残雪来到米兰餐厅，在橘红色的灯光下共进晚餐。为了表达他的诚意，他连喝了两杯葡萄酒，以表赔礼道歉。梦残雪在这个时候才露出笑容，撒娇道："你不知道我心里有多难受，来到万丈坑的时候，我恨不得跳下去。当夜晚来临的时候，我又是多么害怕紧张，那个时候，所有的个人恩怨早就抛到九霄云外了，一心想到的是只要你在我身边就好了。"郑天耍贫嘴说："我现在不就在你身边吗?"梦残雪生气地说："讨厌!"

这个夜晚对他俩来说，既是难忘的又是温馨的。拥着散发着青春气息的梦残雪，郑天终于进入了梦乡。

李娟没住几天就出了院。幸好没伤到要害，只是在头上留了个伤疤，不过，有头发遮着也不影响她的美艳。

梦残雪带着假惺惺的关心来看了她。她忍不住又多看了李鹃一眼，这个女人确实漂亮，让每一个做女人的都心生妒忌，难怪郑天护着她呢。她从心底里开始讨厌这个女人，但表面上还装着友好的样子。

为了给李娟压惊，郑天带着梦残雪特意请李娟出去吃饭，李娟倒也没怎么拒绝。还是在米兰餐厅里，橘红色的灯光，映照着李娟越发楚楚动人。

郑天给梦残雪和李娟分别倒上了满满一杯红葡萄酒，然后举杯祝李娟康复归来。看着郑天对李娟殷勤的样子，梦残雪有些吃醋了。她故意在李娟的面前不停地叫着“郑天”，并不时给他夹他喜欢吃的菜，李娟对此仿佛也不在意。饭局结束的时候，郑天开车把李娟送回了出租屋，并嘱咐她以后要格外小心，注意安全；然后就开车和梦残雪走了。

梦残雪今晚有些不高兴，问郑天：“你是不是喜欢上她了？”郑天笑着说：“宝贝，我只喜欢你一个。”梦残雪捏着他的鼻子说：“你要是花心，小心你的狗命。”郑天笑着挣开了她的手，用力把她搂进了怀里……

一阵亲热过后，郑天才对梦残雪说：“禅小鹃的事我们得想个办法，老是这样瞒着也不是事，总有一天会穿帮的。”梦残雪却很轻松地说：“到时候编个谎言，就说她遇到什么灾祸死了不就完了呗。”郑天忧心忡忡地说：“你说得那么轻巧，我怎么向她的母亲交代？怎么给公司的人交代？还有她的好友。”停了一下他继续说：“以后我俩的交往要比现在做得还要秘密一些才行。”梦残雪有些不悦地说：“我感觉我就像在做贼一样，还要怎样做得秘密？”郑天叹了口气说：“这还不都是为了你好，等我找到解决禅小鹃的方法以后，我就把你正大光明的娶回来还不行？”听了这句话，梦残雪又显得高兴起来。

夜晚融入无尽的热气里，郑天躺在床上久久没有睡意，觉得一切都是天热造成的。

是啊，天热，又是天热。这些年来，我们已经习惯把所有的一切都推给老天：房价为什么这么高？那是老天安排的；生活为什么这么苦？那是老天设计的；仆人们为什么这么富？那是老天允许的；我们为什么有这么多的疑问？那也是老天给予你的，不管你要或不要；为什么会出现让人匪夷所思的事情，那是天热，天太热。老天是热的，世态是凉的，人心呢，是不是没有感觉了？

郑天正在胡思乱想的时候，梦残雪发出了梦呓：“郑天，我爱你。”郑天连忙伸出胳膊搂住了梦残雪，抱着深爱自己的女人，郑天也慢慢进入了梦乡。

第二天，郑天刚上班就接到医院打来的电话，说他的岳母病危已经住进了医院，让他马上去一趟，他一听就顿时紧张起来，这如何是好呢。他顾不得再多想，开车直奔医院而去。他一进到病房，就看到岳母在输液，苍白的脸色失去了原样，看样子她病得不轻。郑天轻轻走到岳母的病床前，问道："妈，你好点了吗?"他的岳母连睁开眼睛的力气都没有，显得很吃力地说："小鹃什么时候回来，我……我想看看她，我怕再晚了，就……就再也没有机会看到她了。"郑天连忙安慰她说："妈，看你说到哪儿去了，你好好养病，我马上让禅小鹃回来。"听他这么一说，他的岳母才勉强把眼睛睁开了一条缝。

郑天安排好一切后就回到了家里，他马上给梦残雪打了电话，让她立刻过来一趟。接到电话的梦残雪立马赶了过来。郑天就把一切对她说了，让他感到头疼的是到哪儿弄个禅小鹃回来。梦残雪马上就说道："我们不是发现了一个极像禅小鹃的女人吗，老太婆眼睛又不太好使，出钱请她试一试，一定能行的。"郑天一拍脑袋说："我怎么把她给忘了呢!"说罢，他们就开始行动了。郑天和梦残雪马上来到整容诊所，他找何为说明了来意，何为开始还吞吞吐吐的，见郑天出的价钱高，才答应试一试。何为进到里屋去了。郑天和梦残雪在外面等着。大约过了十来分钟，何为出来说："她答应了，不过她说要你先付钱她才去。"郑天马上拿出定金说："只要她按我的要求去做，办得圆满了我再多给点也行。"一笔买卖就这样成交。

一个星期之后，郑天开着车来到何为的整容诊所接走了那个极像禅小鹃的女人。郑天把需要她说的、做的都交代清楚了，并最后强调说："办砸了我可饶不了你!"女人冷冷地说道："你只要给钱，包你满意。"郑天还是感到不放心，他怕万一败露了后果将不堪设想。

然而，此刻医院已经再次下发了病危通知单，眼看岳母快不行了，郑天只好硬着头皮把那个像禅小鹃的女人引了进来，他的岳母没有发现什么破绽，那个女人做得真像她女儿的样子，陪郑天的岳母说了很多的话。

就在这时，李娟却来了。郑天感到很诧异，李鹃连忙说："我是来看老人家的。"说罢，她就自顾自地坐到老人的病床前，对老人问长问短，聊了很长时间才离开，在离开的时候，老人说："多好的闺女啊，有时间到我家里坐坐啊。"李娟拉着老人的手说："您好好养病，我一定会经常来看您的。"李鹃离开的时候，她特意多看了几眼像禅小鹃的女人。

郑天让像禅小鹃的女人继续照看着岳母，自己开车送李鹃回去。在送李娟回去的路上，郑天提出请她吃饭，她说："只有我俩吗？"郑天说："是的。"李娟犹豫了一下还是答应了。郑天带她来到一个非常隐蔽的地方，那里环境优雅温馨。

他俩来到一间雅座，郑天让李娟点自己喜欢吃的菜，李娟没有推让，点了几个自己喜欢吃的菜。席间，郑天频频向她敬酒，她是来者不拒，似乎非要把自己灌醉不可，几杯酒下肚，李娟的脸红得像一朵盛开的桃花，郑天忍不住抓起了李娟的手，李娟马上缩了回来说："请郑总尊重我。"郑天只好愣愣地放下了她的手。看着李鹃还在不停地喝，郑天连忙劝她别喝醉了，问她是不是遇上了什么烦心的事。李鹃也不说话，只是一个劲儿地喝酒。突然，李鹃就像泄洪的闸门一样号啕大哭起来，让郑天一下子感到吃惊不已，不知道她为何这样大哭。

正在她大哭的时候，梦残雪打来了电话，问郑天在哪里，郑天闪烁其词地说："我来了客人，在陪客。"梦残雪问他在哪里，他不敢说实话，就编了一个谎，说在中华大酒店里，然后，就挂了电话。李娟马上停止了哭泣，擦了擦眼睛说："我们该回去了，不然你交不了差的。"郑天还想问她为什么要哭，但又怕引起她的伤心事，就只好开车把她送了回去。

等郑天回到家的时候，梦残雪已经怒气冲冲地站在客厅里，冲郑天吼道："你这个骗子！"郑天连忙解释说："我真的是有客人，我们当时在谈工作，不便告诉你我们的地点。"听他这么一说，梦残雪才稍稍稳定了一下情绪，带着委屈说："我到中华大酒店去找你，可连个人影都没见着，我以为你和别的女人在一起呢，你说我能不火吗？"郑天连忙说："宝贝，对不起，是我不好，下次一定注意。"梦残雪的怒气才慢慢停下来。她的情绪就像夏天的天气，变得快，去得也快。

等一切平静了，郑天才正色道："我们该想想办法了，这样下去终究不是个办法。"梦残雪说："我也是这么想的，我再也不想过这种人不人鬼不鬼的生活了。"郑天说："我们共同想办法吧。"

郑天一边照顾着病危的岳母，一边想着对策，而李鹃几乎每天都要到医院去看一次。

这天上午，梦残雪给郑天打电话，约好在米兰餐厅见面。郑天匆忙赶来的时候，梦残雪早已等候多时，郑天问她有什么事这么急。梦残雪连忙拿出一张报纸让他看，郑天只看了一下标题就说："国外飞机失事与我有什么关系?"梦残雪神秘地说："关系可大着呢，外人不都知道禅小鹃到国外学习去了吗?"郑天说："你是想借这件事对外人说禅小鹃也出事了吗?"梦残雪说："是的，这样岂不是两全其美?"郑天犹豫地说："他们会相信吗?"梦残雪说："这是一个最好的办法，如果不行，难道你还有更好的办法?"郑天也只好暂时默认了。

他一边让服务员上菜，一边继续思索着。他突然说道："现在新闻媒体这么发达，死亡的那些人他们都会在媒体上公布的。这样能瞒过他们吗?"梦残雪说："等以后再说，我们可以用这种方法先把你的岳母瞒住啊。"郑天想想，也是啊，这是一个最好的办法。

纠结了他许多天的难题，现在终于有了一丝光亮。他不禁多喝了两杯，眉宇间多了几丝笑容。

回家后，他和梦残雪商量了一阵子，才渐入梦乡。

第二天，刚上班李娟就来汇报工作了，对于她这段时间的表现，郑天很满意，她的美艳早已让他蠢蠢欲动了。借此机会，他又约李娟晚上吃饭，李娟这次爽快地答应了。

晚上，他把车开到偏僻的小餐馆，与李娟共进晚餐。郑天表现得非常殷勤周到，不时给她夹她喜欢吃的菜，倒了一杯又一杯红酒。李娟今晚仿佛也很兴奋，酒似乎喝得多了，她只喊有点晕，郑天赶紧过来扶住她说："好点了吗?"李娟还是喊说晕，郑天就用力把她抱到自己的怀里，抱着这样一个大美女，郑天只听到自己的心脏在怦怦直跳，仿佛要跳出体外了。

李娟任由郑天这样抱着，她的头脑还算清醒，让他开车送她回去。郑天几乎是把她抱上车的，那一股股醉人的女人清香味，让他几欲倾倒。他最终还是定了定神，开车把她送回了家。

到了家之后，李娟出现了昏睡状态，郑天也不敢就这样随便离开，他把李娟抱到床上，然后就到客厅里坐着。他打开电视，没看几分钟就关了，他的心此刻无法平静下来。他拿出一根烟，狠很地抽了一口，呛得他泪水直流。

入夜，四周已悄无声息，只听得几声虫鸣蛙叫，夜反而更显寂静。他把灯都关了，躺在沙发上眯了一会儿，一方月光正好照在他的脸上，朦胧中，他隐约听见传来几声女人的歌声。

郑天并没有受到干扰，发出轻微的鼾声。时间慢慢过去了，月光从屋中移到窗前。郑天猛地坐了起来，仿佛总有什么烦心事在心头挥之不去，他不想去开灯，就顺手拿出打火机，叭的一声，打火机亮了，突然又断断续续传来女人凄婉的歌声。

夜风拂动窗帘，似有人在掀开窗帘，郑天索性站起来，轻手轻脚地把门打开，他不想惊动李娟，想出去看个究竟。

外面是一个小院，临近是水池，皓洁的圆月挂在天上，在水中映出白光。郑天来到院中，环顾四周寻找歌声的来源。池边是高矮不一的山的黑影，声音好像是从其中一座不高的山上传来。那么凄婉、悲怆。

阴冷的月光下，郑天在灌木丛中艰难地穿梭，他决定去山上看看发生了什么事情。

斑驳的树影映在他的身上。歌声似乎越来越近，他更显好奇，目光到处寻觅着。声音越来越近，他的脚步慢了下来，用手分开小树枝向声音靠近，似乎就在那丛灌木叶后面。

他谨慎地前移，停下，小心地分开那树叶。这是灌木丛簇拥的一块小地，中间竟然有一座坟。

他来到坟前，乳白色的月光填满了每个缝隙，他看到禅小鹃在唱着歌，改变成了轻柔的音乐。郑天吓得魂飞魄散，他想：难道我遇到鬼了不成？他壮着胆子继续听下去。禅小鹃那轻柔的歌声，伴随着哗哗流水声让整个夜间充满了温馨的气息。温柔的月光顺着郑天的脖子缓缓流下，似情人在抚摩他的脖颈。他不禁微闭上了眼睛，让月光滑过身上的每一寸肌肤……他缓缓地睁开眼睛，看到禅小鹃嘴角还带着甜甜的微笑，这是一个令很多男人都会着迷的妩媚。

就在禅小鹃唱歌的同时，却忽然发出"咚"的一声沉闷的声响，打破了夜间的温馨，传进了郑天的耳朵。

郑天皱了皱眉毛，眼睛落在那座坟墓中，一个人影晃了一下就不见了，他正准备走近看的时候，却又听到了禅小鹃幽怨的歌声，她的音调是某首流行音乐，歌词却改成了"还我命来，还我命来……"郑天立即慌了，感到有种不祥之兆笼在夜色里。他急忙转身要走，可他的脚却停在了地上，就像有个致命的钉子钉住了他的脚，想动却动不了。

郑天用手使劲地揉了揉眼睛，心想：难道是禅小鹃真的还活着，她来找我麻烦了？想到这里，他忽然感觉浑身的汗毛都竖了起来，一丝寒意瞬间袭遍了全身。他无法在夜里多停留哪怕一分钟的时间了。

他就拼命地往回跑。他正要走进屋的时候，歌声又在坟墓里响起，他又分明看到一个瘦弱的影子，似乎是披肩长发，一脸的血色，恐惧立刻袭上了心头，他吓得牙齿咬得咯咯响。

郑天越发紧张。他颤抖着喊："谁，谁在那儿……"只有风声，片刻宁静后，从石头后面缓缓现出一个披满长发的脑袋。风把搭在她脸上的几绺长发吹起，现出了禅小鹃清秀乏白的脸，眼中带有一丝幽怨。

郑天立即大声叫喊，可随即，叫喊声倒把他自己吓得瘫坐在地上。没有声音回答，而这时，倒映在水面中的影子的面孔却显现出来，那是一张血淋淋的、恐怖的、模糊的脸，他吓得浑身哆嗦，使劲咬着自己的手指，可当他意识到那人就要走近他的时候，他才拼命往屋里跑去，把门关上。可对方的力量出奇的大，当门被打开时，露出一个女人流血的手，他的恐惧达到了顶点。他惊恐地看见那手背上竟然长着绿色的毛！天啊，传说中只有僵尸才会长绿毛，她到底是人还是鬼，郑天吓得晕了过去。也不知过了多久，他才慢慢苏醒。他觉得头很沉，可仍旧不敢睁开眼睛，不知道那只恐怖的、长绿毛的手还在不在……

当他睁开眼睛看的时候，李娟的门依旧半开着，可外面什么都没有，就像没有发生任何事一样，他清醒地知道，那不是一场噩梦。但是后来他什么都没有见到，刚才的一幕简直就是一场恐怖的梦境，他关上门，惊疑地四处张望。手触及的是厚厚的木门，这让他感到犹如女人温暖的怀抱。他稍稍冷静了一下。

夜色已经一点点地蔓延开来。这时，他回到屋里，看了一眼李娟，她依旧酣睡着，他打开窗户想看看禅小鹃还在不在，就在这一刹那他的血液几乎凝固了！在窗户的把手上，挂着一个随风飘摆的可怕的东西，那沉甸甸的东西在摇曳着，不停地往下滴着黑红的液体。“啊！是颗人头！”他发出了救命的呼喊声，然而这声音迅速消失在无边无际的夜色里。

他想要离开这房子，他用最快的速度拿起衣服，却突然发生了更加恐怖的事，衣服里居然有硬硬的东西，他吓得赶紧扔到地上。他屏住呼吸，好半天才从惊恐中缓过神来。他顾不得关门，立即往下面跑去，鞋子击打地面的声音此刻听起来怎么都不太舒服。他三步并成两步冲到了外面。此刻，他只想尽快离开这令他恐惧的房屋。身体的重心却在此时偏离了正常的轨道。也不知道为什么，他一不小心，竟走进了地下室。地下室是最黑暗潮湿的地方，可晚上的月光出奇的亮，当他意识到自己就像传说中鬼打墙一样迷惑在这间房子里的时候，他看见角落似乎有个白色的人影悬挂在上方，屋里没有风，可她的影子是飘动的，这足以说明那个东西是多么恐怖。他赶紧冲了出来。

然而更加恐怖的现象出现了：他看到一个拿着自己人头走路的人，她的影子是白色的，移动得很慢很慢。他几乎瘫软在地上。

直到第二天早上，李娟才发现郑天，她小心地把郑天扶了回去，问他发生了什么事，郑天只是摇头说：“太可怕了。”

郑天惊魂未定，他害怕夜长梦多，为了扫清所有的障碍，他特意又回到病房看岳母。岳母的病情越来越糟糕，还是那个像禅小鹃的女人在照顾着。

郑天还没来得及把自己想好的谎言告诉岳母的时候，岳母却因病重离开了人间。

郑天给岳母办了后事。他把所有的朋友都请来了。他对像禅小鹃的女人说："你继续扮演好自己的角色，我再多给你钱。"像禅小鹃的女人爽快地答应了。郑天把葬礼办得热热闹闹的，出手也很大方，使所有的亲朋好友感到很有面子。

是夜，屋外刮起了大风，不时发出呜呜的呻吟，犹如鬼哭一般，似乎在召唤老人，让她早点到另外一个世界，那里有和她说话的人，她不会再感到寂寞了。

在出殡的那一天，公司的人都来了，打花圈的人排了长长一队，一通鞭炮齐名，就把老人送上了山，像禅小鹃的女人哭得悲天动地。梦残雪和李娟更是泪流不止，郑天看到这一切，心里为这两个女人而感动。事后，像禅小鹃的女人得到了一笔不菲的报酬。

郑天好不容易才把该办的事办完，此刻他已经是心力交瘁，疲惫不堪。他倒在床上，准备好好睡上一觉的，可是，只要他一闭眼，那晚他遭遇的奇怪情景就出现在他的眼前，他已经困到了极点，还是无法入睡。

梦残雪在这个时候来了，他就把那晚出现的情景给她说了，也从那晚以后，他就彻底地失眠了。梦残雪安慰他说："不要想那么多，你看好多事情不正在按我们设计的轨道进行吗？你那晚出现的情景也许是幻觉，不要放心上，我不相信禅小鹃还能死而复生。"郑天点点头，算是回答了。梦残雪说："你安心睡吧，我在这里守着你。"郑天露出感激的目光，不一会儿他真的睡着了。

看到郑天辛苦的样子，梦残雪心疼不已。

郑天在家休息了好几天才来上班。一上班他就接到香港客商的电话，要他马上去一趟，这次是一笔大买卖，如果谈成了对他来说，日后只需坐着，钱就会像流水一样进来。他决定把李娟带上。对于李娟来说，跟着郑天能出去见见世面，也是个散心的机会，她答应了。

几个小时之后，他们降落在豪华的都市，很快在酒店里找到了客商。经过一番唇枪舌战，李娟发挥了自己的优势，用自己的美艳和流利的口才打动了客商，他们很快就签下了这张单。

郑天兴奋不已，决定好好犒劳一下李娟。他把李娟带到商场给她买了最华丽的衣服，还特意送给她一条精致的项链；然后带她玩了三四天，尝尽了所有的特色小吃。

明天他们就要回公司了，晚上，郑天陪李娟喝了几杯洋酒，没想到他竟然感到了醉意，在晚上休息的时候，他跑到李娟的卧室不走。任李娟怎么劝说他就是不走，他对李娟承诺说，只要她答应，回去后马上娶她。李娟就说："那你和你的妻子怎么办？梦残雪又怎么办？"郑天说："我没老婆了，梦残雪又是个什么东西，我早就烦她了，她只不过是我的一个玩偶罢了。"李娟连忙说："郑总，你喝醉了，快回去休息。"说着，强行把他送到了隔壁卧室。

一夜风平浪静，也相安无事。

第二天一大早他们就飞回了公司，梦残雪到机场接他们，看到郑天和李娟极其亲热的样子，她心里像砸破了醋缸一样。但她不能在李娟面前表现出什么来，她连忙上前接过郑天手里的东西，并嘘寒问暖了一番。

晚上，为了给他接风，梦残雪特意在家做了他喜欢吃的饭菜，这些都是郑天平时喜欢吃的饭菜，但今晚他却感到像味同嚼蜡一般。

分开了好几天，梦残雪却感觉不到郑天的激情，她的心一下子冷了，她凭着女人的直觉，觉得郑天和李娟肯定有故事了。梦残雪对郑天的温情依然如故。

第二天下班的时候，梦残雪给李娟打了一个电话，约她出来吃饭。李娟心想：太阳真是打西边出来了，她约我一定没什么好事。但她还是决定去一趟。

在咖啡物语茶座里，两个女人见了面，梦残雪顾不得客气什么，便对李娟说，她用五十万买断她的这份工作，只要她离开了这个地方，五十万马上就是她的。李娟说："凭什么要让我离开？"梦残雪说："你不就是为了挣那点钱吗？你也知道我和郑天的感情，马上就要结婚了，我请你不要打搅我们来之不易的生活。”

李娟没有立即回答她，而是沉默了几分钟。然后才说：“你以为郑天真的爱你吗？”梦残雪信心百倍地说：“我俩的感情还有假?!”李娟没有做任何评价，只是发自内心的说了一句：“请多保重!”然后，头也不回地离开了茶座。梦残雪感到一阵茫然，不知道接下来该如何去做。

梦残雪越想越不是滋味，她马上找到了郑天，要他给个说法。郑天像哄小孩一样，甜言蜜语了几句，梦残雪就好了。

但梦残雪却坚持要郑天把李娟辞退了，郑天说：“她在这儿干得好好的，凭什么要把她辞退了?”梦残雪说：“反正我看着她不舒服。”郑天呵呵一笑说：“是不是吃醋了?”梦残雪揪了他一下耳朵再次强调说：“敢出轨，我是不会放过你的!”郑天有点严肃地说：“我现在正是缺人手的时候，不要女人一般见识，相互宽容一点，团结把事情做好就行。”梦残雪见郑天是黑着脸说的，连忙点头答应。

郑天吃过早饭，刚来到办公室就接到一个陌生人的电话，声称李娟被他们绑架了，让他拿一千万元来救人，如果报警就撕票，说完就挂了电话。郑天愣了片刻才想起来要回个电话，然而，等他打过去的时候，对方早已关了机。

郑天不知道如何是好，他坐在办公室里一支烟接着一支烟地抽，烟屁股已经烧着他的手了，他还没反应。大约过了半个小时，对方又打来了电话，郑天看着这个陌生而熟悉的号码，他心里一哆嗦，抖着手接了电话，对方传来了李娟的声音，她没有丝毫恐惧，也没有听到她的哭泣，只听到她说：“这是我的事情，你不要管。”郑天正想问李鹃出了什么事，对方马上就夺过电话，问他钱准备好了没有。郑天连忙问道：“朋友，到底出了什么事情，我们坐下来好好商量一下。”对方马上说：“你问你的女人吧，欠债还钱，理所当然。”然后，对方就说今晚把钱准备好，到时候听他的电话，说完就挂了。

郑天感到纳闷了，李娟什么时候欠了债？他立即联想起那晚李娟被人打的事。他在心里说：李娟啊李娟，你欠了债怎么不早点告诉我呢，你说一声我还不帮你还？

快要下班了，梦残雪过来喊郑天回家吃饭。郑天此时正焦头烂额，有点不耐烦地说："你先回去，我晚上还有点事。"梦残雪见他一脸的愁容，关切地说："郑天，是不是出什么事了啊？说出来我也好给你想个办法啊。"郑天摆摆手说："你就别烦我了，等我好好想想。"梦残雪只好识相地走开了。

郑天到银行取出了五百万元，还差五百万元，说真的，他没有多余的钱了，在心里他早已爱上了李娟，所以他才会这样去救她。

然而，郑天所做的一切正被黑暗中的一双眼睛密切注视着，她就是梦残雪。她放心不下郑天，见他鬼鬼祟祟到银行取了钱，又秘密往外走，梦残雪感到大事不妙，就悄悄地跟着，后来听见郑天接电话时说一手交钱一手交人，她搞蒙了，不过她立即想到了李娟，今天一天都没看见，所以她怀疑郑天是为了救李娟才去取钱。那钱可是她和郑天准备结婚用的，她顿时怒火中烧，心里暗暗地骂着李娟，同时又为郑天担心着。

她这样想着，就顺手拿起电话报了警。就在郑天要和绑匪见面的时候，警察的到来让绑匪立即跑了。郑天看着梦残雪跟在警察后面一路小跑着迎了上来，他立即火冒三丈，一个耳光打得梦残雪找不着东南西北了。这一响亮的耳光在夜幕下显得格外清脆。警察的到来才把他俩分开。在问清情况后，郑天被一名警察带了回去，其他人研究着如何去救李娟。

郑天窝了一肚子的火，在警局待了一夜，他始终担心着李娟。正在他焦虑等待的时候，他被带到了医院，在医院里，他见到了李娟，只见她浑身上下都是血。原来，在郑天正要和绑匪交换的时候，对方发现了警察，于是，绑匪把怨气都发到了李娟身上，把她毒打了一顿就扔下她逃跑了，是警察的到来才把她救回来了。

李娟虽然保住了一条命，但伤得很厉害，医生说她下半辈子很可能就只有在床上度过了。看到自己喜爱的女人被伤成这个样子，而郑天却没有办法去保护她，他觉得自己做人很失败。他对李娟说："你先好好养伤，一切费用都由我来出，我一定要治好你的病。"李娟说："没用的，治好了也没有用

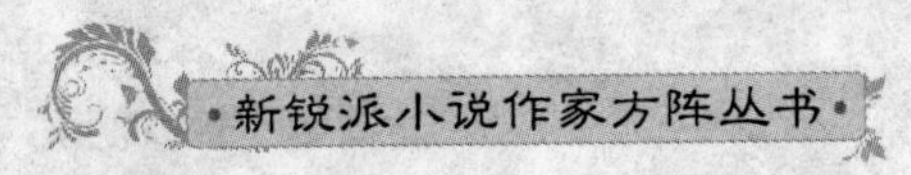

的。”郑天继续安慰她说：“现在你什么也想别，先养好伤再说。”说罢就离开了病房。

梦残雪看到李鹃现在成了这个样子，心里可是乐开了花，她已经没有了竞争对手，这对她来说可是一件大喜事，可是她不能在郑天面前流露出来，以免引起郑天的反感。

就在梦残雪感到高兴的时候，郑天却对她冷漠了，而对李鹃可谓是关怀备至。梦残雪咽不下这口气，她要当面找郑天问个清楚。

梦残雪气势汹汹地来到郑天的办公室，怒问道：“郑天，你心里到底有没有我?”郑天也生气地回答说：“梦残雪你到底想怎么样?”梦残雪说：“想怎么样？我能怎么样？我要你把李鹃辞退了!”郑天回答得很干脆：“辞退她是不可能的。”梦残雪就在办公室里和他大吵大闹起来，这样就引起了其他员工的注意，郑天只好先压着怒火说：“我们回去说，好吗?”梦残雪见郑天退步了就说：“好，回去再说。”

回家之后，梦残雪依然不依不饶，和郑天大闹了一场，结果是郑天甩下一句狠话：“你以为你是谁，我已经受够了，我们分手吧。”梦残雪闻听这句话，顿时像发怒的狮子一样扑过来，郑天从未见过如此架势，还没反应过来就被她扑倒在地，被梦残雪一阵猛打。郑天被彻底激怒了，他猛然大吼道：“滚，你给我滚出去!”梦残雪没想到他会这样，她伤心地爬起来就往外跑。郑天也没阻拦。

梦残雪越想越气，她把所有的怨恨都归结到李鹃的身上，她恼怒地跑到医院来。梦残雪来到病房看到浑身是伤的李鹃，她也顾不得那么多，上去就是对她一阵撕扯猛打，一边打一边骂道：“你个臭不要脸的女人，看你以后还敢不敢勾引我的男人!”越打越起劲，本来就伤痕累累的李鹃，经她这么一折腾，伤口又流血了，李鹃几乎成了个血人，但她自始至终喊都没有喊一句，任凭梦残雪打骂。看到这样的情况，疯狂的梦残雪停手了，她恼怒地说：“是不是觉得理亏了？怎么不喊人？怎么不还手?”李鹃此刻却是泪流满面，突然大声吼道：“梦残雪，你该醒醒了!”梦残雪被她突然的吼声怔住了，过了半天才回过神来：“你想说什么？我不懂你的意思。”

李鹃强忍着伤痛说："梦残雪你给我听着，如果你想知道我为什么要让你醒醒的话，你就乖乖在这儿听着，否则你就快滚！"梦残雪的牛脾气一下子就上来了："想叫我滚，我偏不走，你能把我怎么样？"李鹃说："你这样才叫有种。"于是，她俩就僵持着，谁也没说一句话。

直到夜幕降临的时候，李鹃才缓缓地对梦残雪说："我希望你能安静地听我讲一个故事，一切自然就会清楚的。你没有必要对我发这么大的火。"梦残雪见李鹃说得很真诚，当她冷静下来后又觉得自己刚才所做的又太过分了点，就点点头算是答应了。

夜色出奇的好，淡淡的月光洒在病房里，一切显得那么安详，李鹃的脸上也显得那么恬静。

李鹃慢慢讲述故事了，她说道："一个女人掉进了万丈坑，那是一个有去无回的地方。她掉在一块石头上，不幸中的万幸是她居然还活着，没被摔死。等她慢慢有了知觉后，她才试着站起来，但她只要一动就浑身疼痛。最后，她战胜了疼痛，艰难地爬了起来。当她想打电话寻求救助的时候，电话却没有信号。她绝望了。后来，有一种信念支撑着她要活下去。她借着手机的光慢慢前行着，突然一条巨蟒就在她身边，她吓得晕了过去，也不知道过了多久，她才慢慢醒过来。她继续摸索着前进。饥饿和恐惧占据了她整个大脑。也不知道爬行了多远，她突然摸到了水，欣喜若狂，连忙趴在那里猛喝了一气，她感觉似乎好多了，身上的力量也增加了不少。她就地休息了片刻，然后再继续前行。她摸到一块巨石，上面很平整，她就躺在上面，她需要休息，需要养精蓄锐。就在她刚要睡着的时候，她听到了"嗖嗖"的响声，凭直觉她知道那是蛇在爬动，她立即紧张起来，毛孔几乎都要张开，她的睡意顿时全无，只好坐起来。也不知道过了多久，也不知道是白天还是黑夜，她就这样坚持着，有几次她差点就要放弃了，在这魔鬼一般的地方，一般人能坚持多久呢？是心中的信念让她继续坚持着，她就这样慢慢由恐惧到熟悉这些声音。后来，她就慢慢睡着了，突然，她感到一阵凉风袭来，身上马上被冷冷的东西缠住了，她用手一摸，妈呀，是一条蛇。"讲到这里，李鹃停了一下，梦残雪完全沉浸在故事里，她紧张得就像是自己亲身经历过一样。直到李鹃停了下来，她才回过神来，而她之前的怒气也早已消失了。

李鹃喝了一口水，继续说道："她用劲全身力气想摆脱它，但一切都无济于事，她越用劲蛇越缠得紧。在危机关头，她也不管那么多了，一口咬在蛇身上，顿时一股血腥味扑进她的嘴中，她几欲呕吐，但她硬是咽了下去，求生的本能让她疯狂地吮吸着蛇血，当她喝下这些蛇血的时候，她感到了从未有过的力量，饥饿和恐惧在这一刻随之远去，她拼命地吮吸着，她发现蛇的身体在慢慢滑落，这使她坚定了信心。她继续吮吸，直到蛇没有了反应她才停了下来。她用力把蛇从身上摔下去，顿时瘫坐在地上，此刻，她才感到胃里一阵翻江倒海，一阵呕吐过后才恢复平静。她休息了片刻，这个时候，她感到身上疼痛感没有了，并且浑身上下充满了力量。她就站起来往前方走去。因为四周漆黑一片，她也不知道往哪个方向走，也不知道走了多少个回头路。就在这个时候，她感觉到一个地方有水滴落，就沿着那里往前走。转机就在这里发生了，从一处石缝里冒进了一丝光线。她似乎看到了生的希望，连忙爬到石缝那里一看，刚好能过一个人。她欣喜万分，从那里钻了出去，越往前走越开朗。谢天谢地，她终于出来了。原来这是万丈坑的一个洞口，这里杂草丛生，而且又深处沟壑里，别人很难发现的。"

李鹃这个时候又停了一下，深深地呼了一口气，梦残雪似乎也松了口气。但她却感到紧张起来，也感到迷惑起来，难道世上真的有那么多的巧合？

李鹃继续说道："她从洞里出来以后，她简直不敢相信这一切是真的，她似乎在梦中度过了好几年。她坐在洞口大声哭了一阵，然后，她就大步地往山上走去。"

李鹃没有讲了，梦残雪还想听后面的结果。见李鹃没有再讲的意思，梦残雪着急了，连忙讨好地递给她一杯水说："那后来呢？"

李鹃似乎陷入了沉思之中，许久才说道："后来，她回来了，是一种信念让她回来了。"梦残雪连忙说："到底是什么信念让她坚持下来了？"李鹃半天才吐出两个字："报复。"梦残雪听到报复两个字，感到背心后面都是凉的，此刻与她开始到来时气势汹汹的样子完全两样了。

一阵沉默过后，李鹃继续说道："她本来有一个完整的家庭，那次还是因为她的丈夫才掉进万丈坑的，而她的丈夫本来是可以把她拉住不放手的，但他却没有拉住，她做梦也没想到她的丈夫会如此心毒，她想不明白她丈夫为什么要这么做，于是，她就坚定信念一定要把这件事情查个水落石出，然后对她的丈夫进行报复。后来，一切都照她想的那样进行着，她也查出了丈夫变心的原因，原来是他有了外遇。正当她准备报复他和他的情人的时候，一件事情改变了她的看法。"

说到这里，李鹃又不讲了。梦残雪听得出了一身的冷汗，之前的嚣张没有了，她胆怯地问道："她就是你吗？"

李鹃没有马上回答，过了一会儿她才点点头。此时已经到了半夜，万籁俱静，梦残雪似乎听到了自己心跳的声音，一阵风吹过，她吓得马上站了起来，神色紧张地看着外面。李鹃见状连忙说："不要紧张，我实话告诉你吧，我就是禅小鹃，郑天就是我的丈夫。"梦残雪"啊"地叫了一声，准备逃跑的，但外面静悄悄的，她又退了回来。她怯生生地问："你是禅小鹃？不可能吧？她可不是你这个样子。"李鹃打断她的问话说："先不要问这个问题，我稍候告诉你，你也不要害怕，我知道你也是受害人，如果我想把你怎么样，也不会等到今天。"梦残雪才稍稍稳定了一下情绪，然后才慢慢地坐到李鹃的床前。

李鹃继续说："你已经明白了那个她就是我，我就接着说吧。我出来后，心里充满了仇恨，一心只想去报复，于是我找到一家整容所整了容，然后，我就到郑天的公司去应聘，没想到他居然一点也没有认出我来。我来到公司后忍辱负重，目的就是要掌握他的证据，把他送进监狱。当我后来发现郑天是和你在一起的时候，我恨不得马上把你给杀了，但我还是忍住了。我是在洞中经历了一场生死考验后使我懂得了活着的重要性，于是我就继续待在公司，想着方法来报复你们。也就在这个时候，郑天的本性露了出来，他被我的容颜所迷倒，时刻找机会接近我。有一天，我在病房里，也就是在我的母亲病房里，我发现了一个和我之前长得一模一样的女人，我和她也就熟悉了。那个时候，我就产生了一个主意。机会悄悄地来了，在一次我和郑天单独出去吃饭时，他喝醉了，然后就住在我的屋里，我打电话把那个女人请了来，让她装神弄鬼，事成之后我会给她一笔报酬，她就答应了。她的表现很出色，那晚把郑天吓得够呛，我感到了报复后的快感。我于是就想着方法来折磨他。那次出差就是他有意安排的，他想占有我，我就问他有你怎么办，他说你只是她的一个玩偶罢了，当时我恨不得狠狠地砸他一巴掌，可我没有那么做，我不能让他这么快就知道了事情的真相，后来，我拒绝了他的无理请求。回来后，没想到你还是那么一如既往地爱着他，我当时为你的情形感到伤心，更为自己感到伤心，因为你即将是我的翻版，我为此感到愤怒，我就故意在你面前流露出和郑天的暧昧关系，没想到你却用钱来找我了断此事，我再次为你的幼稚伤悲，本想劝劝你的，但你的行为让我无法再忍受，只好离开了。而更让我恼火的是他竟然请那个像我的女人来欺骗我的母亲，有那么一刻我几乎快失去了理智，我本想告诉母亲一切的，但看到我现在这个样子，我怕母亲更加伤心，只好什么也没说，权当善意的谎言吧。母亲在我眼前，而我却不能喊一声妈妈，你知道那种痛苦是多么难受，但再难受我还是忍了下来。后来，再次经历了生死的考验后，我算是真正理解了生命的珍贵，一个人只要能好好活着比什么都好，那些恩恩怨怨比起生命又算得了什么，我虽然遭受了无情的伤害，但一心想报复的心理在此刻已经完全化为灰烬，沉重的心感到了从未有过的释然，心中的仇恨没有了，一切都轻松了，我还打算好好过完自己的下半生。”梦残雪听着这些发自肺腑的话语，不禁泪流满面。

故事基本讲完了，天也放亮了。梦残雪还有许多疑问想问，但看到李鹏疲惫不堪的样子，只好离开了。在离开的时候，李鹏对她说：“我告诉你的一切，请不要跟任何人说，更不要跟郑天说，以后还是叫我李鹏，不要叫禅小鹏。”梦残雪使劲点了点头。

梦残雪带着疲惫来上班，她现在一切都明白了，她有了自己的打算，然后主动找到郑天，向他承认了错误。郑天没想到梦残雪来了一个一百八十度的大转弯，他还想发作的时候，看到梦残雪脸色发白，眼圈发黑，他忍住了，有些心疼地说：“你辛苦了，班就不用上了，回家好好休息一下。”梦残雪点头算是答应，就回去休息了。

当郑天正准备去医院看望李鹃的时候，张建来电话让他去一趟，他立即赶了过去。

张建告诉他，绑架李鹃的人抓住了，郑天连忙问清了原因，原来是因为李鹃欠下了高利贷才被他们绑架的。张建问明了他和李鹃的关系后就让他走了。

接着张建就来到李鹃的病房查问情况。张建说："李鹃，你从什么时候开始赌博的？欠下了他们多少高利贷？"李鹃不知道该怎么对办案人员解释，但事情已经至此，只好向办案人员说了实情，她说："我并没有赌博，说来你们肯定不相信，但是有一点你们可以去查，我是做过整容手术的，那个医生叫何为，你们可以找他来证实。"

张建感到案件很复杂，就找来了何为，何为看到躺在病床上的李鹃感到了一丝后怕，办案人员问他是否给她做过整容手术，何为承认做过。张建继续问："是按她的要求做的吗？"何为说："是的，她当时只是说把她的脸型完全变个样就行，我就按这个要求做的。"张建马上说："那你是按哪个模样给她变的脸型？"何为支支吾吾地说："我就随便想了一个，我想只要模样好看就行了。"张建锐利的目光扫射过来，何为低下了头。张建继续说："你要老实交代，不要隐瞒什么，我们会把一切查清楚的。"何为有些发抖地说："我……我说的都是实话。"

张建就让何为走了，然后又对李鹃询问了一番才离开。

何为回到家里后，感到惶恐不安，如坐针毡。他越想越觉得不对劲，他知道纸是包不住火的，事情的真相迟早会暴露出来。他一夜都没睡好，自己和自己的思想斗争着，直到天明他才把自己说服了。于是，在上班的时候，他来到了公安局，找到办案人员说出了自己隐瞒的一段真相。

原来，当禅小鹃去找他做整容手术的时候，他就有了一个想法，又听禅小鹃说不是为了美容而是为改变模样的时候，他更加坚定了自己的大胆想法。因为他的情人黄小满赌博欠下了高利贷，他又没有那么多的钱帮忙还上，而那帮人整天找他要钱，严重影响了他的生意，在这种情况下，他就想到了一个两全其美的办法，把禅小鹃和黄小满的模样互换一下，而且禅小鹃的模样更动人，他也想再找点新鲜感觉。就这样，禅小鹃变成了黄小满，黄小满变成了禅小鹃，当要债人再找他的时候，他就说黄小满已经离开了，后来要债人发现“黄小满”在郑天的公司后就再也没有找过他了，而他和真正的黄小满过起了安静的日子。因此，才会出现李鹃被绑架的事情，郑天发现了像禅小鹃一样的女人。何为说出了藏在心里的秘密后，才深深松了一口气。

这一切都明白之后，张建就找到李鹃说：“把你真实情况告诉我们，你为什么要去整容?”李鹃见一切都已经清楚了，她也就没有什么可隐瞒的，于是就把来龙去脉详细地给办案人员讲了一遍。办案人员随之对何为、绑匪和黄小满做了相应的处罚。

然而，就在这个时候，人们发现郑天和梦残雪却消失了，问公司的人也不知道他们的去向。

禅小鹃在这个时候却收到了梦残雪的来信，信里这样写道：鹃姐，我真的不知道该怎么对你说，是我伤害了你，纵然说一千句一万句对不起也没有用，是你的宽容让我更加悔恨不已，我也曾想学你一样，好好活着，可是我做不到，我真的很爱郑天，没想到他却那样对我，我曾经对他说过，如果做了对不起我的事，我会永远不放过他的。我的路走到今天，完全是自己一手造成的，我没有脸面再见任何人了，所以，我必须找到一种解决办法，不然我活着多么难受。我和郑天都做错了事情，既然做错了就要为之付出代价，因此我和他要有一个了断，我要和他同时掉下万丈坑，如果能和你一样幸运活着出来，我们再重新做人吧。梦残雪绝笔。

看到这封来信，禅小鹃无言以对。

何为看到躺在床上的禅小鹃，他的负罪感更加沉重，因为这一切都是由于他的私心造成的，他发誓要把禅小鹃送到最好的医院医治好。

时隔半年，禅小鹃的病真的治好了，看着康复出院的禅小鹃，何为的负罪感才稍稍减轻了一下。

何为找到禅小鹃说：“由于我的自私，给你带来了很大的伤害，我愿意免费为你再做一次整容，让你变回原来的样子。”禅小鹃犹豫了一下说：“你也别责怪自己了，我也有责任的。不过，你的提议我倒是也有此想法。”何为听后感到很高兴。

何为把黄小满也找了回来，然后提议把她也通过整容变回原样，黄小满也有此意，于是，何为为她俩又进行了一次整容手术，手术很成功。数月后，她俩都变回了原样。

禅小鹃来到自己母亲的坟头，跪在坟前久久不愿起来。她哭泣着说：“妈妈，您在九泉之下一定要原谅您的不孝女儿，我没有尽到做女儿的义务，让您为我操心着急了，我为了个人恩怨而没有想到您的感受，把痛苦都留给了您。”说罢，磕了几个响头才离开。

禅小鹃背着简单的行李准备离开这个城市，在她即将登机的那一刻，她看到了何为和黄小满来送她，他们想留下她，但禅小鹃却说：“我是该离开了，离开这个伤心的地方，它留给我的记忆太多太多了，我要去寻找我的新生活。”说完，向她俩挥挥手登上了飞往另外一座城市的飞机……

第十六章　神秘死亡

初冬的早上，整个县城还笼罩在一片雾气里，这里山清水秀，原始森林覆盖着整个县城，形成了一座天然屏障，早起锻炼的人络绎不绝。

郑天早早来到办公室。梦残雪还没来，以前她总是第一个来，同事就给她打电话，但无人接听，于是，同事就到她的住所去找，敲了半天门，也没有人回答。

梦残雪没有向单位请假，她会去哪儿呢？一股不祥之兆笼上了同事的心头，他们当即把门撞开，骇人的一幕出现在他们眼前——梦残雪闭着双眼静静地躺在床上，没有了呼吸，也没有了心跳，尸体早已冰冷僵硬。

随即，他们就报了警。

张建接到命令后，带着刑警队立即赶了过来。侦察员向东对现场做了拍照，法医周青对尸体进行了尸检，得出的初步结论是喝农药自杀，但也不排除他杀。他们把郑天列入了重点嫌疑对象。

公安局长马海立即召集人马组成了专班，由他亲自挂帅，张建具体负责案件的侦破工作。

公安局会议室里烟雾缭绕，马海正在听取专班人员的意见。向东说：“我从现场观察发现，那里没有打斗的痕迹，桌子上有一瓶打开的农药，其他物品都完好无损，门窗也没有被撬的痕迹。在她的房间里，还有一盆泡着未洗的衣服，看不出是他杀，除非这里不是第一现场。”周青接着说：“尸体上没有任何被伤害的痕迹，初步断定是喝农药中毒致死的。”局长把目光转向了张建，张建知道是在询问他的看法，他说：“这个案件看似很平常，但越是平常的背后越有问题，首先，死者是平静地躺在床上，如果是自杀，她的脸上为什么没有一点痛苦的表情？其次，如果是喝农药自杀，在最后临死的时候，她肯定有过痛苦的挣扎，但她躺的床单平平整整，被子整整齐齐，丝毫没有挣扎的痕迹，所以，我认为这里可能不是第一现场。”

马海点了点头，说：“综合所有的情况来看，这不是一件简单的自杀案件，我们要仔细侦查，给她的家人一个交代，给人民一个交代。”大家精神为之振奋，摩拳擦掌，整装待发。

向东来到梦残雪工作的公司，找她的同事了解情况，从他们的谈话中得知：梦残雪出生在一个偏远的穷山村里，她的学习成绩不是很好，但她性格开朗，容貌姣好，初中一毕业就来到城里找工作，最终在一家宾馆当上了服务员，两年之后她就进了郑天的公司；她平时除了有些高傲之外，没有发现其他异常情况；她年轻漂亮，倒是经常有男人请她吃饭和唱歌跳舞。

向东立即把这一情况向张建做了反映，张建认为首要任务是摸清梦残雪的所有人际关系。于是，他们继续走访了解，综合一切情况来看，她的社会人际关系很复杂，以她的能力，不可能从一个服务员一下子就成了郑天的秘书。

正当案情有了一丝眉目的时候，梦残雪的父母来了，他们找到局长马海要求把尸体运回老家去，局长就说：“我们还要对死者的尸体进行解剖，正想征求一下你们的意见。”梦残雪的父母拒绝了，他们只想早点把女儿的尸体运回去，让她早点安息。局长也只好作罢，案情就这样中断了。

梦残雪的尸体被他父母运回去后，就埋在他们家的责任田里。她的父亲是个老实巴交的农民，母亲也是个忠厚的农村妇女，面对突如其来的打击，他们是欲哭无泪，每到天黑的时候，在梦残雪的坟前，就会看到两个白发苍苍的老人跪在那里无声地流着泪，梦残雪是他们的唯一的孩子，没有了她，他们仿佛就没有了活下去的勇气。

梦残雪的好友孙月这个时候回来了，她看到痛失爱女的两位老人，心里隐隐作痛。于是，孙月连忙去安慰梦残雪的父母，在谈话中，她了解到一个重要情况，有人私下许诺梦残雪的父母，只要他们把梦残雪的尸体马上运回去，就给他们5000块钱。孙月觉得这一举动很蹊跷，就劝梦残雪的父亲去报案，把梦残雪的死因查清楚，他们答应了。

梦残雪的父亲在孙月的帮助下到派出所又报了案。接到报案后，马海立即把当初成立的专案组召集起来，商讨侦破方案。向东说："先找梦残雪的父亲了解一下具体情况，当初为什么没答应我们的要求，而急着把梦残雪的尸体运回去。"周青说："马上开棺验尸，查清死亡原因。"马海看了一眼张建，张建同意他们的做法。

向东找到梦残雪的父亲了解情况，他说当初有人给了他5000块钱，让他把尸体运回去，拖的时间越长，关于他女儿的传闻就更多，以后回村里怎么做人。他觉得别人说得在理，也丢不起那人，所以就急着把尸体运回去了。他后悔当初没有听公安的话。向东了解情况后，对他说："你放心，我们会给你一个交代的，欢迎你随时提供情况。"

张建对孙月也做了交代，让她多关照一下梦残雪父母，有什么情况，可以随时和他联系。孙月记下了张建的电话就陪着梦残雪的父母走了。

张建随后带着人马到了梦残雪父母家，正准备开棺验尸时，局长却打来了电话，让他们马上回去。张建和大伙儿都觉得不可思议，但命令他们是不敢违抗的，只好收队回去。

马海召集他们开会说："这个案件暂且放一放。"张建说："我们刚接手调查，怎么又要停下来？"马海说："这不是我的本意，而是接到上级的指示，说这案件本来就已经结案了，就不要再查了，想办法安抚死者家属，这样做都是为了社会稳定。"向东心直口快地接着说："不查出死亡的真正原因，怎么去安抚死者家属？"马海叹了一口气说："是啊，可是我现在也没有什么好的办法啊。"张建说："我觉得梦残雪的死还是有案情的，我们悄悄查不就行了吗？"马海面露难色，思考了半天挥挥手说："就按照你说的做，但是有一点你要记住，我拿局长这个帽子来做担保，你必须给我查出个所以然来。"张建当即表态说："如果查不出来，我就辞职回家！"

一个有月色的夜晚，张建们扒开了梦残雪的坟墓，打开棺材，一股臭味扑鼻而来。尸体已经开始腐烂，但并未影响周青解剖尸体。很快，尸体解剖完成，令大家没想到的是：居然在梦残雪的腹中发现了胎儿，在她的乳房里发现了丰胸用过的填塞物。周青带走了这些重要的东西去化验，大家都在焦急地等待着化验的结果。

周青熬了个通宵，化验结果出来了：梦残雪并不是被农药毒死，而是死于一种其他的毒素；具体是什么毒，一时还查不出来。她腹中的胎儿已经有几个月了，周青提取了胎儿的 DNA 作为证据保留了下来。丰胸用的硅胶假体是一种进口化学材料，本县应该没有这种硅胶，因为一般人是用不起的。

张建组织大家召开了研讨会，向东认为先从乳房硅胶假体开始查找，因为凭梦残雪的个人收入是不可能去做这么贵的隆胸手术，那么结论就只有一个，肯定是别人出钱让她做的，这个人是谁呢？该怎么去侦破？大家把注意力都转向了郑天，因为他们都知道梦残雪是他的情人，可是证据又在哪儿呢？

郑天现在是县里的著名企业家，没有证据是不能随便抓人的，如果抓错了人，上面怪罪下来，那可是没有人能担当得起的。

向东看了看大家，接着说，一般要做隆胸手术之前，必须有亲人签字才行，或许那里留有重要的线索。找到这个签字的人，也许梦残雪的死因就清楚了。

周青补充说，梦残雪腹中的胎儿也是一个重要的线索，但会是谁的呢？还需要进一步侦查。

张建同意向东的意见，决定从乳房硅胶假体查起，有可能也就会查出胎儿的父亲是谁。

案情在一步步开展，张建似乎看到了成功的那一刻。可是，就在这紧要关头，危险正悄悄地降临到他们的头上。

张建首先接到匿名电话，要他不要多管闲事，不然就会对他不客气。张建才不管那么多，他想通过技术手段了解打电话人的情况，没想到对方异常狡猾，没有给他留下任何有用的资料。张建感到梦残雪的案子没有那么简单。

就在张建接到电话的同时，向东和周青也先后接到恐吓电话，意思都是让他们不要多管闲事。张建让大家注意安全的同时，要抓紧时间破案。

大家没有受到匿名电话的干扰，继续按照既定的方案侦查。

一天晚上，张建召集大家开完分析会后才回家，他在回家的途中遭到两个蒙面人的袭击，张建在与他们搏斗中，头部受了伤，其中一个蒙面人在离开的时候，甩下一句狠话："以后不要再多管闲事，不然会连累你的家人！"

张建不得不住进了医院，局长马海也感到了事态的严重性：是谁有这么大的胆子敢袭击警察呢？张建认为梦残雪的死亡背后一定有一个巨大的阴谋，他一定要查个水落石出。马海看到他伤成这个样子，很是担心他的安全。张建似乎看出了局长的犹豫，他坚定地说："我个人安危算不了什么，我以后会格外小心的。"局长点点头支持他。

张建在接受治疗的同时，指使向东和周青迅速搜寻相关的线索。

几天之后，张建的伤势痊愈出院了。向东也掌握了不少情况，他正在组织侦察员汇报情况的时候，突然接到局长的电话，让他过去一趟。

张建来到局长办公室，马海说："你们还是得把这个案子放一放，有新的紧急任务等着你们去做。"张建愣住了，他们刚刚弄出一点眉目，就不让干了。张建十分不愿意地说："局长，这是您的意思？"马海有些无可奈何地说："这是县里一个主要领导的意思，他说既然死者家属没有什么异议了，就不要把这件不光彩的事情弄得满城风雨。并且我们县正在接受上级考核验收，如果因为这件事情影响了考核验收，这个责任将由我们承担。"张建听后气得直想骂娘，马海叹了口气说："我也是没办法啊，他们管着我。"张建说："那这个案子怎么办？"局长说："还能怎么办，做做死者家属的思想工作，把这件事情安息下去就算了。"张建赌气地说："要做思想工作你去做，我不做，我认为这个案子不是这么简单。"局长只好用命令的口气说："这是命令，不得违抗。"张建见局长有些发火了，只好答应照办，然后离开了局长办公室。

张建回去把情况对大家一说，他们就火了，都愤愤不平。张建告诉大家说："我们表面上答应不再管这件事情了，暗地里继续寻找线索，我不相信找不出真凶来。"大家一直赞同这个做法，张建最后强调说："我们一定要在搞好局长布置的任务之外去调查这个案子，同时还要做好保密工作，不能让别人知道了，不然就会有人插手，案子也就办不成了。"大家异口同声说是。

向东利用业余时间具体调查了乳房假体硅胶，上面留有商标，是从韩国进口来的，本县没有这种进口的假体硅胶。他就在网上从本市开始寻找，工夫不负有心人，他终于在本市找到了，本市丰胸的医院只有市区一家医院在代理这个牌子。

他马上把这个情况通报给了张建，张建指示他利用休息日到那家医院了解情况，要他一定要做好保密工作。

双休日，向东悄悄来到了那家医院，他找到了为梦残雪丰胸的主治医生，查看了她的详细资料，在协议上，他看到了一个叫李正的签字。向东立即回去向张建做了汇报。

陈勇通过公安户籍网络查出了李正的详细情况——李正是本县人，26岁，是代县长的司机。

有了这些情况，张建安排周青找个合适的机会，去接触一下他，想办法收集相关线索。

周青通过朋友，让他找了个借口把李正约了出来。朋友就请李正出来喝茶，周青顺利地见到了李正。李正是个很帅气的小伙子，性格活跃，留着长发，谈到高兴的时候，他就用手去梳理他的秀发。周青发现了这个细节后，就格外留了一个心眼。在李正和朋友都离开之后，周青在李正坐过的椅子上收集到了他掉下的长发，回去后好送到省里提取他的DNA，同时，他们也收取了郑天的毛发。

张建让周青把胎儿的DNA和李正、郑天的DNA马上送到省里鉴定。周青向局里请了个事假，就马不停蹄地跑到省里去了。

一个星期之后，鉴定结果出来了，胎儿不是李正的，也不是郑天的。张建和大家都感到蹊跷，他为什么会在上面签字？他和梦残雪是什么关系？

张建让向东去调查一下李正的人际关系。

可是，就在向东要去了解李正情况的时候，李正却出车祸死了。

线索再度中断，案情陷入僵局，就在张建不知道从何开始的时候，从网上传来了种种议论。

有网友发帖说李正属于非正常死亡，因为他掌握着某县长的重要情况，最关键的是他受贿的内幕：本县的水电站被他卖给了外商，外商本没有钱，他是借鸡下蛋，首先拿到水电站的经营权，然后用水电站做抵押在本县农行贷款几千万元，之后就不知道了去向。这完全是一个骗局，直接受损失的是本县的广大人民，作为一县之长却从中受了益，然后他拍拍屁股一走了之了；还有他的种种绯闻。而李正最清楚这个内幕，所以他应该是被人指示害死的。

此帖一发出，就有很多网友跟帖，说得似乎有理有据，张建也不知道如何去判断。

然而，就在这个时候，张建得到一个可靠消息，代县长正在接受上级考核，要提拔重用他。张建不禁联想到网上所说的，难道他们说的是真的？但他马上否定了，因为在官场上明争暗斗的现象多得很，也许是别有用心的人专门这样做的。

但是，张建在脑际里又有一丝疑问闪过：李正在梦残雪丰胸时签过字，这会不会和代县长有关联？张建也只是有这个念头，毕竟代县长是重要的领导人物，没有证据是不能随便说的，何况代县长又在这紧要关头。

案件再次陷入僵局，张建一时也拿不准该怎么去侦查，又该从哪里查起，一些重要的线索都中断了，再者他还是偷偷摸摸地在进行调查。

更要命的是，张建接到局长的电话，说他被停职察看了！张建感到很冤枉，跑到局长那里欲讨个说法，局长只给了他一句话："这都是上级的命令，我也没办法。"张建只好接受这个现实，在局里待着，什么案子也不让他插手了，但他一直都在高度关注着梦残雪的那个案子，幸好周青和向东还在暗中努力着。

张建找到局长，旁敲侧击地问是谁要他停职察看的，局长犹豫了半天，最后对张建说："我还是告诉你吧，要求把你停职察看的是代县长，我对你说了，你可不要乱说。"张建一听是代县长，心里马上一激灵，他沉思了一会儿对局长说："局长，我有个想法，不知道能不能说。"局长说："这里没有外人，有什么想法你尽管说。"张建说："我想鉴定代县长的DNA。"

此话一出，着实把局长吓了一跳。张建立即把周青和向东在暗地调查的情况向他做了汇报。局长对这件事情也很重视，沉默了一会儿，他才说：

“说说你的看法。”张建就大胆地说出了自己的想法，他怀疑梦残雪怀的那个孩子有可能是代县长的，因为这件事情和代县长的司机李正有关联，可就在紧要关头他的司机却离奇死亡，而司机的DNA他们已经鉴定了，与那个婴儿没有关系，司机为什么要在梦残雪隆胸手术上签字，无非有两种情况，一种是他和梦残雪有特殊关系，一种是代县长和梦残雪有特殊关系，否则他是不会在梦残雪丰胸手术上签字的。同时，胎儿也不是郑天的。

张建最后又强调说，这一切都只是推测，还没有足够的证据，所以，他需要代县长的DNA。

马海再次陷入沉思，说：“这件事情不仅关系到代县长个人的问题，还关系到整个县，所以，做这件事情的时候，一定要慎之又慎。”停了一下，他接着说：“关于代县长的有关情况，我也有所耳闻，但他现在处在非常时期，我同意你去做这件事，但不能有任何闪失。”见局长答应，张建兴奋了。

张建没有亲自去做这件事情，他派向东去秘密做这件事。

半个月过后，结果终于出来了，经比对发现，代县长的DNA和梦残雪怀的婴儿的DNA相似程度在百分之九十九点九以上，也就是说，梦残雪怀的婴儿就是代县长的。

这个结果让局长马海大吃了一惊，也让张建吃了一惊，难道说梦残雪的死亡和代县长有关？

局长马上召开紧急秘密会议，张建首先把这段时间掌握的情况做了详细说明，并说出了自己的想法，他认为梦残雪的死因和代县长还是有关系的，但是，梦残雪既然已经怀了他的孩子，他是没有理由去杀害她的。

向东发话说：“也不能排除另一种可能，他受到了她的要挟，在不得已的情况下杀害了她。”周青也补充说：“这种可能不是没有，现在这类情况太多了，再者说，他为什么要阻止我们去破案？我看这里面完全大有文章所在。”

局长经过再三考虑说：“现在一切情况都要保密，等我请示上级领导后，再做打算。”大家同意后才散会离开。

马海向上级立即做了请示汇报，上级也正好接到群众的来信反映，他们不满意代县长卖电站的做法，也反映了他的生活作风问题。上级当即做出指示说："只要证据确凿，可以立案侦查。"

马海连忙召集张建来开会，传达了上级的指示精神，命令张建为专案组队长，要求他早日破案。张建等的就是这句话，他马上召开了专案组会议，明确了分工职责。

张建对梦残雪的遗物再次做了检查，突然，他的眼前一亮，一串石头项链引起了他的注意，他拿起那串项链仔细看了看，然后问向东："你见过这种石头吗？"向东说："我没有见过，我们可以拿去化验一下。"张建让他马上去化验，得出结果。向东连夜做了化验，然后又请教了专家，最后得出的结论是，这是只有日本栃木县才有的石头，是一种毒石，当地人称为"杀生石"。只要人经常接触到这种石头，就会慢慢被毒死。

张建再次陷入了僵局，是谁给她买了这串石头项链？很明显这是有预谋的，而且只有智商和学识很高的人才可能想到这种办法。

围绕这串石头项链，张建和大家展开了调查和走访。

就在这个时候，张建接到了孙月打来的电话，说有一件重要的东西要交给他，张建当即和她约好了时间和地点。

张建来到和孙月约好的清江公园，他在这里等了好几个小时，孙月还没来，打电话也没人接，他有种不祥的预感，立即拦了一辆车，往孙月来的方向赶去，就在快进县城的入口处，看到孙月躺在血泊里，张建连忙把孙月送到医院进行抢救。

张建一直守候在孙月的病床边，孙月总算醒了过来。她告诉张建说，她坐了一辆的士，然后在县城入口处下了车。突然，有一辆小轿车向她疾驰过来，她还没来得及做出任何反应，就被撞倒在地，带来的东西也被人抢了。张建连忙问："你看清这辆车的车牌号了吗？"孙月说："我当时躺在地上，特意记下了车牌号，后几位应该是68619。"张建继续问："你要交给我的东西是什么？"孙月说："是梦残雪生前写的日记，这本日记是她父母在家里发现的，里面记载有她的生活经历和别人送礼的名单。"张建一听到她这么说，就问："你还记得送礼的人有哪些吗？"孙月说："人还挺多的，好像主要都是一些领导人物，但具体有哪些我也记不清了。”张建让孙月好好休息就离开了。

张建马上召集专案人员开会，通报了情况，要求全力查找“68619”这个车牌号的主人，拿到梦残雪留下的日记，这是破案的关键证据。

周青当即查找“68619”这个车牌号的主人，结果却让他大吃一惊，这个车牌号竟然是一辆警车，显然是有人用了套牌号。当周青把这一情况向张建汇报后，他也感到很失望。当即把大家又召集起来商讨下一步侦查方案。

向东提出了个人的看法，孙月当时是被撞倒后躺在地上看到的车牌号，那她会不会是把这个号看倒了呢？大家一想，觉得有理，连忙找到孙月详细询问了相关情况，她当时是仰面躺着，头正对着那辆车的车尾，由于当时处于恐惧状态，她只记下了那几个数字之后就没有想其他的了。

张建把68616倒了一下，号码就变成91989了。周青再一查，就查到了这个车的主人，他叫李墙，是一名无业青年。

为了避免打草惊蛇，张建派向东和周青一天24小时盯着他。

终于，他出动了。向东和周青悄悄地跟随在其后。李墙开车来到一座废弃的工厂里，然后停车下来等人。不一会儿，来了一个男人，手里提着一个包，这个人是郑天，就在大家感到很奇怪的时候，郑天快步向李墙走来。

他俩简单交谈了两句，郑天打开包，里面露出了一沓沓百元钞票，李墙检验了一下，然后拿出一个本子交给他。向东和周青就在这个时候，突然从天而降，把他俩带到了公安局，经审讯，李墙是被郑天花钱雇来寻找梦残雪日记的，当李墙得到这本日记后，他要价太高，一时没达成一致意见，最后，郑天只好退让，答应了他第二天来交货，没想到在交易的时候，被抓了。

张建立即打开日记，迅速找到送礼名单，一个显眼的名字跃入他的眼帘。

“2009年6月5日，代县长从日本给我带回来一条石头项链。”

下面依次记载有本县其他一些领导名单。

张建马上向局长马海做了汇报，马海又立即向上级做了请示。

凌晨两点，两辆警车悄然驶进了政府大院，正在熟睡中的代县长被逮捕了。还在做升官发财梦的他，没想到他们会找到他。

在证据面前，他交代了一切。

那是郑天请客的时候，他认识了梦残雪。梦残雪是个年轻漂亮的姑娘，再加上她那张甜甜的嘴巴，很快吸引了他。梦残雪知道他手中掌握着大权，也紧紧抓住这棵大树不放，郑天也正好要利用代县长的权力，他就睁一只眼，闭一只眼，这样一来，梦残雪和代县长两个人一拍即合，梦残雪很快成了他的秘密情人。

他就利用出差的机会带着梦残雪到处游玩，还帮她做了丰胸美容手术。

时间久了，梦残雪也变了一个人似的。有一天，她忽然发现自己怀孕了，找到他说自己有了，他吓了一跳，让她把孩子打掉，她却不答应了，非得要生下来。他知道，这个孩子一旦生下来，对他来说将意味着什么，他就耐心地哄她把孩子打掉，但她就是不答应。他知道她这样做的目的，所以，心里感到一阵阵恐惧，但他拿她也没办法。

就在这个时候，他要出国去考察，在日本枥木县听说了一种有毒的石头，于是，一个巨大的阴谋就开始了：他让司机李正带回了一些这样的石头，找人加工成项链，然后送给了梦残雪。梦残雪不知道这是个阴谋，她高兴地天天都戴着，过了两个月之后，就中毒死亡了。

为了掩人耳目，他派李正做了假象，制造成是自杀的情景，然后，又派人做她父母的思想工作，赔一点钱了事。他还从中阻止公安机关去继续侦查这个案情，眼看一切都要成功了，没想到又冒出个孙月来，而张建还在坚持查这个案子，他首先是找人威胁张建，准备让他知难而退的，但张建却坚持要查，他不得不继续使用手中的权力，给局长马海施压，张建最终被迫停职。

而眼看他就要被提拔了，但公安还在继续查这个案子，他感到了恐慌，也就在这个时候，他的司机因交通事故意外死亡，也引来了一些其他的谣言，他不能再明着阻止张建查案。他知道梦残雪有一本日记，他也看过，但后来不知道到哪里去了，他开始没放到心上，后来仔细一想，这本日记对他来说至关重要，于是，就吩咐郑天说，现在他俩是一根绳上的蚂蚱，让他全力寻找这本日记，不管花多大的代价。郑天好不容易拥有了这么一棵摇钱树，他当然是不希望他倒下，所以，他答应了。

郑天通过其他的关系了解到孙月得到了这本日记，于是就上演了那场车祸，日记被李墙抢走了。

代县长看着手上冰冷的手铐，往日的威风一下子变成了痛哭流涕。郑天也被起诉，查出了他有巨大的受贿罪行。

第十七章 兄弟情义

离开城市的禅小鹃，来到一个封闭落后的小山村，在这里独自安顿下来，过起外界了与外界相隔的日子。这里没有一个人认识她，她日出而作，日落而歇。日子一天天过去，岁月早已在她的脸上烙下了深深的痕迹。

在后来的生活中，禅小鹃认识了憨厚老实的光棍王老汉。于是，他俩走到了一起，过起了夫唱妇随的日子。

快年过半百的禅小鹃，在晚年得一双胞胎，大儿子叫王实，小儿子叫王墨，幸福的王老汉仿佛一下子年轻了许多。

然而，天有不测风云，人有旦夕祸福。禅小鹃在两个儿子上初中的时候，由于疾病离开了人世。

王老汉幸福的生活，一下子跌入低谷。看着两个儿子，他又振作起来，为了他们，更为了安息的禅小鹃，也要把两个儿子抚养成人。

他靠种地，供两个儿子读书。两个儿子也很争气，成绩在校都是前几名。高考结束了，两个儿子的大学通知书都来了。可是王老汉的脸却越来越黑。

弯了腰的稻谷，金灿灿的，王老汉的脸上总算挤出了一点笑容。马上就要收割了，老天爷似乎开了一个玩笑，雨是一阵一阵地下，王老汉的脸比下雨的天更阴沉了。好不容易等到日头出来，谷子已烂在田里。王老汉的脸更沉了，黑得像一口锅。

乡村的夏夜，分不清哪是天哪是地，蝈蝈和蛐蛐却不管人的心情好坏，卖力地嘶叫着，惹得王老汉心里毛毛躁躁的。他把双胞胎儿子喊到堂屋里，说："我原本打算等着把谷子收起来卖了给你俩凑学费，狗日的天气把谷子都烂在田里，该借的我也借了，猪也卖了，只凑够了一个人的学费，你俩看谁去上，自己做个决定吧。"

王墨看着王实说："让哥去。"

"不。"王实盹儿都没打一个。

他俩你推我，我让你，都坚持让对方去上学。

王老汉看着两个敦实的儿子，眼睛眨了几下就湿了，"你俩自己商量吧。"他丢下这句话转身就进了里屋。

堂屋里只剩下了兄弟俩，15瓦的灯泡泛出萤火虫似的光。王实看了看越发黑的夜，说："以前你听我的，现在也得听我的。"

"自打小你什么都让着我，这次说什么也得由我做主。"王墨抬头看着发黄的灯泡说。

熬到了半夜，谁也没说服谁。王实说："我们就用原始的方法。"

"什么方法？"

"抓阄。"

"行。"

"两个纸团，抓到打勾的去，打叉的就不去。"

王实说完就去准备了两个纸团。王实让王墨先抓，王墨看着一脸镇静的王实说："你先抓。""不许耍赖。"王实说完就去抓，他的手刚触碰到一个纸团。王墨马上叫停，"还是我先抓，怕你搞鬼。"王实伸出的手又缩了回来。王墨当即把王实准备抓起的纸团拿了起来，剩下的另一个纸团被王实紧紧地攥在手里。王墨打开纸团的时候，他愣住了，他抓到的是一个红红的勾。

"说好的，不许耍赖。"王实说完，连纸团都没有打开，迅速撕碎以后扔在纸篓里。

一张不大的床，睡着兄弟俩，王墨左翻一下右翻一下，他不敢动静太大，怕影响王实休息，王实也翻了一个身。

"哥，你还没睡着？"

"翻个身。"

"哥，你以后打算怎么办？"

"打工。"

王墨没有说话，他的枕套已湿了一大片。

第二天一大早，王实就背着行李走了，王墨一直把他送到村口，直到消失在远去的车流中。

九月天，日头照样火辣辣的。王墨早已备好上学用品，王老汉手里提着一个包，背上背着一个包，一直把王墨送上车，在汽车临开走的时候说："别辜负了你哥的期望。"

"爹，你放心，我一定不会让你们失望的。"王墨的嗓子似乎有些发涩。

望着汽车呼啸而去抛起的灰尘，王墨好像一下子被人把心掏空了。

上学期间，王墨每个月都会准时收到王实寄来的生活费。他打电话问他在哪儿做什么工作，王实都没正面回答，只是让他好好读书，别的心不用操。

王实自离开家以后，他和老乡一起来到了大都市，他参加了好多场招聘会，好一点的用人单位见他一无学历，二无技术，就不用他。最终，王实被一家砖厂聘上，管吃管住，一个月还发一千多块钱的工资，他就去了。

一天十多个小时的体力劳动，王实一沾床就再也不想动了，浑身像散了架似的。他几次想离开，但一想到王墨读书需要钱，就咬咬牙坚持下来了。

年说来就来，腊月二十八，王实才回家。一见面，王墨就拉住他的手说："哥，你黑了，瘦了。"

王实说："没有，你好像长高了。"

说着就和王墨背靠背比了比，基本一样高，只是哥哥的黑和弟弟的白形成了鲜明的对比。

"哥，太累了你就回来吧，我可以用休息时间打零工。"

"不累。"

说完，他俩相互仔细瞧了又瞧，生怕漏掉了身上的任何一个地方。

晚上睡觉的时候，王墨问王实说："哥，当年如果让你先抓的话，一定是你去上学。"

"不会。"王实说。

"当时你要抓的那个纸团就是我后来抓的，你说怎么不会呢？其实也怪我当时要小聪明，因为纸团是你写的，你肯定记得，让你先抓就是为了看你抓哪一个，然后我叫停，再去抓你要抓的那个纸团。早知道是打勾的，我就该让你抓的。”

“两个纸团都是打勾的。”

“我明白了，当初你连纸团看都没看，就撕碎扔掉了，为的就是不让我知道。都怪我心急，没想那么多就打开了，而没看你的。”

“我是老大。”

王墨说不下去了，哥哥也就比他早来到人间几分钟，凭什么这个苦就该他受呢？他越想越不是滋味，头下的枕套早已湿透。

年说过就过去了，正月初三，王实背着行囊又离开了家乡。王墨一直把王实送上车，目送着他混杂到车流中。

时间如流水，一晃四年就过去了，王墨大学毕业后顺利地进入到一家合资企业，成了一名名副其实的白领。他把每月挣到的钱，除去生活费用以外，都寄回了家。王实也由于砖厂的倒闭而回了家，平时靠在周边做临时工挣点钱。

看着两个儿子一天天长大，王老汉为王实的婚事着急了，至于王墨的婚事他倒不担心。他开始四处活动，经人介绍，邻村的姑娘答应来看看。王老汉拿出王墨寄回来的钱，让王实去买一套像样的衣服。王实问爹买新衣服做什么，王老汉说相亲啊，王实黝黑的脸上泛起了一片红润。他忽然想起是该相亲了，比他小的都结了婚。他拿着爹给的钱，他当然知道都是王墨寄回来的，到县城买了一套一百多元的西服，这是他买得最贵的一套。

过了几天，姑娘来相亲，王实早早起床收拾了一番。那天天气晴朗，几团棉花云悠闲地飘在天上。王老汉也穿上了过年才穿的衣服，把房子里里外外扫得一尘不染。王实把茶杯抹了又抹，凳子擦了又擦。

姑娘来了，和王实说了几句话，把屋里屋外看了个遍，茶没喝就走了。王实的心一下子凉了，几团棉花云突然把太阳捂得严严实实，天色一下子暗了很多。

王老汉后来找到介绍人问情况，介绍人告诉他说姑娘对王实的人才还满意，就是不满意破烂的房子。王老汉的脸阴沉了下去。

几天之后，王老汉打电话把王实相亲的事告诉了王墨，王墨说："爹，你别担心，整房子需要多少钱，我来想办法。"王老汉说："至少也要五六万吧。家里还能卖一头猪，加上卖谷子的钱，还差四五万。"王墨说："爹，剩下的钱算我的，你先找人动工吧。"王老汉阴沉的脸稍微舒展开了。

房子翻新后，王实又相了几次亲，最终姑娘们都找了各种各样的理由拒绝了。王老汉安慰王实说："儿子，别着急，会有姑娘看上你的。"王实说："爹，以后别找人给我介绍了。"

王老汉不说话，他在堂屋里待了半天。当初两个儿子的大学通知书都来了，他当时如果能拿出钱的话抑或天老爷照顾他的话，王实个人的事就不会是现在这个样子，更不用他来操心。他又怨恨起当时的天气，拼了命地下，如果不是那场连阴雨，谷子就不会烂，王实也就能去上大学。他叹了一口气自言自语道："命啊，是天注定。"

日子就在稻谷的清香中过去了，转眼又到了年关，王墨回来的时候，不仅提着大包小包的，而且还带回了一个漂亮的姑娘。

王实连忙从屋里迎了出来，王墨高兴地对他说："哥，这是我女朋友，叫叶子。"然后他又对叶子说："快叫哥啊。"叶子叫了声哥，那声音仿佛天籁之音，王实一下子愣住了，差点忘了出来的目的，他连忙把王墨带回的东西提进屋。

王老汉见王墨带着女朋友回来，自然是高兴地去张罗饭菜。

晚上，王墨和王实还是睡一床。王墨说："哥，你个人的事怎么样了？"

"就那样。"

"哥，别灰心，你当年不是说要去读夜大吗？我出钱，你去读，拿到文凭以后到外面找个工作，不愁找不到好姑娘。"

"没用的。"

王墨沉默半天没说话，王实转移了话题，问了一些关于他女朋友的情况和工作的事情。不知不觉中，已经聊了大半宿，他俩才停下来。

王墨躺在床上，却没有半点睡意，屋外刮起了寒风，从窗户缝里钻了进来，直逼他的脸，他把脸往被子里缩了缩，还是冷，他干脆把整个头都缩进了被子。细微的鼾声从王实那头传了过来，他已经睡着了，并且睡得很踏实。王墨就这样一直听着鼾声，直到大天亮。

早晨推开门，外面已是一片银白，飘洒的雪花漫天飞舞。叶子还是头一次亲眼见到下这么大的雪，她一下子冲进了雪地，寒风裹着她玲珑的身体，马上和雪花融为一体。她奔跑着，呼喊着，仿佛真的是一片叶子在银白的世界里飞舞。

王实看呆了，叶子喊他的时候他才反应过来。她让王实和王墨都到雪地里来，她要和他们打雪仗。王实和王墨相互看了一眼就跑进了雪地。小的时候他俩经常打雪仗，长大后就再也没有玩过，他俩仿佛一下子又回到了童年，抓起雪用手搓了又搓，然后用力地掷向对方。叶子也学着他俩的样子，抓起雪见谁近就把雪打向谁。雪地里不时传来银铃般的笑声。玩累了，他们才停下来。

王实好久没有这么放松过，一直紧锁的眉头慢慢舒展开了。

这个年过得很快，转眼到了正月初五，王墨和叶子要上班就走了，王实的眉头又开始紧锁着。

不知道什么时候，王实学会了喝酒，他经常一个人喝，喝醉了就睡，有时候还哭。王老汉看在眼里，急在心上，他是知道原因的，只好由着他。

王墨和叶子再回来的时候，王实看叶子的眼神总是躲躲闪闪的。吃饭时，王实也不和他们同桌吃，自己盛一碗饭，端着酒杯躲到角落里喝酒，醉了就睡上一下午。晚上睡觉时他说自己好打鼾，怕影响王墨休息，不和他睡一张床。

王墨瞅准机会对王实说："哥，喝酒伤身体，还是少喝点。"

"习惯了。"

王墨明显感到哥哥的话语少多了，看着他疲倦的脸庞，他有种说不出的心酸。

在家待了几天，王墨和叶子就回单位上班了。王实没有去送他们，他醉了，躺在床上呼呼大睡。

王墨和叶子决定结婚是在那个清晨。

“我俩结婚吧。”王墨说。

“好啊，明天就去见我父母吧。”叶子毫不犹豫地说。

叶子的家在南方，父母就只有她一个掌上明珠。坐了五六个小时的火车以后，才到叶子的家。叶子的父母在得知王墨的家庭情况以后，坚决反对他们的婚事。

王墨恳求他们，说自己一定会一辈子对叶子好，叶子的父母却一句话都听不进去。

叶子赌气地说：“不管你们答不答应，五一我就和他结婚。”

“那我们就不认你这个女儿了！”叶子的父母生气地说。

这场争论谁也没有说服说。看到王墨一脸失落，叶子心疼了。在家过了一个夜就走了。

火车驶离了车站，叶子看着远去的家乡，一阵悲伤涌上了心头，不知道何时才能回来。

“我们五一结婚吧。”叶子看着昏昏欲睡的王墨说。

“你的父母不同意，怎么结?”

“只要我同意就行啊。”

“你父母不给你户口簿拿不到结婚证。”

“现在啥年代了，我们先举行仪式，到时候我俩在一起了，他们不同意也没办法，然后我们再去登记。”

王墨的睡意一扫而光，车窗外呼啸而过的光秃秃的树木也变得有意思起来。他一动不动地看着叶子，叶子轻轻闭上眼，躺在他的肩上。他用双手紧紧搂着她，生怕她滑落下来。

五月一日，王老汉家张灯结彩，锣鼓喧天，人潮涌动。王墨和叶子穿梭在亲朋好友中间不停地敬酒。叶子今天喝了不少酒，走路都感到头重脚轻，全靠王墨搀扶着。此刻的王实却独自躲到无人的地方喝酒，等亲朋好友都散了才回来。摇摇晃晃的他刚走到墙角跟，就被王墨拦了下来。

“哥，今晚我陪你喝两杯。”

“行。”

你一杯我一杯，也不知道喝了多少杯。

“你醉了。”王墨摇晃着站起来说。

“我没醉，是你醉了。”王实也摇晃着站起来，用手指着王墨说。

“我没醉，是你醉了。”

“不，是你醉了。”

王实说完，想站起来走，可他的腿软的像橡皮泥一样，一站起来就倒下，然后又站起来，又倒下，嘴里还在不停地说：“我没醉，我没醉。”

王墨独自又端起满满一杯酒，仰头“咕嘟”一声全吞了下去。他的双眼发红，似乎要喷射出火来。王墨醉得不省人事，被王老汉扶进了屋。

第二天，天刚亮，叶子被窗外沥沥的雨声弄醒了，她想动一下，只觉得头都快要爆炸了，昨晚酒喝得太多，夜里发生了什么她都不知道。她忍住剧烈的头痛，连忙穿好衣服，然后才敢去看身边睡着的男人。当叶子看到睡在她身边的男人竟然是王实的时候，她一下子从床上跳了起来，一把推醒王实厉声问道：“你怎么会睡在这儿?”

“我……我也不知道。”王实揉了一下眼睛，一骨碌爬了起来。

叶子发了疯一样冲出了卧室，大声喊着：“王墨，王墨。”回答她的除了雨声还是雨声，她拨打他的手机，提示已关机。她返回卧室，质问王实，王实却什么也不知道。

叶子突然两眼一黑，就晕倒在地上。

等叶子醒来的时候，她发现自己躺在医院里，浑身软软的，仿佛刚从噩梦中醒来一般。病房里只有王实和王老汉守候在那里，看到叶子醒来后，他俩的手都不知道该放在什么地方。

叶子挣扎着坐起来，王实想去扶她，她板着脸说：“别碰我，你们都给我滚出去。”

话音刚落，只听“扑通”一声，王老汉跪在叶子的面前：“姑娘，都是我的错，现在已成了事实，你就嫁给我的大儿子吧！我一样会把你当我亲生姑娘对待的。”说完，两行泪顺着沟壑交错的脸颊淌了下来。

原来，当王老汉看到王墨醉得不省人事的时候，他突然想到王实，平时少言寡语的王实，又没有一技之长的他，什么时候才能娶到老婆，王墨在大城市里，他的条件比王实好，还会再找到一个比叶子更好的女人，可是王实就没有这样的机会。于是，他把王墨扶到了王实的房间里，然后又把王实推进了新房。

王墨第二天一大早醒来的时候，发现自己睡在王实的房间，他立即从床上爬了起来，去他的新房，当他走进新房的时候，看到王实睡在那里，他立刻转身出屋，拿起一根长长的木棒，就朝王实冲去。

就在这个时候，王老汉披着衣服，一把拽住王墨说："你要打就打我吧。"

王墨"咯噔"一下，就像电脑死机了一样。

"都是我一手做的。"王老汉突然一下子蹲在地上，头埋在双手之间，身体一起一伏不停地震颤着。

王墨马上反应过来，他又要冲进屋去，王老汉又一把拽住他说："你就打我吧，你就打我吧！"

王墨举起的手，又放了下来，他一把扔下木棍，转身气冲冲地跑了。

王老汉撵了出去，一边跑一边喊："王墨你给我回来，我有话要说。"

王墨像风一样，不一会儿就没了踪影，把王老汉远远地甩在身后。

王老汉蹲在地上，号啕大哭起来："作孽啊，作孽，都是我作孽啊……"

叶子只是一个劲儿地哭，至于王老汉说了什么做了什么，她一概不知道。她反复拨打同一个号码，每次提示都是你拨打的用户已关机。她的双眼死死盯着天花板，除了眼泪再也没有别的动静了。

叶子出院以后就到王墨上班的单位找他，主管告诉她，王墨早已离去，不知去向。

叶子自己的家她是不敢回，只有硬着头皮回到王墨的家，她还抱有一丝希望，说不定哪天王墨会突然出现在她的眼前。

叶子再次晕过去是在一个星期之后，她醒来的时候依然躺在医院里，也不见王墨的踪影，拨打他的电话依然关机。叶子从医生口中得知她晕倒是由于她怀孕了，她不敢相信自己的耳朵，当化验单出现在她眼前的时候，她疯狂地抓自己的头发，捶打自己的肚皮，她要打掉肚中的孩子。

王老汉再次跪下，求她把孩子留下来，叶子却不顾王老汉苦苦的哀求，毅然来到手术室。在她躺下的时刻，感觉到了一个小生命的存在，她“腾”的一下又坐了起来，不管怎么说也是一条生命，这个小生命是没有错的。叶子改变了想法，她要把孩子生下来。

王老汉的脸上似乎又挤出了一点笑脸，然而，还没等他的笑容完全露出来，叶子已经收拾好东西离开了这个家。王实怎么拦也没拦住，只有目送着叶子消失在村口。

王实从此喝酒比以前更厉害了，整天醉得一塌糊涂。王老汉是一声接着一声叹气，王墨也彻底与家人失去了一切联系。

日子一如既往地沿着既定的轨道前行，谷子黄了割，洋芋熟了挖，玉米老了掰。一晃五年过去了，叶子硬是独自把孩子带大了，孩子的模样就像从王墨的脸上一爪子扣了下来一样，当然也像王实，因为他俩是双胞胎。

叶子从没放弃过寻找王墨。那天正在看电视的叶子突然从电视上看到了王墨，是个地方台，王墨正在接受记者的采访，他已经是当地一家公司的董事长，是创业成功的年轻能手，他的成功引起了当地媒体的关注。叶子记住了王墨公司的名字，她把孩子安顿好，就去找王墨。

叶子很顺利地就找到了王墨的公司，她径直走向董事长办公室，却被一名小姐拦下，问她找谁，她不回答就硬往里面闯，小姐拦不住她，叶子就撞开了董事长办公室的门。

王墨看到叶子的那一刻，空气都停止了流动，叶子什么话也没有说，站在那里，眼泪哗哗地往下流。五年的委屈一下子涌了出来，这一刻，除了眼泪还是眼泪。生孩子的艰苦，带孩子的心酸，遭人唾弃的白眼……历历在目。其实叶子的眼泪早就流干了，现在却怎么也止不住，它就像决堤的河流，爆发的洪水，汹涌不断地往下流，似乎要把她冲垮，淹没。王墨扭向一边，肩膀在不停地抽搐，他没想到叶子会找到这里。

夜幕降临的时候，王墨和叶子坐在橘黄的灯光下，叶子说他狠心把她一个人扔下不管。王墨沉默不语。叶子说：“我要和你重来。”

“你和我哥哥已经睡在了一起，我不可能再接受你。”

“那都是你爹一手造成的，我和你哥哥什么也没发生。”

“可是，事实已经存在了，我怎么知道发没发生。”

“你不相信我的话，难道你不爱我了？”

“叶子，你听我说，我哥也十分喜欢你，他既然进了你的洞房，你就嫁给他。”

“亏你还说得出这种话。”

“那你要怎么样？”

“我们重新开始。”

“不可能，我有心仪的女人了。”

“你结婚了？”

“没。”

“我苦苦找了你五年，你却背着我又有了心仪的女人。我要向你爹讨回我的清白！”

王墨不语，面对曾经爱过的女人，他有千言万语，他的心在隐隐作痛，他想说什么，可又不知道该说些什么。

叶子拿出最后一个撒手锏：“你连孩子也不要了吗？”

“孩子？我什么时候有孩子了？”

“那次从我老家回来以后，我俩就住在一起，不是你的还是谁的？”

“孩子应该是我哥的，不可能是我的。”

一提到他哥，叶子越发气不打一处来，“你不信，就去做亲子鉴定。”

王墨犹豫了一下，他现在宁愿坚信孩子是他哥的，也不愿意去做亲子鉴定。叶子最后的砝码也失效了。她欲哭无泪，看着陌生的城市，似乎她的存在与这个世界无关。她站在这座陌生城市的大桥上，彩灯把江水染得五彩斑斓，她想跳下去，就在她这样想的时候，她似乎听到孩子喊“妈妈”的声音，她马上打消了这个念头。

叶子冷静之后，找到王墨说：“我和你举行了结婚仪式，虽然没有拿结婚证，但情理上就是你的妻子，你看着办吧。”

“我给你一笔钱，你就回去和我哥哥好好过日子吧。”

“你不要提起他，我也不需要你的钱！”

“那你到底想怎么样？”

“我要和你在一起。”

王墨不语了，自从他从家里跑了之后，一直没和家人联系过。他只身来到这个城市打拼，凭借他的聪明和吃苦耐劳，最终拥有了自己的公司。日子是一天一天好起来，他时刻想着叶子，多少个夜晚他都在泪水中醒来。然而，现实却打破了他的一切愿望。

王老汉和王实出现在王墨公司的时候，他着实吃了一惊，看到叶子也来了，他什么都明白了。王实看他的眼神就像在看一个生人一样，在外人眼里已无法把他俩当作双胞胎了。王老汉的脸上又增添了几道沟壑，一张黑而结实的皮挂在颧骨上。

王老汉看着王墨，一下子跪在他的面前：“我错了，你就答应叶子吧，算爹求你了。”

王墨转身不说话。这一切都是王老汉做的，王墨当初发誓不再认他这个爹。

王实也连忙跪下说：“哥也求你了。”

王墨没说话，他的肩膀在不停地抽搐着。

“爹一辈子没做错过什么事，唯一错的就是这件事。”王老汉低着头说。

“是我的错，哥求你了！”王实用一只粗糙的手不停地擦着眼睛。

王墨猛然回过身，泪像断了线的珠子一样涌了出来，咆哮着说：“你们都给我起来，现在不需要你们的假慈悲，当初你们在做什么？！”

王老汉仍然一动不动跪着，泪水流满了他脸上的沟壑，他哽咽着说：“王墨，都怪我，叶子是无辜的，你答应叶子的要求吧……”

王墨就像一头发怒的雄狮，顺手拿起一把椅子：“起来，都起来，再不起来我就要砸下来了。”

王老汉和王实还是一动不动，王墨拿起的椅子又放了下来。他一低头，正好看到父亲满头的白发，格外刺眼，刺得他的心在隐隐作痛。

他又想起那个夜晚，王老汉把他上大学的学费凑齐了，可他上大学的生活费还没着落，临走的那一夜，王老汉没回来，第二天清晨，他顶着满身的露水回来了。

王墨从王老汉手中接过还带着体温的一沓零钱的时候，他就下定决心，将来一定要让他过上好的生活。

王墨一想到这件事，就钻心地疼。王老汉是他的爹，哪有爹给儿子下跪的道理。王墨的心软了，他一边拉着王老汉和哥哥，一边说："你们都起来，我答应，我答应。"

王老汉用了很大的劲儿，借着王墨的左手才算站起来。

三个男人都站着，眼睛成了灯泡，一句话都没说，不一会儿他们就抱成了一团，心中所有的幸与不幸都在那一瞬间爆发出来，空荡荡的大厅里不时发出一阵阵低而沉的抽泣声。

王墨把叶子和孩子留了下来。

他本想把父亲也留下来的，可父亲舍不下他那几亩稻田，就回到了那个小山村。

王墨把王实安排到他公司上班，经常酗酒的他再也不沾酒了，一改多年沉默不语的习惯，笑容悄然爬上他的眉梢，和王墨有说不完的话，并且主动要求和他睡一张床。他们仿佛又回到了从前，一个睡那头，一个睡这头，你一句他一句天南地北地唠叨着，说着说着就没了音儿。

半个月之后，王实突然走了，他留下一封信给王墨。大致意思是，要王墨好好对待叶子，孩子就是王墨的，那晚他醉得是一塌糊涂，不省人事，什么也不知道，更别说做什么，如果王墨不相信的话，就去做亲子鉴定。他不习惯这里的生活，决定回到老家去，让王墨不要为他操心。最后再次强调要王墨好好照顾叶子和孩子。

王墨看着看着，眼泪滴落在信纸上，化作点点往事，一圈一圈荡漾开来。他这个时候才相信叶子所说的一切。

王墨当初说他有心仪的女人是编的假话，其实，他这么多年，一直没有再找其他的女人，他心里总放不下叶子，现在，他心中的那道坎没有了，他决定好好照顾叶子，和她重新开始。

然而，叶子就在这个时候，带着孩子悄悄消失在他的视线里。王墨立即四下寻找，几乎打遍了叶子所有亲戚朋友的电话，都不知道叶子的下落。

王墨直抓自己的头发，他当初留下叶子和孩子也只是暂时答应王老汉的要求，他在这段时间对叶子不冷不热，他知道她的性格，他这样的态度一定会让她知难而退的。

王墨的目的是达到了，可叶子却消失了。他发誓一定要找到叶子，不管她身在何方，也不管她原谅不原谅他，他要和她永远在一起，再也不分开。

第十八章　房前一座坟

王实回到了自己的家乡，回到了父亲的身边。他看到了家乡的南河像一面镜子躺在那里，洁净清雅、不媚俗、不嚣张，一直延伸到大山的尽头。它似乎是大山里的哲学家，因为它走得最踏实最沉重，穿过一座桥又穿过一座桥，跨过一块巨石又跨过一块巨石。

王实不甘心自己的落后状况，他摆地摊，卖服装，卖日用品。半年过去，日子依旧，不见好转。于是，他炸油条，蒸馒头，头顶黑夜睡，三更半夜起，终于，口袋鼓满，日子熬出了头。

王实重新盖了新房，也成了家，他的信心更足了。

镇上号召大家种植黄姜，王实率先响应，他把十几亩地都种上了黄姜，开始，大家都将信将疑，不敢大规模种植，如果弄砸，一年的粮食都没得吃，大家不敢冒险，只有王实留下两亩地种了粮食和蔬菜，其余的都种上了黄姜。

收获季节，王实大获全胜，足足赚了好几万元，其他人后悔不已。第二年，大家都开始大规模地种植黄姜，王实却一亩地也没种，他在田里种上了白杨树。人们对他的这种做法议论纷纷。

王实还办起了小卖部，办起了砖厂，钞票就像流水一样哗哗流进了他的腰包。

就在他大展宏图的时候，一个不幸的消息传来，这里要建电站，所有的村民都要搬走。

听到这个消息后，王实的第一反应是这个消息纯属造谣，他根本不相信，一定是别人眼红自己放出的谣言。

王实想去证实一下，正好黄支书也找他。他来到村委会，村委会是刚刚修建起来的新房子，白墙红瓦，水泥地面，门前竖一旗杆，一面褪了色的红旗迎风招展；几个花坛，光秃秃的；生了锈的健身器材孤零零地立在那里。

王实进了村委会大门，直接来到黄支书办公室，黄支书看到王实，满脸笑容地迎了过来：“今天真是个稀客啊，是哪阵风把你给吹来了，我正要找你，你就来了，快进来喝口水。”

话音落完，黄支书又是上烟，又是泡茶，王实从未见到黄支书这么热情过，他有些坐立不安，隐隐感到不妙。

王实想直接问黄支书，话到嘴边又缩了回去：“不知道黄支书找我有什么事？”

“也没别的大事。”黄支书停顿了一下，话锋一转，“是这样的，我们村委会现在领导班子不够，差一名村主任，你又是村里的致富能手，想请你担任村主任一职，领导大家一起致富，不知道你愿不愿意？”

王实面对这个突如其来的说法，他断定那个消息一定是真的，不是造谣的。

王实喝了一口茶，没有表态：“黄支书，我听说要在我们这里建电站，有这回事没有？”

“你的消息还挺灵通的，是有这么回事。县里已经开了大会，这个项目马上就要动工，涉及我们村里主要就是搬迁问题，你看我一个人实在是忙不过来，所以，我才想到请你。”黄支书猛吸了一口烟说。

谣言在这里得到了验证，王实大脑一片空白，“是不是所有人都得搬走？”他急切地问。

“是的，水电站建成蓄水后，这里都将成为一片汪洋，所以每一户都得搬。”黄支书十分肯定地说。

“我不当什么村主任，我得回去了。”王实说完，起身就走，空留黄支书半张着嘴，愣在那里。

王实回到家，围着砖房转了一圈又一圈，然后，一声不吭地坐在屋里，媳妇李静问他怎么啦，他还是一声不吭，坐了半晌，他又来到自家田地，看着一地的白杨树郁郁葱葱，根根直溜溜地往上蹿，再过个三五年，就能换回大把大把的钞票。

晚霞照在地上，黑黝黝的土地散发出馨香，王实捧起泥土，放在鼻尖闻了又闻。

之前，这里是一片黄土地，王实弄来柴渣，把地翻了又翻，然后烧起了土粪，一次两次三次……黄土就变成了黑土，庄稼就长得老高老高。一年到头，粮食就堆满了仓。

王实一整天都没说过一句话，李静觉得他今天古里古怪的："你发什么神经啊，好像我该了你老陈账似的。"

"你知道个啥，女人见识，我告诉你，这房子，这几块田，过几天都不是我们的了。"

"你没毛病吧？房子和田就是我们的，谁还会来抢去。"

"要建电站，我们都得搬走。"

"那该怎么办？"

"去去，别烦我了。"

李静一转身，进了厨房，一时间，锅碗瓢盆叮当响起来。

是夜，屋外黑漆漆的，蟋蟀一阵一阵地叫，王实心里毛躁火辣的，浑身长了刺一般。

该来的总是要来，那个不想来的日子还是来了。王实正在田里薅草的时候，黄支书来了，孙镇长来了。

"孙镇长是我们移民指挥部指挥长，今天来找你谈话，你有什么想法就提出来。"黄支书对王实说。

王实坐在那里像一座佛雕，一动也不动。孙镇长说："老王啊，你是我们村致富带头人，我听黄支书说你不愿意加入到村委领导班子中来，是不是对我们有什么看法啊？"

"看法倒没有，关键是让我一点儿思想准备都没有，再说，我能不能进村委领导班子，还得老百姓说了算。"

停了一下，王实接着说："孙镇长今天来有别的事吧？"

"是的，事情是这样的，我们要在这里建一座电站，涉及每一家农户的搬迁，我代表镇党委、政府，先来征求一下你们的意见。"孙镇长说完，拿出补偿标准，递给王实，“这个标准是根据上级有关文件统一制订的，如果觉得有什么意见就提出来，我们会根据具体情况来调整的。”

王实接过补偿标准逐项仔细看，过了半天他才说：“补偿标准有点低，最关键的是，我们是农民，如果我们没有了土地，以后将怎样生活？这个问题不解决好，我们的后半生就没有了保障。”

孙镇长拿出笔，认真地把他的意见记在笔记本上，“你说的这个问题很关键，我回去了一定做好汇报，到时候一定能给你们一个满意的答复。”

这个夜晚注定是个不眠之夜，王实辗转反侧，李静翻来覆去，怎么都无法面对这突如其来的变故，舍不得这个刚刚建好的家园。衣食无忧，是农民的最大心愿，王实现在过的就是这种生活，他怎能舍得搬走。

黄支书又来了，孙镇长也来了。凡是和王实有亲戚关系的行政工作人员，不论官大官小，都来做他的思想工作，因为全村的人们都在观望着他，只有做动了王实的思想工作，接下来其他人的思想工作都会迎刃而解。

王实的叔叔，一位老领导，找到他说：“建电站长远地看是为子孙后代造福，眼前来看是能为村民带来好处，会大大提高村民的收入，希望你能站在大局意识上，尽早搬迁。”

“那我以后的生活怎么办？”

“我向你保证，如果不给你解决好，你以后就住到我家里。”

有了老领导的保证，王实答应了。于是乎，推土机来了。它用有力的臂膀推向白墙红瓦的砖房，一阵白烟过后，房子转眼化为一片废墟。

就在推土机推倒房子的那一刻，王实看着用自己心血盖起来的房子，瞬间化为乌有，他再也无法忍受，他哭了，一个大男人就那样站在光天化日之下大哭了一场。

李静几次想上前阻止推土机作业，都被王实死死拽住，他哭是哭，但大的方向他还是知道的。

王实自己亲手栽下的白杨树也被砍了，那是栽种还没有几年的十几亩白杨树，直径都才 10 厘米，在一棵棵白杨树倒下的时候，他又哭了一场。

也许，这是这个男人一生中哭得最多的一次，房子拆了，白杨树砍了，小卖部没了，砖厂拉了，土地没有了……作为一个男人，一个撑家的顶梁柱，现在是一无所有，他能不哭吗?

大家见王实都搬迁了，其他村民也就陆陆续续搬走了。

然而，数日过去，相关赔偿还没到位。没房住他就到亲戚家凑合着住，这一住就是好几个月。没有挣钱的门路，就吃老本，几年下来，自己好不容易攒起来的积蓄也花光了。

实在没法，王实就找到为他担保的老领导，老领导又做了他的思想工作，他只好怏怏而归。

又等了数日，赔偿款还是没到位，王实背着被子，走上了上访之路，大家都跟着他，不解决问题誓不罢休。

他们的问题终于引起了重视，不久，所有的赔偿款都到位了，然而，王实房子的赔偿，小卖部的赔偿，砖厂的赔偿，树木和田地的赔偿，加起来也只够自己在镇上买一套房子。光有房子也不行，还得吃饭，他听说养蛋鸭能赚钱，于是就出去考察，投资办了个蛋鸭厂，结果是钱没赚到，还亏了4万多元。

万般无奈之下，他又干起了自己的老本行，在镇上租房子，贷款开办了一个小卖部，生活也能继续下去。

日子一天天过去，王实夫妇也老了，他们现在最担心的是失去了土地，没有了生活的基本条件，这以后的生活该怎么办。

王实失去了土地，失去了生活多年的家园。他们一下子从有到无，面临着生存的压力。他们失去了很多，得到的却很少。

就在这个节骨眼上，王实接到儿子王奎班主任老师的电话，说王奎已经好多天没上学了。王实立即到县城寻找，结果是在一家网吧找到他。就在那一年，王奎再也没去上学，高中没毕业就跟着王实学做生意。

闲暇时间，王实在房屋旁边，开垦了一片土地，一年又一年，一块荒山被他开垦了出来，有了土地，他的心稍微安稳了一些，日子又回到了从前。

可是，就在这个时刻，一条不幸的消息再次传来，这里有一条高速公路穿过。于是，他们又要搬家。

还是黄支书和孙镇长一行来到了王实的家。

孙镇长说："老王啊，实在不好意思，这里要修高速路，又要请你搬次家。你也知道，要想发展，交通是十分重要的条件，我们这里一条高速路都没有，这次我们积极争取，才有这个机会，还请老王能站在大局意识上，发扬你第一次的做法，带个头。"

"别给我戴高帽子，这次说什么我也不搬了！"王实态度很坚决。

"这次是这样，我们把房子统一给你们建好，你们只需要补个差价就可以搬进去住。"孙镇长耐心地做着工作。

"你们当官的就不能为我们百姓考虑考虑，之前搬迁，好多农民背井离乡，出去生活得不好，更重要的是恋着自己生活了十几年的家园，他们又回来了，住没地方住，田没有田种，你让我们怎么生活?"王实一提到搬迁，就十分气愤。

"老王，别生气，你说的这些问题，政府正在想办法解决，现在关键的是要你们先搬迁，高速路动工在即，我就拜托你们了。"孙镇长略带着哀求说。

王实不为之所动。

黄支书只好打了个圆场，"老王是一时还没想开，我们先走，等他自己好好想想吧。"

孙镇长见僵持着也不是办法，只好先离开。

他们走后，王实来到自己开垦的田地，玉米整齐地立在那里，上面挂着一两个包谷坨，发出成熟的馨香。

看着长势喜人的玉米，王实自言自语道：为什么偏偏让我遇上搬迁，一次不行，还要第二次，是不是还有第三次、第四次……

孙镇长再次来王实家的时候，王实说了一个条件，他可以搬迁，但那块他开垦出来的田归他种。孙镇长当场表态同意。

就这样，他们达成了协议，王实一家又搬进了统一规划建成的楼房。

这次搬迁，各种赔偿来得快，搬迁得也快，高速路不久就开工了。

在开工的那天，来了很多领导和记者，还举行了奠基仪式。随着噼里啪啦的鞭炮响，挖土机挖出了第一铲土，然后高高地举起，倒在一边。

王实看着自己才住了几年的房屋，在“轰隆”的倒塌声中化为乌有，他没有大哭，只是泪花在眼中闪动。他回头又看了一眼现在按照统一规划建起的楼房，他不知道今后的出路在哪里。

搬迁，对老百姓来说，是一个艰难的抉择，因为他们从中没有得到实惠，从眼前的利益来说，更没有什么利益可言；相反他们牺牲的利益更多，付出的更多。虽然他们也上过访，闹过事，但他们也是为了自己的基本生活在争取利益。也许他们不知道什么是大局利益，未来前景。他们纵然是在赔偿远远达不到自己要求的时候还是默许了，有的背井离乡，有的负债建房，这些其实就是顾全大局，舍小家建大家。要说谁是可爱的人，他们就是最可爱的人。

在那个阴沉的早上，病了多日的王实把儿子王奎喊了进来，“儿子，你也大了，爹没能力给你留下什么遗产，你也没读到多少书，我看样子也是快不行了，我走后，你要好好照顾你妈，把小卖部经营好。”

“爹，你别说这种晦气的话，你没事的。”王奎似乎长大了，说话像个大人。

“爹只有一个愿望，这一生中，总没有过一个安稳日子，我死后，你把我葬在我开出来的田里，让我在另外一个世界里过个安稳日子。”

王奎含着泪点了点头。

王实不久就走了，他带着些许遗憾走了。王奎按照他的遗愿把他葬在那块田地里。

地里的庄稼疯狂地长，王奎一边经营着小卖部，一边侍弄那块地。

十多年过去了，王奎也长成了一个大人，日子也好过多了。村容村貌也发生了翻天覆地的变化。

这天，王奎正在地里侍弄庄稼，一行十多人就到了他的地头。

一个身着西服、皮鞋锃亮的年轻人走到他跟前说：“你是王奎吗？”

王奎回答道：“我是的，找我有事吗？”

“是这样的，你这块地被我们天泰房地产公司买下了，我们是来和你商量赔偿问题的。”那个年轻人说完，向王奎介绍了他们的总经理马放。

马放个子不高，脸上长着横肉，不苟言笑。

王奎说：“这块地是我爹生前开垦出来的，我爹就葬在田中间，他说过他死后要过个安稳日子，我不能违背他的遗愿，所以，这块地我不卖！”

马放说：“小伙子，我们给的赔偿很高的，再说，这块地不是你私人的，镇上已经同意卖给我们做房地产开发了。”说完，他拿出了相关合同和证明。

王奎愣住了，但他不管什么证明和合同，他坚持一条就是不卖。

马放一行人没办法，只好打道回府。

老黄支书和孙镇长又来了，给王奎讲清了道理，说这块地不属于他私人的，是国家的，现在政府要把这块地收回来，给他赔偿是看着他爹开垦这块地不容易，再者说田里还长着庄稼，也算是青苗费赔偿。

王奎还是不答应。

孙镇长走了，留下老黄支书一个人，黄支书说：“王奎，我是看着你长大的，现在政府同意把这块地卖给房地产公司，胳膊是拗不过大腿的，现在答应还能弄点赔偿，如果硬拗着，他们就要来硬的，到时候吃亏就划不来了。”

王奎想想也是，“那我该怎么做？”

黄支书说：“你就答应他们，不过在答应之前把赔偿要求提高点。”

“那好吧。”王奎勉强答应了。

第二天一大早，马放就来到了王奎家，问他有什么要求没，他就按照黄支书的意思把赔偿要求提高了，还说他爹的坟不能动。

马放犹豫了片刻，答应了他所有的要求，然后，双方就签订了合同。

早上还是一地绿油油的庄稼，到下午就成了一片狼藉。

推土机、挖土机开始作业，王奎不放心他爹的坟，就跑过来看，他爹的坟没动，孤零零堆在那里。

马放的公司日夜不停，半年之后，一栋十多层的高楼拔地而起，漂亮的外观，闪烁的彩灯。唯一与楼房不协调的是房前有座坟。

许多客户都来参观，已提前预订的，看到房前有座坟，都纷纷退订了。

马放这下着了急，急忙找王奎商量，出大价钱，想让王奎把坟墓迁走。王奎告诉他说，他们这样做就是在挖他的祖坟，他是不会答应的。

马放没辙，找人商量，有人说来硬的，强行迁走，马放觉得不妥。

过了几天，马放又来找王奎，如果他不答应的话他们将用铲车把坟铲了。

王奎一听，血色顿涌，咆哮着说他敢这样做，他就会让他们的房子一间都卖不出去。

马放也来了火，态度很坚硬地说，给王奎三天期限，如果还不迁走，就要铲平。

丢下这句话，马放气冲冲地走了。

王奎觉得马放这次是要动真格的，他连忙收拾了一下，在他爹的坟墓旁临时搭建了一个窝棚，他就整天整夜在那儿守着，寸步不离，吃饭都是由他母亲李静送来的。

马放没想到他会来这么一招，眼看着顾客都走了，他急得团团转。

马放召集公司人员开会，让他们想办法。有的说来硬的，有的说再加钱，有的说让公安来解决。

马放觉得这些都不是好办法，万一出了人命，就更不好做工作了。

思来想去，他还是请了一辆铲车。当铲车冒着黑烟强行要铲除王奎父亲坟墓的时候，王奎立马躺在坟前，指着铲车，双眼外涨，充满血丝，咆哮着说，“朝我身上来吧，”说着，用手指指自己的身体，“来啊，快铲啊。”

铲车不动了，王奎站起来，越发怒发冲冠，谁敢铲，这里就将是谁的坟墓。

铲车只有调头开走了。王奎又进了自己的窝棚，大声喊道：“想来硬的，没门!”

马放坐在办公室里，正一筹莫展的时候，他的助手说有办法。他说把王奎调入公司上班，并送他一套房子，问题就能解决。

马放连忙摇头说不行，王奎这样的硬骨头怎么可能进公司。

助手又如此这般地说了，马放一拍桌子说：“好主意，好主意。”

马放亲自来到王奎的窝棚，点了一支烟说："王奎，是这样，我们公司现在要成立一个拆迁小队，想请你到我们公司上班，并担任该队的队长。你看怎么样？"

王奎看了看马放，又看了一眼马放的助手："你们不就是想让我答应你们把坟墓迁走吗？我是不会上你们的当的！"

马放耐心地说："你到我们公司后，就是我们公司的正式职工，工资和保险都有了，以后你也不用去种田，老了也无后顾之忧，只要成了我们公司的职工，我就把这里的房子送你一套。"

王奎喝水的手抖动了几下，"你所说的不是骗人的吧？"

"我们签订有合同，怎么会骗人？"马放说完，就把合同拿了出来。

王奎颤巍巍地接过合同，从头到尾读了一遍，问："你们不会这么容易就让我进公司吧？"

"我们的条件就是把你父亲这座坟迁走。"马放说。

王奎说让他和母亲商量一下，明天给他答复。

马放和助手相视会意一笑，走了。

第二天，马放又来见王奎，王奎很爽快就答应了，于是，双方签订了合同，王奎摇身一变成了拆迁小队的队长。

穿上那身制服，王奎觉得身价一下子提高了，走路的步子也迈得大了，胸也挺了，头也抬高了。

夜里，王奎跪在他父亲坟旁："爹，生前没让你安生，死后又没让你安生，这是做儿子的不孝啊。"

李静也来了，她站在丈夫的坟前说："孩子他爹，你也别怪儿子，你放心，虽然你迁走了，但儿子有了工作，我们还能住上新房，这一切都是你给带来了，如果你生前不开这片土地，死后不葬在这里，我们什么也得不到，这一切的一切还是你给我们带来的。"

王奎和李静的眼睛都有泪花在闪动，之后，他们一起动手把坟墓给迁走了。

马放的心头病去除了，房子陆陆续续卖了出去。

王奎和他母亲李静也搬进了新房。

马放又在另外一个地方买下一块地皮，准备再盖一栋商品房。

涉及十几户农民搬迁，马放上门做工作，按他们的要求给了赔偿，别人都答应了，只有一位老大爷说什么也不答应。

王奎就被派上了用场，马放让他去做工作，要想办法让老大爷搬走。

王奎带着几个人，来到了老大爷家，他直截了当地说："大爷，我是拆迁队的王队长，找你就是关于拆迁的事情。"

"你们别找我，不管你们说什么我也不搬迁！"老大爷一口咬定地说。

"这块地已经被我们公司买下了，你搬也得搬，不搬也得搬。"王奎放出了狠话。

"我就是不搬，我一个老家伙你能把我怎么样?!"老大爷毫不示弱。

"那可就别怪我不客气了。今天给你最后一天时间，我明天再来。"王奎说完，一挥手带着手下走了。

第二天一大早，王奎带着手下又来了，见老大爷还没搬，就指使手下进屋强拆。

老大爷见状，连忙上前阻拦，王奎一步冲上去，把老大爷拉出门外说："难道你比我还狠，我是有名的钉子户，你狠得过我?!"

老大爷是什么也听不进去，硬要往里闯，王奎抬起腿，一脚踢在老大爷的屁股上，老大爷一跟头栽在地上，他浑浊的眼睛，射出恼恨的光芒。

老大爷爬起来，继续要往里闯，王奎又是一脚踢在老大爷的腰上，老大爷回过头，依然射出恼恨的目光。

老大爷想站起来，可怎么也站不起来了，他就趴在地上，慢慢往里爬，王奎没想到老大爷硬是这么顽固，一时怒火中烧，他又向老大爷狠狠地踢了一脚，老大爷慢慢回过头，还是恼恨的目光，然后就慢慢躺在地上，一动不动。

王奎连忙上前，用手在老大爷的鼻前一试，老大爷没气了。王奎这下慌了神，"快救人，老大爷不行了！"

听到呼叫，王奎手下的人才停止扒房子，连忙把老大爷送往医院，可这一切都晚了，老大爷带着恼恨离开了这个世界。

马放见出了人命，马上报了警。王奎被警察带走了。

当警车消失在山村的那头的时候，马放和他的助手脸上都露出了得意的笑容。

李静站在路边，突然发出撕心裂肺地喊叫："儿啊，你让老娘一个人可怎么活啊!"

送给王奎的房子被天泰公司收了回来，李静又回到了原来的住房，公司的拆迁队也解散了。

第十九章　爱上你不是我的错

王墨寻找了很久，终于找到了叶子。而他们的儿子王浩已经上了大学。王墨用自己的行动终于感动了叶子，叶子原谅了他，他们终于成了一家人。王墨听说自己的侄儿王奎被抓的事情后，他就告诫王浩要好好读书，一定要为他们争光。王浩满口答应。王墨和叶子露出了欣慰的笑容。

又到了上学的时间，王浩早早来到了学校，开学第一天的第一节课是古汉语课，也是王浩十分喜欢的课程。

玲子老师来给他们上古汉语课的时候，王浩就惊呆了。开课前教室里没有一人说话，大家都在静候着老师的到来。王浩猜想教古代汉语的老师首先肯定是一个男的，然后一定是一个老头。

王浩正这样想时，从教室外面来了一位身着菊花裙的年轻女教师，她就像一朵云一样飘了进来。然后，她在黑板上写下两个大大的字——林玲，说："我叫林玲，你们以后就叫我玲子老师，我将和你们一起共同学习古代汉语。"

她的话刚说完，下面就响起了热烈的掌声，别人的掌声停了之后他才想起了，王浩连忙用力地拍，孤单的掌声在安静的教室里显得特别响亮。

王浩突然发现有很多双眼睛在看他，才意识到该停下来了，他的脸红了起来，是通红的那种。他的手也是通红的，那是用力的结果。

玲子老师的脸上始终挂着灿烂的笑容，是主持人董卿的那种笑容。她的眉毛弯弯的，像细细的柳叶儿，显然是用心修过，一笑起来，眼睛就像一弯浅月。

看到她穿的那条菊花裙以后，王浩的脸更红了。那是一条薄如蝉翼的裙子，恰到好处地勾勒出了她的身材，胸前骄傲的挺立着两座小山峰，修长的两腿直晃他的眼，王浩突然有了一种想抱她的愿望。至于她在说什么他一句也没听进去。

课后，王浩为他的那种想法感到无地自容，他甚至有了一种罪恶感：我怎么能有那种想法呢，她怎么能是谁想抱就能抱的呢！王浩下定决心，再上她的课时，他一定用心听，不能再有那种想法了。

玲子老师一周才给他们上一节课，更多的时候是见不到她的，王浩是那么急切盼望着下一周古代汉语课的到来。

秋日的午后，空气凝固不动，王浩独自来到寝室后面的小河边，河水不急，清澈见底，河岸两边柳树成荫，闻着不知名的花香，呼吸顺畅多了。

王浩顺着河岸慢慢前行，不远处，他突然看到了飘摇的菊花裙，他飞快地跑过去，却不是玲子老师，王浩垂下了头，放慢了速度，踢着一根树枝往学校走去。

玲子老师再次给他们上课的时候，是在一周之后，她依然穿着一条裙子，不过这次不是菊花裙，而是一条紫色的长裙，王浩的心不自觉地发慌起来，胳肢窝里甚至已经开始流汗了。

王浩警告自已，一定不要分心，要认真听课。他没敢抬头看玲子老师，他就那样埋着头，一边听着，一边做着笔记。

玲子老师的声音就如同百灵鸟一样，婉转悠扬，王浩竖着耳朵，生怕漏掉了一个字。一节课下来，他记了满满好几页。

下课的时候，王浩才抬起头看了她一眼，这一看不打紧，想抱她的念头又出现了，他的脸“唰”的一下又红了。罪恶感再次浸遍了他的全身，他愣在那里，以至于别人喊他，他都没听见。

王浩一直以来都不善于和女生交往，见到女人脸就红，更没有过亲近她们的想法。不知道为什么，自从见到了玲子老师之后，他竟然有了想抱她的想法，这种想法一直纠缠着王浩，他越是想甩掉这种想法，它却越占据了他的整个大脑，经常辗转难眠，白天上课的时候头昏眼花，学习成绩一落万丈。

王浩这种想法，对别人难于启齿，只好一个人默默承受。时间一长，他感到越来越苦恼，越来越孤单。

秋天的夜晚，星稀月明，在如水的月光下，他一个人静静地游走在小河边，除了小河欢畅的流水声外，再也没有别的声音了，这儿应该是一个宁静的地方。

王浩想找个宁静的地方，理一理紊乱的头绪，一想到父母，他就警告自己，不能再有那种想法，要好好学习，把落下的成绩补起来。

望着高远的星空，王浩的心仿佛安静了下来，属于他的天空是那么大，那么高，他应该去追寻更远大的东西。

说是宁静的地方，其实还有许多的声响，一个人只要心静了，不管在什么地方，永远都是宁静的。

王浩慢慢往回走的时候，他忽然听到了哀伤的琴声，忧郁得让人伤感的琴声从校园教师宿舍的尽头游丝般飘散过来，他忽然觉得空中的圆月变得清凉而令人发冷。

王浩生怕破坏了他刚刚宁静的心，他迅速回到了寝室，这一晚他枕着月色入眠。

有一天，玲子老师突然派人喊王浩到她办公室去一趟，他的心“扑通扑通”跳个不停。他以最快的速度来到她的办公室，她穿着洁白的裙子，把她衬托得越发白净，俨然就是白雪公主一个。那种想抱她的感觉又一次来临，玲子老师喊了他几遍才反应过来，王浩为自己的失态窘迫不已。

玲子老师说：“王浩，你的古文功底蛮好的，学得也认真，特别是你的作业写得很工整，希望继续努力。下节课我准备给你们讲讲《诗经》，你帮我把《蒹葭》抄在黑板上吧。”

王浩当然求之不得，立马答应下来。

王浩来到教室，拿起粉笔，一笔一画地把《蒹葭》抄在黑板上，他生怕哪个字没写好，总是写了擦，擦了写，一直到自己满意为止。

玲子老师拿着课本走进了教室，她看着黑板上工工整整的诗句，脸上的笑容越发灿烂。当然，玲子老师的脸上一直都有灿烂的笑容，只不过王浩觉得越发灿烂罢了。

玲子老师甜美的声音开始回荡在教室里：“蒹葭苍苍，白露为霜。所谓伊人，在水一方。溯洄从之，道阻且长。溯游从之，宛在水中央。蒹葭萋萋，白露未晞。所谓伊人，在水之湄。溯洄从之，道阻且跻。溯游从之，宛在水中坻。蒹葭采采，白露未已。所谓伊人，在水之涘。溯洄从之，道阻且右。溯游从之，宛在水中沚。”

玲子老师朗读得很投入，她的白裙子加上飘逸的秀发，王浩觉得诗中的伊人简直就是她。

从诗中，从玲子老师的口中，王浩知道了美妙的爱情，他在心中开始向往那样的爱情。

一个学期下来，王浩各方面表现都很优秀，被选为学生会主席。

王浩当上主席后，正好赶上国庆节。为了迎接这个节日，他准备举办一次书法大赛。

这是他上任以来，举办的第一次活动，为把这次活动办好，他和学生会副主席南熙经常在一起研究方案，商讨各个环节，久而久之，他和南熙就熟悉起来。

书法大赛在南熙的精心组织下顺利开展，最终大功告成。他对她的组织才能佩服不已。

活动结束的第二天，南熙站在自己参赛的书法作品面前，很不满意地嘟哝了一句：“才给我评了一个二等奖，我的水平有那么臭吗?”

这话恰巧被路过的王浩听见了，他笑了笑说：“柳体不像柳体，颜体不像颜体，飘摇不定，能评个二等奖就不错了。”

南熙一听，气得够呛：“你不要以为你是学生会主席，平时争论我都让着你！今天你当面这样说我，我可不饶你，你要是有本事就也写出来让我们大家都评评。”

王浩没答话，继续欣赏别的作品。

南熙更加恼恨，硬是把王浩拖回学生会办公室，逼着他要么当着大家的面跟她赔礼道歉，要么证明他写的比她好，否则绝不放过他。大家一听，顿时来了兴趣，起哄说让王浩直接请客吃饭算了，得罪了校花可不是好玩的。

王浩把手一挥说：“大丈夫绝不奴颜谄媚，谁怕谁啊！”说完，他提笔就写了一句诗："米拉波桥下塞纳河滚滚的流，我们的爱情一去不回头。"当第一个字写出来的时候，南熙已经感觉到不妙。

王浩的字确实比她写得好，南熙羞得满脸通红，更顾不得看他写的是什么内容了。

她连忙对大家说："今天我请大家吃饭吧，算我给王浩赔不是。"

没想到大家哄笑着说："我们不当五百瓦的灯泡，不打扰你和王主席谈爱情了。"

南熙莫名其妙，正在她发愣的时候，一个女生悄悄对南熙说："你看看王浩写的是什么？你们是不是偷偷谈恋爱了？"

其实，王浩写的是法国诗人的一句情诗，他是想和南熙开个玩笑，没想到别人当成真了。

南熙完全蒙了，这从何谈起？南熙瞪着王浩，他却装着一副被冤枉的可怜相。

南熙觉得很别扭，她问王浩："你这到底是什么意思？"

"没意思啊。"王浩故意逗了她一句。

"讨厌！"她丢下这句话就走了。

自从情诗事件之后，他俩很少单独见面。

玲子老师给他们讲《关雎》的时候，仍然是王浩一笔一画地抄写在黑板上的。

玲子老师这次没有穿裙子，她的脸上依然挂着笑容，但王浩觉得没有以前笑得灿烂了。

王浩隐隐约约感觉到有什么地方不对劲，她平时是那么爱穿裙子，今天为什么不穿了，难道是天气冷了吗？不，天气闷热，他们都还穿着短袖呢。不过她穿不穿裙子，他都觉得是那么好看。

她的声音又回荡在教室里："关关雎鸠，在河之洲。窈窕淑女，君子好逑。参差荇菜，左右流之。窈窕淑女，寤寐求之。求之不得，寤寐思服。悠哉悠哉，辗转反侧。参差荇菜，左右采之。窈窕淑女，琴瑟友之。参差荇菜，左右芼之。窈窕淑女，钟鼓乐之。"

王浩明显感到玲子老师的声音有些嘶哑，还察觉到她有一丝忧伤。

玲子老师把自己完全沉浸在诗中，等她读完的时候，王浩似乎看到了她的眼中有晶莹的东西在闪烁。

王浩想抱她的感觉又开始在心中涌动，他尽力不让自己去想，他告诉自己那是不道德的，她是他的老师，而且还是有家室的人。

王浩觉得自己就是一个小人，一个龌龊的男人。但这次的想法越发激烈，他无法控制那种想法，他不知道自己怎么就变成了这样的一个人。

这种想法时刻折磨着王浩，让他睡不好觉，吃不下饭，成绩又开始滑落，整个人消瘦了一大圈。

王浩开始写诗，把自己的苦闷写了出来，不安和焦躁似乎暂时得到了缓解。

那个夕阳西斜的傍晚，王浩独自一人来到小河边，看到成双成对的情侣挽着胳膊，享受着夕阳带给他们的温暖与幸福，他突然做出了一个胆大的决定。

王浩来到南熙的宿舍，把她喊了出来。南熙见他慌里慌张的，问他有什么事，他说想让她陪他去小河边走走。南熙看着一脸真诚的他，她答应了。

小河的水波澜不惊地缓缓流着，人影开始变得模糊起来。王浩和南熙东一句西一句随便聊着。

夜色慢慢降临，看看时间不早了。王浩鼓足勇气对她说："南熙，有时候我觉得我俩很相像，都喜欢书法、文学，也都有远大的理想。不知道，你愿不愿意冒险试一下，和我一起往前闯?"南熙没想到他会这么对她说，她一下子呆住了。

过了半天，南熙才说："你让我好好想一想。"

王浩有些尴尬地笑着说："好啊，我等着。"

王浩之所以要对南熙说这番话，他是有目的的，最关键是想把他对玲子老师的那种想法从此打住。

王浩没想到他会这么自私，如果南熙知道了他的真实想法，他想她一定会头也不回地离开，还会把他臭骂一顿。

南熙先回到了寝室，王浩一个人还在河边转悠。一阵风刮来，他似乎感到了凉意，该回宿舍了，他加快步伐往校园走去。

王浩刚走进校园，以前听到的那种忧伤哀怨的琴声又响起了。他终于抑制不住好奇心来到了教师宿舍楼的尽头，搜索琴声的来源。

沐在夜色中的教师宿舍楼透出点点灯光，楼前的柳枝摇曳生姿。只见二楼的窗户开着，橘黄温柔的灯光从窗户里偷偷溜了出来，映在柳枝上，柳枝闻琴声而动，时而舒缓时而忧伤。

王浩沉浸在琴声和舞蹈中，像一根电线杆立在那里。也不知道过了多久，琴声戛然而止，等他回过神来的时候，整个教师宿舍楼已没有了灯光，完全消失在夜色中。

到底是谁弹的琴，他或者她有什么不愉快的事吗？这些王浩都一无所知，他有些失落地回到了寝室。

几天后的一个夜晚，南熙主动邀请王浩到河边走走，他激动得简直无法言说。

微风轻吹，柳枝慢舞。南熙的秀发飘飘洒洒，她告诉他说，她曾经痴痴地喜欢了一个男孩，后来发现他是个花花公子，可她还是无条件喜欢他，这件事情已经是众所周知，更要命的是那个男生就住在王浩寝室的隔壁，他肯定会把一些八卦传到王浩的耳朵里，所以她犹豫了。

王浩听后忍不住笑了，说："你简直不是一般的傻，那件事我早就知道了，谁叫你是校花，还有就是谁都花痴过，谁都年少无知过，何必耿耿于怀！"南熙听后高兴地挽起他的胳膊。

王浩从没这么近的接触过异性，他的心都快要跳了出来。南熙身上特有的清香味，钻进了他的心肺，一股异样的感觉漫布了全身。

晚上回到寝室他怎么也无法入睡，兴奋抑或惆怅，也许这两种都有，因为他的脑子里一会儿是南熙，一会儿是玲子老师。

王浩为自己的这种行为深恶痛疾，可又无法阻挡。

双休日是个绝好的晴天，几朵悠闲的白云从空中游过。王浩与南熙相约出去爬山。

他们准备了零食和水，从校园出发了。

他们首先爬到一座山顶，一阵微风拂过，暖暖的。虽然都出了汗，但他们没有停歇的意思，相互鼓励着继续攀爬。

他们翻过了一座又一座小山，离学校、市区已经很远了，听不到半点嘈杂的声音，心中的浮躁也随之远去。

王浩觉得人更多的时候要融入大自然，洗去心中的尘埃，除掉心中的妄想，留下平常的心。

当他们来到山顶的时候，眼前的景象让他和南熙欣喜不已，因为这些小山太秀气了，挡不住视线的，山与山之间似连未连，似断未断，一切尽收眼底。对面的山坡上，长满了密密麻麻的枣树，远远望去红红的一片，不掺半点杂质。他们惊诧于自然，在大山深处竟然造出了如此美妙的画景。

王浩和南熙不约而同朝那片枣树奔去。枣树上的叶子早已落净，枝头上挂满了一个个长长的枣子，枣子在阳光的照耀下泛着红，着实诱人。

绿叶一开始就陪衬红花，等果子成熟了它却落下了，这种精神不知不觉中感动了他，他在心里对自己说，他也要做这样的人。

在枣树林里，南熙像一只蝴蝶一会儿飞到这儿，一会儿飞到那儿，不时摘下几个又红又大的枣子塞进他的嘴里，闻着一股股沁人心脾的枣香，还有一只蝴蝶在王浩眼前飘来飘去，他顿感有一种眩晕，他使劲稳了稳脚，努力睁了睁眼，才回过神来。

王浩感谢大自然的恩赐，收获了很多的枣子。带着收获的果实，他们找到一个平坦的地方，尽情享受着采摘的枣子。王浩第一次吻了南熙，这也是他第一次零距离接触一个女人，心中荡起一股甜甜的味道。

枣子吃完了，阳光也跑了。他们坐起来，拍拍身上留下的余香，抖抖发上的秋叶，依偎着向学校走去。

回来后，王浩的感触颇多，心中一直纠结的那种想法似乎暂时被遗忘了。

好景不长，当玲子老师再给他们上课的时候，王浩发现她忧郁多了，笑容不再是那么灿烂，声音不再是那么甜美。双眼有些红肿，更让他吃惊的是，在不经意间，他看到玲子老师手臂上有一紫色的伤疤。他的心像被针尖刺了一下。

一种不祥的预感出现在王浩的脑海里，她是不是受了什么委屈？

这一节课她讲的是什么，王浩一点儿都没有听进去，在她转身离开教室的一刹那，想抱她的想法又出现了。

当然，这次想抱她的原因又多了一层，他想知道她忧郁和受伤的原因，想去安慰她。

王浩决定弄个水落石出。他告诉南熙，这段时间他要复习功课，不能和她见面了。南熙善解人意地答应了他。

王浩腾出了更多的时间去打听玲子老师，一连好几天下来，也没有打探到任何消息。

王浩的心情一下子降到了零度，他无法入睡，就顺着静静的小河一遍又一遍来回走着。忧郁而幽怨的琴声再一次传进他的耳朵，琴声显得寂寞而凄凉如水。

王浩不知道琴声为什么总是忧郁伤感的，难道是那个人感情遇挫了吗？他决定再去看看。

月光朦胧，柳叶沙沙。王浩又一次来到教师宿舍楼的尽头，站在楼下，琴声依然是从二楼传出来的，橘黄的灯光依然从窗户里飘了出来。伤感的琴声时而急促，时而低沉。他像一根电线杆那样立在那里。琴声也把他带进了一个伤感的世界，就在这个世界里，他仿佛看到了玲子老师那双忧郁的眼睛，还有那一块紫色的伤疤。

琴声不知道在什么时候停止了，一个熟悉的身影出现在窗口，她正准备把打开的窗户关上，却突然凝固在那里一动不动了，只有那一头秀发随着微风飘动，还有飘动的、洁白的睡衣，简直就是活脱脱的一个天使。

王浩呆住了，怎么会是玲子老师呢？

玲子老师显然也发现了他，她犹豫了一下，毅然把窗户慢慢关上，她的身影映在窗户上，半天才离去。

月色不再那么美丽，风是冰凉冰凉的，王浩惆怅地离去。

玲子老师第二天来给他们上课的时候，王浩发现她明显苍老了许多，只不过她的笑容依旧，粗心的人是很难发现的。而且他发现她的胳膊上又增添了新疤，他的心随之一沉，那种想抱她的感觉又来了，他怎么驱赶也赶不走。他甚至想到了他和南熙的初吻，但也无法赶走这个龌龊的想法。

一连有好几天没有见到南熙了，王浩心里有些愧疚。还是南熙主动约了他，他们来到小河边，在一个无人的地方，南熙紧紧抱住了他，他分明能感觉到她的呼吸急促起来，还有柔软的带着青春气息的嘴唇慢慢地向他靠近。他迎了上去，并把南熙紧紧抱在怀里。就在唇与唇的交会中，他脑子里出现的却是玲子老师，他抱的仿佛也是玲子老师。

南熙的身体慢慢软了下来，他才从梦幻中醒过来。看到南熙娇柔地躺在他的怀里，王浩有了某种负罪感，他对不起南熙，他却不知该怎么对南熙说。

自从王浩知道忧郁哀伤的琴声是玲子老师弹奏的时候开始，他每晚都会来到她的楼下，有时候听到的是琴声，有时候听到的却是吵闹声，甚至是家具的碰撞声，他隐隐约约明白了什么。

王浩开始对玲子老师不放心起来，每次等着她把灯关了，屋里没有任何声响了，他才回到寝室。

秋天说来就来了，秋风一阵一阵的。王浩依然每个夜晚都来到玲子老师的楼下，静静地立在那里，像电线杆一样。

王浩不知道他在等待什么，是琴声？不是；是吵闹声？不是。

自从天气变冷以后，玲子老师的窗户再也没有开过，但王浩能从窗户上看到她的身影。

那天，不知怎么就下起了雨，打在脸上冰凉冰凉的。玲子老师的窗户突然打开了，她探出半个身子往楼下看，她的目光定格在王浩的身上，足足有五分钟，他仰着头，一动没动。玲子老师转身把窗户关上，过了一会儿又把窗户打开，然后又关上。反复了好几次，他犹豫着是否离开。

正当王浩要离开的时候，他听到了开门声，然后就是一阵咚咚的下楼声，玲子老师拿着一把伞向他走了过来，他本能地想躲起来，玲子老师喊住了他："王浩，这么晚了在这儿做什么呢？"

王浩吞吞吐吐半天才说："玲子老师，我……我……我睡不着。"

"睡不着啊，那你陪我到小河边走走。"玲子老师说。

王浩接过玲子老师递过来的伞，一人一把打着往那条小河走去。

玲子老师说了一些鼓励他的话，让他用功学习，平时多写点文章，无非就是学习上的事情，无关痛痒的。

王浩和玲子老师隔得很近，成熟女人的芳香，让他再次有了那种想抱她的想法。

这种想法让王浩的心跳加速，在那种急切愿望到来的时刻，在眼前马上就能实现的时候，他却不能有任何动作，他必须压抑，再压抑，这是多么痛苦的时刻。

玲子老师转移了话题，问王浩为什么要站在楼下。他准备编一个谎言搪塞过去的，但他实在是放心不下玲子老师。他试探着问："玲子老师，你弹奏的琴声为什么那么忧伤啊？"

玲子老师哀叹了一声说："我们成人之间的事情你不明白，也许等你成家以后就知道了。"

"我现在已经是成人了，你不要瞒我了，你一定要告诉我。"

"都是家里的一些琐事，对你说了也没用。"

"我很关心你，我想知道。"

"我知道你很关心我，你每晚都站在我的楼下，这些我都知道。我今天来就是要告诉你，以后你要把心思都用到学习上去，不要分心，更不能对我有任何非分的想法。"

"玲子老师，我也不知道为什么会对你那样，只要看到你亮着灯，我就放心不下，每次只有等到你关了灯，我才会安心走开。我想知道你到底发生了什么事。"

"我告诉你吧，我和我的丈夫感情不和。他经常夜不归宿，偶尔回来一次，一回来就找理由对我发脾气，我实在气不过就和他吵，就会摔东西。"

"你身上的疤又是怎么回事？"

“都是他摔东西打的。”

玲子老师的眼睛里有东西在闪烁，王浩的心再次有了被针刺的感觉。

王浩连忙说：“玲子老师，对不起，我不该提起你伤心的事。”

“没事的，我只是希望你别分心，要好好对待南熙。”玲子老师认真地说。

没想到他和南熙的事情她也知道，王浩立即说：“我和南熙只是好朋友，我希望老师能好起来。”

玲子老师笑了，她说：“谢谢你的关心，以后别在楼下站着就是了。”

在离开的时候，王浩回头看了一下那条小河，河水依然缓缓地流着，不知疲倦地没日没夜前行着。王浩也想做这样的一条河流，坚定而一如既往地向前。

躺在床上，王浩满脑子出现的都是玲子老师挨打的场面，他越想越心疼，就这样耗了半夜才入睡。

这一段时间，王浩特能写诗了，一个星期下来能写好几首。他虽然答应玲子老师不站到她的楼下，但他每晚还是悄悄地来到她的楼下，只要她的灯不关，他就不会离开。

大学的日子就像秋天的落叶一样，忧伤渐渐多了起来。王浩到现在才明白他是爱上玲子老师了，他对南熙只是逢场作戏。是他太自私，他竟然愚蠢地想如果他和南熙恋爱了，就会忘掉他的那个无法启齿的想法。结果是他太天真，有些无法言说的东西、有些一眼就喜欢上的就永远也无法忘记。

那晚南熙不知道怎么找到了王浩，他正在玲子老师的楼下，玲子老师说到做到，再也没听到她那忧伤哀怨的琴声了，只有他没有做到。

橘黄的灯光透过窗帘隐隐约约洒在柳枝上。南熙见面就问王浩为什么站在这里，他说我正好路过这里。南熙显然对他的这个说法不满意，她说：“王浩，你别演戏了，我观察你也不是一天两天了，我知道楼上住的是谁，你喜欢她就大胆去追吧。如果用一个字来形容你的话，‘贱’字再也恰当不过了。”

王浩的脸似乎被南熙狠狠地拍了一巴掌，火辣辣的，他知道是他欺骗了她，一时哑口无言。面对她最恶毒的语言，他选择了接受，并微微低下了头。

“以后我再也不想见到你，你是个混蛋！”临走的时候，南熙甩下了这样一句狠话。王浩知道也许这不是狠话，是南熙真实的想法，他是了解她的，这个世界上，女人最容不下的就是欺骗。

南熙离开以后，王浩突然发现头顶上有亮光射来，他抬头一看，是玲子老师把窗户打开了。看着玲子老师他一时语塞，他曾答应过她的，现在又站在她的楼下，不知道这算不算也是欺骗，如果真是那样的话，他真的是完了。

玲子老师犹豫了片刻之后，喊他到她家坐坐。他不知道在这样的时候，是不是合适到她家里去，但他还是鬼使神差地去了。

玲子老师的家不大，里面一尘不染，东西摆放得整整齐齐，整个房间弥漫着书香气息，这正是他幻想的家。

玲子老师说：“这么晚喊你来没有别的意思，我就是问你为什么答应我的事情却还要这样。”

王浩想他不能再犹豫了，他应该把他的想法表达出来。他说：“玲子老师，自从见你第一眼的时候，我就彻底被你吸引住了，如果那个时候说是被你的外表所吸引，那么，后来就是被你的学识、被你的人品所吸引。有一个想法一直占据了我的整个大脑，这么久以来，一刻都没有放下过。”

“什么想法？”玲子老师问。

“想抱你。”王浩终于说出了埋藏很久的无法启齿的想法，心中轻松了许多。

“为什么会有那种想法？”

“我爱上你了。”

“我是有家室的人，再说你是学生，我是老师，你怎么能有那样的想法？”

“爱一个人不需要理由。”

“爱是你的权利，但你这样做会毁了你的前程的，你知道不知道？”

“我没想那么多，我只想问玲子老师，你过得幸福吗?”

王浩这一问，把玲子老师问在那里，她半天没有说话。他们就那样僵持着。

玲子老师长长叹了一口气说：“我承认我过得不幸福，可这与你有什么关系呢？你的任务就是学习，你想恋爱的话，为什么不好好珍惜南熙?”

“我觉得我能给你幸福，南熙不是我喜爱的类型。”

“呵，你能给我什么幸福？你不给我添乱就好了。”

“我能，我虽然现在没有车，没有房，但我会努力的，至少我不会让你伤心，不会打你。”

“够了，我不想听你那些虚无的东西，我只想问一句，你能给我幸福吗?”

玲子老师发怒了。王浩从没见她如此咆哮过，纵然是这样，她在他心中的形象一点都没有打折扣。

王浩还想说什么，被玲子老师打断了：“你现在就回到寝室去，从今往后，不要再对我有半点非分之想，我们永远是师生关系，其他是不可能的。”

王浩看着玲子老师发红的脸庞，他想抱她的想法依然强烈的存在。

这一晚，他失眠了。

半夜里王浩做了一个噩梦。南熙出现他的面前，她不再那么温柔，而是换了一张面孔，凶神恶煞的，她说：“是你带我来到爱的天堂，这里阳光明媚，春意盎然；这里清风明月，风里带来花的暗香。在这里，我期盼着每次的相聚，害怕每秒的分离；在这里，我期盼着心与心的交流，害怕一毫米的隔离；在这里，我看到我的心是红的，那样有韵律地跳动着；在这里，我看到生活是色彩斑斓的；在这里，我看到人们是幸福的，那一对白头偕老的夫妻向人们证实了一个又一个爱的神话；在这里，我珍惜现在，幻想未来，憧憬有一天能够‘执子之手，与子偕老’。就这样两个人幸福地生活在爱的天堂，静静地幻想着爱的童话……”

她一会儿哭，一会儿笑，哭过笑过，她又开始说：“是你把我丢弃在痛苦的地狱，这里到处都是面目狰狞的魔鬼，他们拿着刀疯狂地一刀一刀割着我的心。他们狂笑着，他们嘲笑我都是自找的！为什么偏偏相信你的话？他们疯狂地用嘴舔舐着我那一滴滴从心底最深处流下来的鲜血，他们让我饭不能吃，夜不能寐，他们让我变得麻木呆滞，痛苦中，我看到我的心变了样，变成了透明状，那鲜艳夺目的‘红’已不知去向；我看到生活变了样，变成无色的了，那充满希望的色彩全都消退无踪，我看到人们变得虚伪，变得没有了信任，没有了道德底线，心碎间，我不再相信爱情，绝望中我不再相信男人的破嘴！”

南熙刚说完，一双利爪抓向了王浩，他突然一跃而起，慌乱中他才知道是自己做的一个梦，看看窗外，完全是一片漆黑，他再也无法入睡了。

王浩仍然每个夜晚都来到玲子老师的楼下，如果她不关灯他就不离开。也不知道为什么，明明他听到她家里发出了响声，只要是他来了，一切都平静下来，灯也会随之灭了。

转眼王浩就要大学毕业，很多同学都在忙着找工作，或者忙着考研，而他似乎只做一件事情，密切关注着玲子老师。

让王浩无法接受的是，玲子老师不知道到哪儿去了，接替她的是一个古板的老头儿，他上的古代汉语，一点儿味道都没有。

玲子老师的宿舍从此再也看不到半点灯光了，那儿一直都空着。王浩的心从此也变得空空的，甚至想放弃学业去寻找她的念头都有了。

王浩这次没有冲动，他想等大学毕业了再去找她。他把无尽的思念都化成了诗行。

那个暴风雨的夜晚，王浩突然冲向雨中，大声呼喊着：“来吧，来得更猛烈些吧！”他感觉自己像疯了一般。

王浩一下子病倒了，躺在病床上，他写了一首诗：

那夜，我伫立在风中
任风，吹乱我的思绪
风中，一切都已模糊，唯有你的身影依然清晰
黑暗中，天边那颗星便是你注视我的眼睛

那夜，我伫立在雨中
任雨，清洗我的伤口
雨中，一切都已麻木，唯有你的体温触手可及
冰冷中，漫天飘零的细雨便是你传给我的温情
风，停了
雨，驻了
可天边为何没有彩虹
那应是你我心灵的彩虹
爱上你，是风的夙愿，是雨的追求
是风，是雨，让我爱上你
风雨中，你的眼神似水，细腻而温柔
是风，是雨，让我爱上你
风雨中，你的怀抱如火，让我不再战栗
是风，是雨，让我爱上你
你从风中走来，却那么稳沉
你从雨中走来，却不见你退去
因为你说过，风雨过后会是彩虹
于是，在风雨的召唤下，我爱上了你
这将注定，你我将共同经受狂风暴雨
于是，风吹乱了我的思绪
让我在风中慌乱地寻找宁静
于是，雨化作了我的眼泪
让我在风雨中孤独地清洗伤口
爱上你，不是我的错
因为爱本身就没有错